ENANO ROJO

LA NOVELA

GRANT NAYLOR

SERIE ENANO ROJO / 1

Enano Rojo: La Novela

Titulo Original: Red Dwarf: Infinity, welcome careful drivers.

© Traducción: Eugenia Arrés López

© Logotipo Enano Rojo castellano: Grupo AJEC.

Todos los derechos reservados.

© Grant Naylor 1989 by Penguin Books, Londres, Inglaterra.

© 3ª Edición, 2ª Reimpresión 2015

Traducción en castellano cedido en exclusiva a Grupo AJEC

ISBN: 978-84-15156-32-1

ÍNDICE

Primera Parte

Tu Propia Muerte
Y Cómo Sobrellevarla

UNO

«DESCRIBA, EMPLEANDO GRÁFICOS DONDE PROCEDA, LAS CIRCUNSTANCIAS EXACTAS QUE CONDUJERON A SU MUERTE».

Saunders llevaba muerto unas dos semanas y, por ahora, no había disfrutado ni un minuto de ello. Lo que no estaba disfrutando en ese justo momento era tener que vadear entre la ciénaga de formularios y documentos legales que el Departamento de Fallecimientos y Derechos de los Fallecidos había enviado para que completara.

Era estupendo recibir un folleto de cinco páginas titulado: *Tu propia muerte y cómo sobrellevarla*. Era estupendo asistir a sesiones de terapia con el psiquiatra metafísico de a bordo y escuchar acerca de la naturaleza del Ser y el No-Ser, y otros rollos sobre ese tío que estaba en una caverna pero que no lo supo hasta que salió de ella. El problema era que Saunders era ingeniero y no filósofo, y él veía las cosas de este modo: o estabas muerto o estabas vivo. Y si estabas muerto, no deberías estar obligado a rellenar formularios incomprensibles sin fin, y otros disparates por el estilo.

No deberías tener que devolver tu partida de nacimiento para que te la invalidaran. No deberías tener que expedir tu certificado de defunción completo, acompañado por una fotografía de tamaño carné de tu cadáver, firmada en el reverso por un juez de instrucción. Cuando estás muerto, debes estar muerto. Los cabrones deben dejarte en paz.

Si Saunders hubiera podido coger algo, habría cogido algo y lo habría arrojado al otro lado de la habitación gris de metal. Pero no podía.

Saunders era un holograma. Tan solo era una simulación generada por ordenador de su antiguo yo; ya no podía tocar nada, excepto su propio cuerpo holográfico. Era un fantasma hecho de luz. Un espectro de software.

Para ser honestos, ya había tenido bastante.

Saunders se levantó, cruzó en silencio el suelo de rejilla metálica de sus dependencias y se detuvo a mirar a través de la ventana.

Muy lejos, a su derecha, se encontraba la brillante bola multicolor de Saturno, capturada por sus anillos de arco iris como un premio en una partida estelar gigantesca de encestar anillas. Veinte kilómetros bajo él, debajo de la cúpula de plexiglás de la colonia terraformada de Mimas, la mitad de la tripulación estaba de permiso.

No hay permiso que valga para Saunders.

No hay descanso para los muertos.

Se acarició los párpados con las yemas callosas de los dedos y miró de nuevo al montón: la alucinantemente complicada solicitud de Estado Holográfico, el seguro por accidente, el fondo de pensiones, las transferencias bancarias, las escrituras de la casa. Debía rellenarlo todo para que su esposa, Carole (¡no!, su viuda Carole), pudiera comenzar una nueva vida sin él.

Cuando firmó aquella vez, ambos sabían que al final él estaría lejos de la Tierra durante meses y, obviamente, había riesgos que correr; explotar yacimientos en el espacio era peligroso. Por eso pagaban tanto.

—Si algo me pasara —le había dicho siempre—, no quiero que te quedes ahí, lamentándote (*Protestas*). Quiero que encuentres a otra persona, alguien maravilloso, y que empieces una nueva vida sin mí.

¡Qué tontería más gorda dije! Ese tipo de tonterías gordas que solo una persona viva sería capaz de decir.

Porque eso era lo que ella iba a hacer ahora.

Empezar una nueva vida... sin él.

Aceptable si él estuviera muerto, muerto. Si le hubieran otorgado un nuevo cuerpo efímero y brillante y estuviera flotando en el éter del siguiente plano de existencia... aceptable.

Incluso si no hubiera vida después de la muerte y él dejara completamente de existir... en ese caso, totalmente aceptable.

Pero esto era distinto. Estaba muerto, pero aún estaba allí. Su personalidad había sido almacenada en memoria y el ordenador le había reproducido hasta el mínimo detalle, hasta sus pensamientos más profundos.

Ese no era el trato. Quería que ella comenzara una nueva vida cuando él se fuera, no mientras que él aún estuviera aquí. Pero, claro está, eso es lo que ella iba a hacer. Eso es lo que ella tenía que hacer. No puedes permanecer casada con un hombre muerto. Incluso aunque ella le amara con locura, ella tendría que empezar a buscar otra persona en algún momento.

Y... se acostaría con él.

Se acostaría con él. Y, maldita sea, seguramente le gustaría.

Incluso aunque aún amara a Saunders.

Lo haría, ¿a que sí? Conocería al señor Maravilloso y mantendrían una relación física.

Probablemente en su cama.

¡Su cama! ¡Su cama conyugal! ¡Su cama!

Probablemente usarían los tres condones que él sabía a ciencia cierta que había dejado en la mesita de noche.

Los que había comprado de broma.

Los de sabores.

Su mente se desbocó, imaginando una fila de amantes esperando, enfundados en fresa, en la puerta del dormitorio de su mujer.

—¡No! —gritó Saunders, involuntariamente—. ¡Nooooooooo!

Lágrimas holográficas de rabia y frustración brotaron de los ojos de Saunders y rodaron holográficamente por sus mejillas. Aplastó el puño contra la mesa.

El puño pasó sin emitir sonido alguno a través de la mesa gris de metal y se estrelló con una fuerza sorprendente contra sus testículos.

Mientras yacía en posición fetal, chillando en el suelo, deseó estar muerto. Entonces recordó que ya lo estaba.

Saunders no lo sabía pero, veinte kilómetros más abajo, en la luna saturnina de Mimas, el coordinador de vuelo George McIntyre estaba a punto de resolver todos sus problemas.

DOS

George McIntyre estaba sentado en el salón de café Salvador Dalí del Mimas Milton y miraba fijamente al cuadro de los relojes que se derriten mientras esperaba a que el alto mecanoide, vestido inmaculadamente, volviera con su *bloody mary*, sin hielo. No podía soportar el *bloody mary* sin hielo, pero no quería que su mano temblorosa hiciera tintinear los cubitos en el vaso, dejando ver su nerviosismo cuando los visitantes llegaran.

Llegaron cinco minutos después y McIntyre deseó que no lo hubieran hecho. Cuando se giró y les vio aparecer, el calor abandonó su cuerpo tan rápido como la gente abandona una fiesta de estreno en Broadway cuando llegan las malas críticas.

Eran tres. Grandes. Todos tenían el tipo de complexión que quedaba ridícula en un traje. Los hombros formaban una grada desde el cuello. Los muslos como rollos de alfombra. Los bíceps y los tríceps gritaban para que los liberaran de los grilletes de los trajes de vestir confeccionados con elegancia. El tipo de cuerpos que solo quedan apropiados y naturales en tanga ensayando poses. En traje, daba igual lo caro que fuera (y estos eran caros), parecían niños obligados a llevar la ropa de los domingos, almidonada y rasposa. McIntyre no pudo librarse de la sensación de que estaban anhelando, deseando desnudarse y empezar a untarse aceite.

No saludaron y se sentaron a la mesa. Uno de ellos ocupó dos espacios en el sofá rosa, mientras que los otros dos acercaron unas sillas de una mesa cercana y se apretujaron en ellas. Los reposabrazos fueron forzados a la posición de una uve cansada, con el acompañamiento de un crujido molesto.

McIntyre permaneció allí sentado, sonriendo. Se sentía como si estuviera en medio de un montón enorme de músculos sudorosos. Estaba convencido de que si le daba un apretón de manos a cualquiera de los tres, moriría inmediatamente de una sobredosis de esteroides.

Se preguntaba, aunque no con demasiada convicción, por qué uno de ellos llevaba un par de tijeras de podar industriales.

El alto mecanoide inmaculadamente vestido se acercó y le sirvió a McIntyre su Bloody Mary. Los otros tres hombres pidieron descafeinados. Mientras esperaban a que volviera, charlaron con McIntyre. Una charla corta: aparcamiento difícil, la decoración, la irritante música ambiental.

Cuando llegó el café, McIntyre fingió no percatarse de que no les cabían los dedos en las asas de las tazas.

El hombre del sofá alzó un maletín y manipuló con torpeza el cierre. Durante un instante, McIntyre sintió lástima del hombre. Todo era demasiado pequeño para él: el maletín, la taza, el traje. Entonces recordó las tijeras de podar y dejó de sentir lástima del hombre y comenzó de nuevo a sentir lástima de sí mismo. Al final se abrió la cartera y el hombre cogió un documento plegado de tres páginas y se lo ofreció a McIntyre junto con un bolígrafo.

McIntyre explicó, en tono de disculpa, que le era imposible firmar el documento.

Los tres hombres estaban molestos.

George McIntyre abandonó el salón de café Salvador Dalí del Mimas Hilton con la nariz envuelta en una servilleta del salón de café del Mimas Hilton.

TRES

Los cuatro astros pagaron la carrera, dejando la menor de las propinas, y haciendo eses atravesaron la multitud charlatana, subieron los escalones y entraron en el casino Los Americanos.

Lister giró la placa de «Ocupado» y decidió llevar el saltamontes hacia la Estación Central y devolverlo al muelle de Mimas. Metió la marcha de salto y se preparó. El saltamontes se elevó en el aire y aterrizó con un crujido escalofriante ciento ochenta metros más allá, en la Avenida Este. Las patas traseras del saltamontes se replegaron en el alojamiento del motor y después empujaron con fuerza contra el suelo, propulsándole otros ciento ochenta metros. Al impactar contra la autopista alquitranada de tres carriles, el cuello de Lister se hundió en el hueco de la base del cráneo, agravando su ya molesto dolor de cabeza. La suspensión del saltamontes estaba completamente reventada.

Lister comenzó a desear no haberlo robado.

Los saltamontes habían sido introducidos en Mimas hacía treinta años, con el objetivo de combatir la absurda congestión que había bloqueado el sistema de carreteras de la pequeña luna con tanta intensidad que un atasco mimiano medio podía durar hasta tres semanas. Se sabía de gente que había muerto de hambre en alguno especialmente malo. Los saltamontes, que podían saltar por encima de las obstrucciones y pasar la mayor parte del tiempo en el aire, ayudaron a descongestionar el problema. Es cierto que se producían un número notable de colisiones en el aire y que siempre cabía la posibilidad de que te aterrizara encima un saltamontes conducido por un borracho, pero, por lo general, alcanzabas tu destino en la misma estación del año en la que partías.

Lister miró con envidia a otro saltamontes que le adelantaba con la gracia natural de un ciervo saltarín. El siguiente aterrizaje fue el peor. El saltamontes chocó contra una tapa de alcantarilla de metal con tanta violencia que Lister partió su cigarrillo en dos y la punta encendida cayó entre sus muslos y rodó por el asiento, bajo sus pantalones. Arqueó el cuerpo frenéticamente levantándose del asiento e intentó barrer la colilla hacia el suelo mientras que el saltamontes descendía hacia la concurrida autopista, como un canguro metálico enfermo.

Algo estaba ardiendo.

Olía a pelo. Y como él era la única cosa en el saltamontes que tenía pelo, era bastante lógico suponer que alguna parte de su cuerpo estaba ardiendo. Alguna parte que tuviera pelo. Le gustaban todas sus partes con pelo. Eran sus zonas favoritas.

Sus ojos buscaron desesperadamente un sitio en el que aparcar. Imposible.

En Londres, la gente aparcaba donde se podía. En París, la gente aparcaba incluso donde no se podía. En Mimas, la gente aparcaba encima de la gente que había aparcado donde no se podía. Pilas de saltamontes, de tres, a veces de cuatro alturas, jalonaban la avenida en ambos sentidos.

Una típica noche de sábado en Mimas.

El aire denso caía pesado con los olores y los ruidos de cien culturas mezcladas. Las *trotaderas*, argot mimiano para «aceras», estaban ocultas por serpientes de carne humana de gente que trataba de abrirse paso bajo los neones parpadeantes de casinos y restaurantes, bajo el destello intermitente de bares y clubes; gritaban, chillaban, reían, vomitaban. Los astros y los mineros de permiso planetario malgastaban todo su dinero, desesperados por divertirse tras meses de encarcelamiento en los gigantescos cargueros espaciales que ahora reposaban sobre el puerto de lanzaderas de la luna.

La Tierra había sido purgada durante mucho tiempo de sus recursos minerales más valiosos. La humanidad había vaciado su planeta natal como un enema y después había dirigido su apetito rapaz hacia el resto del Sistema Solar. El satélite saturniano español de Mimas era un centro de aprovisionamiento y un punto de alto en el viaje para las miles de naves mineras que saqueaban los pequeños planetas, los asteroides y las lunas mayores.

Una columna de humo comenzó a ascender de entre las piernas de Lister.

Todavía no encontraba sitio para aparcar.

El tráfico ensordecedor saltaba por encima de Lister mientras zigzagueaba por los carriles, luchando por mantener el control.

En un momento de desesperación, agarró el envase térmico que descansaba en el asiento del acompañante, forcejeó con el tapón y derramó el contenido en su regazo candente.

Un silbido señaló el final del cigarrillo. Hubo un segundo de exquisito alivio.

Entonces olió café. Café caliente. Café bien caliente... Café bien caliente que cubría su entrepierna. El dolor casi le había alcanzado cuando derramó sobre los muslos la botella de limpiador de tapicerías que encontró en la guantera.

El saltamontes, ahora totalmente fuera de control, rebotó contra el edificio de la Mutua de Seguros de Vida, llevándose por delante gran parte del símbolo de neón antes de que Lister lo pusiera de nuevo bajo control y, aún gimiendo de dolor, se dirigiera al muelle.

El hombre con el abrigo de oficial azul marino y el bigote descaradamente falso hizo señas al saltamontes de Lister para que se detuviera y se montó.

—A la Ciento cincuenta y dos con la Tercera —dijo rudamente y presionó sobre el mostacho, que estaba colgando del lado derecho, para ponerlo en su sitio.

—¿Vamos a un burdel? —preguntó Lister amigablemente.

—Por supuesto que no —dijo el hombre con el abrigo de oficial azul marino—. Soy un oficial del Cuerpo Espacial —se tocó las barras doradas de la solapa— y no frecuento burdeles.

—Solo estaba pensando que la Ciento cincuenta y dos con la Tercera es justo donde empieza el centro del *área roja*.

—No te pagan por pensar. Te pagan por conducir.

Lister giró la placa de «Ocupado», puso el saltamontes en salto y salió dando botes hacia el distrito de los locales afectivamente llamado «Ciudad Polvo».

En el primer aterrizaje, el bigote del oficial se había sacudido hasta quedar casi fuera de su cara.

—¿Qué diablos pasa con la suspen... —su cabeza desapareció en el fieltro suave del techo del taxi— ...sión?

Volvió a caer en su asiento.

—Es la carretera —mintió Lister.

Se detuvieron ante un semáforo en azul. En perpendicular a ellos, treinta saltamontes saltaron hacia delante como una horda de gacelas errantes perseguidas por un grupo de lobos.

—¿Cómo es?

—¿Cómo es qué? —dijo el hombre, palpando su mandíbula, convencido de que había perdido un diente en el último aterrizaje.

—Ser del Cuerpo Espacial. Ser un astro. Estaba pensando en alistarme.

—¿En serio? —preguntó con desdén.

—¿Necesitas algún título?

—Bueno, no exactamente. Pero no aceptan a cualquier tipo, no sé si tú entrarías.

Lister pulsó el botón del taxímetro que encontró oculto bajo el salpicadero del taxi y añadió unos cuantos libradólares a la tarifa. Las luces cambiaron y ellos salieron dando bandazos, evitando una conversación imposible.

Lister llevaba ya casi seis meses intentando salir de Mimas. Cómo había llegado allí era todavía un misterio.

La última cosa que recordaba realmente con algo de claridad era la celebración de su cumpleaños en la Tierra. Él y seis de sus mejores amigos decidieron pasar su veinticinco cumpleaños de copas por Londres, intentando completar la vuelta del Monopoly. Hicieron autostop en un camión de carne congelada desde Liverpool y llegaron a la hora de comer a Old Kent Road. El plan era una bebida en cada una de las casillas. Comenzaron con ponches calientes para reanimarse tras el viaje. En Whitechapel tomaron piñas coladas. En la estación de King's Cross, vodkas. En Euston Road, pintas de Guiness. En Angel Islington, mezcal. En Pentonville Road, cerveza amarga con un chorrito de ron y licor de grosella. Y así siguieron dándole la vuelta al tablero. Para cuando llegaron a Oxford Street, solo quedaban cuatro. Y solo dos de los cuatro tenían aún el don de la palabra.

Su último recuerdo certero era haberles dicho a los otros que iba a comprar un tablero de Monopoly, porque ninguno podía recordar cuál era la próxima casilla, y salir al aire frío de la noche agarrando una botella de sake.

Tenía un recuerdo vago, muy vago, poco lúcido, de un anuncio en la parte trasera del asiento de un taxi; algo acerca de viajes espaciales baratos en la nueva flota de Virgin de propulsores a la mitad de la velocidad de la luz. Algo acerca de Saturno como corazón del Sistema Solar y empresas que se trasladaban allí continuamente. Algo acerca de que está más cerca de lo que imaginas y a la mitad de la velocidad de la luz. Algo acerca de dos horas y diez minutos. Y después una niebla negra, espesa, mugrienta.

Se había despertado tirado encima de una mesa en un McDonald's de Mimas, llevando un sombrero rosa de tela de crespón y un par de botas de goma amarillas de pescador, sin dinero y con un pasaporte a nombre de Emily Berkenstein. Y lo que era peor, tenía un sarpullido preocupante.

Estaba sin blanca, enfermo y a 1270 millones de kilómetros de Liverpool.

Cuando Lister se emborrachaba, se emborrachaba de verdad.

El saltamontes crujió al detenerse en la esquina de la Ciento cincuenta y dos con la Tercera, delante de un llamativo neón que prometía «Chicas, Chicas, Chicas» y «Sexo, Sexo, Sexo».

—Tengo entendido —dijo el hombre con el abrigo de oficial azul marino, pegándose de nuevo subrepticiamente el bigote— que hay restaurantes excelentes en esta zona que ofrecen auténtica cocina mimiana.

—Oiga —dijo Lister mientras que le daba al oficial el cambio equivocado a propósito—, ¿quiere que le recoja? —No tenía ninguna gana de dar vueltas en el saltamontes quebrantahuesos para recoger a otro pasajero—. No me importa esperar.

El oficial miró hacia la calle, observando los diferentes tipos de chulos con armas mal ocultas bajo los abrigos.

—Estupendo. Espera a la vuelta de la esquina.

—¿Cuánto le llevará?

—Bueno, me han dado a entender que el pez vejiga mimiano es particularmente exquisito y estaría loco si no probara al menos la legendaria sopa de calamar en su tinta. Además, por supuesto, del pudin, el brandy y los puros. Digamos... ¿diez minutos? Pon veinte para estar seguros.

Lister aparcó el saltamontes a la vuelta de la esquina y vio como su pasajero se acercaba decididamente hacia un restaurante mimiano, se detenía, estudiaba el menú y después se giraba y se iba derecho al edificio con el neón anunciando «Chicas, Chicas, Chicas» y «Sexo, Sexo, Sexo».

Lister echó el seguro de la puerta del saltamontes. No le gustaba del todo esa zona, por cuestiones de seguridad. Vertió lo que quedaba del café en la taza del termo y encendió un cigarrillo. ¿Qué podía haber mejor que fumar tabaco español y beber verdadero café español? Nada, excepto, quizás, un hombre con un rallador de queso frotándote todo el cuerpo vigorosamente.

Estaba harto de esa mierda de luna.

Se había pasado los últimos seis meses intentando conseguir los ochocientos libradólares que necesitaba para comprar un billete espacial de vuelta a casa. Hasta ahora solo había ahorrado cincuenta y tres. Y probablemente iba a fundírselos esta noche.

Ganar dinero en Mimas no era fácil. Para empezar, se necesitaba un permiso de trabajo, y Lister no tenía un permiso de trabajo porque, oficialmente, no existía. Oficialmente, Lister no estaba allí. Oficialmente, era una vagabunda del espacio llamada Emily Berkenstein. De ahí su problema. Que intentaba solucionar robando saltamontes taxi.

Cada noche, o al menos cada noche que estaba de humor, lo que resultaba ser aproximadamente una de cada cuatro, se paseaba por las paradas de saltamontes taxi y esperaba a que los taxistas se reunieran en busca de calor y conversación en un solo vehículo. Cuando se cercioraba de que era seguro, robaba el último taxi de la fila y saltaba por los distritos más sórdidos de la colonia, por donde pasaban pocos taxis y absolutamente nada de policía, y se metía en el bolsillo la recaudación nocturna antes de abandonar el saltamontes en una parada concurrida de vuelta en la Estación Central de Mimas.

Si se hubiera dedicado al trapicheo de los saltamontes de una manera un poco más profesional, es probable que hubiera salido de Mimas en menos de un mes. Por desgracia, Mimas le resultaba tan sumamente deprimente (con mucho el sitio más horrible que había visto, peor incluso que Wolverhampton) que se sentía obligado con bastante regularidad a recorrer los bares y pubs y dilapidar cada penicentavo que había ahorrado. En cierto modo subconsciente y poco inteligente, creía que si conseguía emborracharse lo suficiente, estaba seguro de que se despertaría otra vez en la puerta del bar Marie Lloyd, en Regent Street, Londres, intentando llamar a un taxi para comprar un tablero de Monopoly.

Lo triste era que el precio del alcohol en Mimas era tan escandalosamente prohibitivo que tan solo podía comprar suficiente sangría mimiana como para ponerle de humor para empezar a beber en serio antes de que su dinero volara y tuviera que volver a la estación, donde había alquilado una taquilla, en la que dormía.

La vida, pensó Lister, *es una mierda.*

En el exterior, dos chulos estaban manteniendo una discusión de poca importancia sobre una chica llamada Sandra. Fue breve y, en su mayor parte, amistosa. Acabó cuando la oreja cortada del chulo más alto aterrizó con un *plaf* suave y húmedo en el parabrisas del saltamontes.

Lister se cercioró por partida doble de que los seguros estaban echados y de pronto se dio cuenta de lo necesario que era leer la *Guía de Mimas* con gran concentración. Solo era medio consciente de que el saltamontes daba sacudidas de un lado a otro mientras que los dos hombres rodaban por su capó.

De repente, se oyó otro *plaf* suave y húmedo, y una segunda oreja, ligeramente más pequeña, se unió a la primera en su parabrisas.

¿Qué demonios está pasando?, pensó Lister. *Están lloviendo orejas en mi parabrisas.* Activó los limpiaparabrisas y puso en marcha el mecanismo de lavado. Cuando el parabrisas estuvo limpio, las orejas se habían largado y los chulos también.

Las noches de los sábados en Mimas eran salvajes. Tan salvajes, de hecho, que los mimianos habían establecido un calendario de ocho días, de manera que todos pudieran tener dos domingos para recuperarse de la noche del sábado. Domingo uno y domingo dos, y vuelta al trabajo el lunes.

Lister miró el reloj del saltamontes. Hacía cuarenta minutos que el hombre con el abrigo azul de oficial se había marchado a buscar su «comida». Metió su porra de conductor de taxis en la manga de su chaqueta, saltó por encima del cuerpo del chulo muerto con una sola oreja y corrió por la acera hacia el edificio con el cartel «Chicas, chicas, chicas».

CUATRO

Denis y Josie eran amantes. Y no porque hicieran el amor. Ya no. No habían hecho el amor en los últimos cuatro años; ninguno de los dos era capaz. Denis estaba metido en la Felicidad y Josie era una *mente Juego*.

Denis estaba acurrucado en la entrada de una tienda, colocando los restos de su gabardina de plástico alrededor de sus rodillas para procurarse calor, con su mirada abatida puesta en la concurrida calle mimiana en busca de un *cuelgue*. Aunque hacía frío, estaba sudando. Su estómago se había transformado en un puño, y estaba intentando abrirse camino a través de su cuerpo. No había comido nada desde hacía dos días; su última comida había sido un trozo de pizza que había robado a un astro borracho. Pero era otro tipo de hambre el que le corroía ahora. Cogió una bolsa de polietileno que llevaba mucho tiempo vacía y chupó de forma patética su interior ya muy chupado. Denis tenía una diplomatura en Bioquímica. Aunque, si le preguntaras ahora, probablemente no supiera ni deletrear Bioquímica.

Josie estaba sentada a su lado, riéndose. Llevaba riéndose casi una hora. Su pelo largo, que una vez fue rubio, estaba enmarañado en una serie de látigos que le azotaban el rostro pálido y mugriento cada vez que sacudía la cabeza, riéndose tontamente. De los dos, ella era la más inteligente. Josie tenía una licenciatura en Matemáticas. Si no fuera porque ahora ni siquiera podía contarse las piernas.

Se habían conocido en el Festival del Nuevo Zodíaco seis años atrás, cuando la estrella polar de la Tierra había cambiado y todo el zodíaco tuvo que ser realineado. Todo el mundo pasó a ser del signo siguiente. Josie había pasado de Libra a Escorpio y Denis había cambiado de Sagitario a Capricornio. Fue un momento decisivo en la vida de ambos; se sentían mucho más felices con sus nuevos signos zodiacales y, junto con los otros cinco mil *beatniks* espaciales que se habían reunido en el festival de cuatro días que se celebró en el Mar de la Tranquilidad, habían tomado muchas, muchas drogas, y hablado acerca de cuán profundamente el movimiento de las constelaciones les había cambiado, y que quizás solo los druidas eran los únicos tíos que tenían su signo en condiciones.

Ahora iban camino de Neptuno, para el solsticio de Plutón, en el que el pequeño planeta relevaría a Neptuno como el planeta más exterior del Sistema Solar. Habían estado viajando durante cinco años y tan solo habían conseguido vagabundear hasta Saturno. De todos modos, no tenían demasiada prisa, ya que el solsticio no iba a tener lugar hasta dentro de otros cincuenta años.

De modo que Denis escaneaba la calle en busca de un cuelgue mientras Josie permanecía sentada a su lado, riendo. En su frente brillaba la banda metálica de una *mente Juego*. Bajo ella, unos electrodos finos como agujas punzaban el cráneo y se deslizaban hacia los lóbulos centrales y el hipotálamo.

El Juego comenzó, de hecho, como un juego. Fue diseñado para ser el cenit de la tecnología informática de juegos. Unos chips informáticos minúsculos en los electrodos transmitían señales directamente al cerebro. Sin pantallas, sin joysticks... estabas realmente allí, donde quisieras estar. Dentro de tu cabeza, se cumplían todas tus fantasías. El Juego había sido comercializado con el nombre de «*Mejor que la vida*». La gente comenzó a darse cuenta de que era adictivo un mes después de su lanzamiento. «*Mejor que la vida*» fue retirado del mercado, pero los laboratorios electrónicos ilícitos comenzaron a llevar a cabo copias del juego.

Era el más novedoso alucinógeno, con tan solo una desventaja.

Te mataba.

Una vez que se entraba en «*Mejor que la vida*», una vez que uno se ponía la banda en la cabeza y las agujas se enterraban en la mente, era casi imposible salir de allí.

Esto sucedía en parte porque uno ni siquiera era consciente de haber llegado a meterse en «*Mejor que la vida*». El Juego se protegía a sí mismo, se escondía de sí mismo en la memoria de los jugadores. Las mentes conscientes se subvertían por completo, mientras que el cuerpo se marchitaba lentamente y moría. Al principio, los amigos con buenas intenciones intentaban rescatar a las *mentes Juego* tirando de la banda, pero esto siempre provocaba la muerte instantánea por shock. La única manera de salir del juego era desear dejarlo. Pero nadie había querido dejarlo.

Muchas *mentes Juego*, incapaces de cuidar de ellas mismas, morían muy pronto. Pero Josie tenía a Denis. Y Denis al menos compartía su comida con ella y la mantenía viva. Cuando Josie le compró la banda a un traficante sudamericano de Juego en Calixto, le pidió a Denis que comprara también uno. Quería probar el «multiuso», en el que dos o más bandas se conectaban a la vez, de manera que los usuarios pudieran compartir la misma fantasía.

Pero Denis estaba metido en la Felicidad.

La Felicidad era una droga de diseño única. Y era única por dos razones. La primera era que podías hacerte adicto a la Felicidad con tan solo mirarla, lo que hacía que a la policía le fuera muy complicado llevar a cabo redadas antidroga. El segundo era su efecto. Te hacía creer que eras Dios. Te hacía sentir como si fueras omnipresente, conocedor de todo, eterno y omnipotente, lo que era ridículo, ya que cuando estabas metido en la Felicidad ni siquiera podías atarte los cordones de los zapatos. El subidón de Felicidad duraba quince minutos; cuando se pasaba el efecto, la depresión resultante duraba veinticinco años. Poca gente podía vivir en estas circunstancias, por lo que tenían que tomar otra dosis.

Denis se quitó la bota, desenrolló una segunda bolsa de polietileno, que contenía una cucharadita de la sustancia color tierra, y jugó con ella pensativamente. Siempre guardaba una dosis final para cuando necesitase sacarle la pasta a alguien. Y eso era precisamente lo que iba a hacer ahora.

Lister debería haber sido más listo. Llevaba en Mimas bastante tiempo como para saber que no había que darse la vuelta cuando escuchara una voz. Debería haber agachado la cabeza y salir corriendo. Pero no lo hizo. Y para cuando se dio cuenta de lo que había pasado, ya era demasiado tarde.

—¡Detente, hijo! —bramó la voz, y Lister se giró para ver al yonqui de la Felicidad del impermeable pavoneándose frente a él de una forma misteriosa.

—¿Sabes quién soy Yo?

Los ojos de Lister se movieron de un lado al otro rápidamente, buscando una salida, pero el yonqui de la Felicidad le acorraló contra una puerta y no dejó escapatoria posible.

—¿Sabes quién soy Yo? —repitió él.

Sí, pensó Lister, *eres un puñetero yonqui de la Felicidad*.

—Sí —dijo en voz alta— eres Dios, ¿no?

Denis sonrió y asintió. El mortal le había reconocido. No todo el mundo lo hacía.

—Eso es. Soy Dios. Y he venido a encomendarte una misión Divina. Necesito un poco de tu dinero mortal.

Lister negó con la cabeza.

—Mira, estoy sin blanca, tío. No llevo nada encima. Ni un centavo.

El yonqui de la Felicidad suspiró con fuerza, intentando contener su ira.

—¿Quieres que haga caer sobre vosotros una plaga Divina y arrasar el mundo entero?

—No —Lister negó con la cabeza.

—¿Te gustaría convertirte en una estatua de sal?

—No —Lister negó de nuevo.

—Entonces dame el dinero.

—Escucha, ya te lo he dicho. Estoy pelado.

El yonqui de la Felicidad metió la mano derecha en el bolsillo de su harapiento impermeable.

—Tengo algo aquí que puede hacerte daño.

Lister le miró de arriba abajo. No era tan grande. Y, ¿qué tenía en el bolsillo del impermeable que podía hacerle daño? ¿Un rayo? Decidió permanecer en su sitio.

—No te creo —dijo, sonriendo amablemente.

El yonqui de la Felicidad sacó la mano del bolsillo y le mostró a Lister lo que tenía ahí que podía hacerle daño.

Era su puño.

Lanzó un gancho lateral contra la mejilla de Lister. El puñetazo no tenía fuerza alguna, pero cogió a Lister por sorpresa. Se golpeó la cabeza con el canto del marco de la puerta y se desplomó.

Cuando recuperó la consciencia, apenas treinta segundos después, sus cincuenta y tres libradólares habían volado. Y Dios también.

CINCO

Lister bajó temblando por la escalera polvorienta del burdel y llegó hasta la alfombra roja y gruesa del área de recepción principal. Unas palmeras de plástico rodeaban un enorme estanque artificial en forma de corazón con fondo de azulejos rosas. Los trampolines en forma de falo proyectaban unas sombras espantosas sobre el suave borboteo del agua, mientras que un carillón chino, con figuras eróticas de cristal, tintineaba en la brisa con olor a fresa del aire acondicionado. Una escalera de mármol negro falso conducía al entresuelo, donde veinte puertas con forma de almeja llamadas «Suites del amor» rodeaban la sala. La música, que sonaba como si todo su encanto y energía hubieran sido extirpados quirúrgicamente, se filtraba a través de una serie de altavoces con forma de pechos. Varios hombres gordos de diferentes nacionalidades estaban sentados alrededor del estanque, vestidos con toallas blancas, bebiendo a sorbos falsos cócteles de champán.

Enfrente de Lister, un hombre bajito y pelirrojo con un michelín de grasa que caía sobre su toalla, examinaba una fila de chicas.

—Quiero la cara de esta...

—La cara de Jeannette...

La madame le seguía, tomando nota.

—Los pechos de esta...

—El pecho de Candy. Una elección excelente y muy popular.

—Las piernas: quiero la derecha de esta y la izquierda de esta.

La madame escribió a toda prisa.

—La derecha de Barbie... la izquierda de Tina. ¿Y qué trasero le interesaría al señor?

—Um... creo que este.

—El pompis de Mandy.

La madame dio una palmada y dos ingenieros comenzaron a desmantelar a las chicas androides y a reensamblarlas según la petición del cliente.

Lister miraba, intentando mantener la cena en el estómago, mientras montaban las extremidades y colocaban las nalgas, para la emoción aparente del hombrecillo pelirrojo.

La madame se giró hacia Lister.

—Siento haberle hecho esperar, señor. ¿Desea combinar a su gusto o prefiere una de nuestras confecciones?

—No, no quiero chicas...

—Eso no es ningún problema, señor... también tenemos unos preciosos androides masculinos.

—No, verá, yo vengo a otra cosa...

—Ya entiendo —sonrió. Antes de que Lister pudiera detenerla, la madame dio una palmada y un rebaño de ovejas androides entró balando ruidosamente en el área de recepción.

—No, mire... escuche...

—Bee.

—¿Sí, señor?

—Beeeeeeee.

—No me entiende...

Una de las ovejas se giró, le guiñó un ojo coquetamente y se dirigió, con las caderas balanceándose provocativamente, hacia la escalera de mármol.

—Oh, Dios mío, no. Estoy buscando a alguien. Se supone que debía recogerle.

Lister describió a su cliente y la madame le llevó a una sala de recuperación.

El hombre con el bigote falso estaba sentado en un jacuzzi, manteniendo una conversación acalorada con un miembro del personal.

—Quiero que me devuelvan el dinero.

—Por supuesto, señor. Esto no había ocurrido antes.

—Casi me la arranca, maldita sea.

—Hubo un pequeño fallo eléctrico...

—No paraba nunca. Era como si estuviera atrapado en una máquina de ordeñar vacas.

—Bueno, si al señor le apetece hacer otra elección... los gastos corren a cuenta de la empresa.

—¿Está loco? ¡Estaré fuera de servicio durante al menos un año! Si no hubieran oído mis gritos...

Miró hacia arriba y vio a Lister por primera vez. Hubo una pausa extraordinariamente larga.

—¿Sabe? —continuó, haciendo como si no hubiera visto a Lister— no creo que esto sea un restaurante para nada. No he visto ni un atisbo del pez vejiga especiado que le da tan buena reputación a Mimas. Creo que fue algo extraña la manera en que insistió en que me desnudara y llevara puesta esta toalla mínima. De hecho, si desea saber lo que pienso: No creo que esto sea un *petit restaurant*. Creo que es un puñetero burdel.

El oficial siguió con sus protestas de inocencia todo el camino hasta llegar al muelle.

El saltamontes se detuvo con una sacudida junto a la fila de saltamontes del puerto de lanzaderas. El cliente de Lister salió dolorido del taxi, pagó la carrera y se agachó de forma conspiratoria frente a la ventanilla de Lister.

—Escucha —dijo el oficial, con el bigote aún torcido y rizado en las puntas debido al calor del baño turco—, con respecto al Cuerpo Espacial, soy un reputado piloto, y, pensando en mi carrera —miró alrededor—, sería una buena idea que esta pequeña aventura no saliera de aquí.

Lister extendió la mano, y el hombre le puso un billete de un libradólar sobre la palma y guiñó un ojo.

—Vamos —dijo—, diviértete a mi costa.

Lister le dejó cojear hasta las puertas automáticas del puerto de atraque antes de asomarse por la ventanilla y gritar:

—¡Eh, putero!

El hombre volvió a toda prisa.

—Baja la voz, por el amor de Dios... la gente puede oírnos.

—Se ha equivocado. En lugar de una propina de cien libradólares, solo me ha dado una de un libradólar.

—De acuerdo —dijo el oficial, desabrochando su riñonera y sacando un monedero de piel marrón— este es un mundo cruel y supongo que voy a tener que pagar el peaje.

Le tendió un billete con olor a rancio.

—Es usted muy amable —dijo Lister, cogiendo el billete y colocándolo detrás de las orejeras vueltas hacia arriba de su gorro de cazador— muy amable.

—Tan solo me aseguro de que ambos lo entendemos: este es el fin del asunto.

—Seguro.

—No intente venir a por más. No me la juegue, ¿entendido?

—Claro.

—Quien traiciona a Christopher Todhunter lo paga muy caro.

Cerró su monedero, que estaba marcado con el monograma: «Arnold J. Rimmer, Lic. CC. Espaciales» y se fue otra vez hacia la entrada.

Lister sacó la cabeza por la ventanilla.

—Hasta luego, Rimmer.

—Sí, adiós —dijo Rimmer, ausente.

SEIS

George McIntyre colocó la reliquia Smith and Wesson en su boca y apretó el gatillo. Su último pensamiento fue: «Apuesto lo que sea a que no funcionará». Pero se equivocó. La bala atravesó la parte trasera de su cabeza, matándole instantáneamente, antes de traspasar su ficus sin dificultad y acabar su breve pero trascendental viaje en la pared de su oficina.

El ficus estaba sorprendido. Si el ficus hubiera podido hablar, se habría quedado mudo. Así de sorprendido estaba el ficus. En las últimas semanas había sido testigo del deterioro gradual de la salud mental de McIntyre, pero si al ficus le hubieran puesto un nombre, habría dicho: «George McIntyre no es el tipo de hombre que llega a suicidarse, como que me llamo...» (cualquiera que fuera su nombre, de haberlo tenido).

Como estaba previsto, llegaron tres camilleros, seguidos por dos médicos, la capitán, el oficial de moral y el jefe de seguridad de la nave. Colocaron el cuerpo de McIntyre en una camilla y se lo llevaron.

Ocho personas en total entraron en la habitación de McIntyre y ninguna de ellas, reflexionó el ficus amargamente, había mostrado el más mínimo interés en el enorme agujero de bala que atravesaba justo por el centro su hoja favorita. Su hoja más grande y verde. La única hoja con la que estaba cien por cien contento.

Los humanos murmuraban con tristeza acerca de por qué McIntyre podría haber hecho una cosa así. El ficus lo sabía, pero no pensaba decírselo, aunque pudiera.

Saunders estaba tumbado en el diván de piel marrón de la unidad médica. O eso parecía a simple vista. En realidad, estaba suspendido alrededor de medio milímetro por encima. Una cápsula lumínica alimentaba la ilusión holográfica del cuerpo de Saunders. La cápsula de luz, un dispositivo de proyección del tamaño de la cabeza de un alfiler, revoloteaba en el centro de su cuerpo recibiendo datos de la sala de simulación holográfica, que luego transmitía a un molde tridimensional.

El efecto era tan real, tan perfecto, que todos los hologramas llevaban una *H* de aspecto metálico de cincuenta milímetros en la frente, de modo que no pudieran confundirse con personas reales. *El estigma de los Muertos*. No la marca de Caín, el asesino, sino de Abel, la víctima.

Y así Saunders yacía suspendido a una distancia infinitesimal sobre el diván de cuero marrón en la unidad médica, intentando eludir la visión de su mujer seduciendo a la línea ofensiva al completo del equipo de fútbol de gravedad cero de los London Jets.

—Había un Ente —estaba diciendo el psiquiatra metafísico— y ese Ente se llamaba «Frank Saunders». Pues bien, ese Ente murió.

—Sí —dijo Saunders— fue alcanzado en la cabeza por una bola de demolición de cuatro mil kilogramos. No podría estar más muerto.

El buen doctor se acomodó en la silla, cruzó de nuevo sus delgadas piernas y se tiró pensativamente de la punta de su larga nariz.

—Frank —dijo finalmente— permítame que le pregunte algo. ¿Cree que el hombre tiene un alma eterna?

—No sé —dijo Saunders, con los ojos abiertos con exasperación—. Soy de Sidcup. Soy ingeniero.

—Yo sí, Frank.

—¿En serio?

—Sí, en serio. Y creo, que mientras hablamos, Frank, su alma eterna ha pasado al siguiente plano de existencia, donde es muy feliz.

—El problema está —dijo Saunders— en que si uno tiene un alma eterna, entonces algo tiene que ir mal si se está divirtiendo mucho más que tú.

—Escuche —el psiquiatra metafísico continuó como si nada— usted no es el Ente llamado Frank Saunders. El Ente llamado Frank Saunders ya no existe en esta dimensión.

—Entonces, ¿quién está tumbado en este diván de cuero marrón hablando con usted?

—Usted, Frank, es una simulación de Frank Saunders. Actúa del modo en que el ordenador estima que Frank Saunders hubiera actuado. Usted es una simulación de un posible Frank Saunders o, para ser más exacto, un probable Frank Saunders.

Dijo esto muy lentamente, como si estuviera hablándole a un niño pequeño que hubiera derramado compota de manzana y albaricoque en la chaqueta del traje nuevo de su padre.

Así que Saunders era una simulación por ordenador de una probabilidad de una posible persona. No se sentía como una simulación por ordenador de una probabilidad de una posible persona. Tampoco deseaba escuchar otra discusión filosófica sobre la naturaleza de la Realidad.

Lo que realmente deseaba era coger una bola de demolición y dar varios golpecitos con ella en lo alto de la cabeza calva del psiquiatra metafísico que ahora estaba soltando un rollo sobre las mesas, en concreto, las mesas que tenían la cualidad de «ser» mesas. Y entonces, cuando Saunders estaba completamente perdido, el consejero calvo le preguntó si conocía «el Principio cartesiano».

—Sí —asintió Saunders—. ¿No llegaron al número cinco con *Baby, I want your love thing*?

—No, Frank. El Principio cartesiano es: «Pienso, luego existo». Y aunque no está pensando, el ordenador le está haciendo pensar que piensa; no obstante, piensa que está pensando, por lo tanto posiblemente exista.

—¿Qué posiblemente exista?

— Sí, Frank.

El psiquiatra sonrió, creyendo que Saunders había captado el concepto por fin.

Durante un corto espacio de tiempo Saunders oyó el implacable tictac del reloj del rincón.

—¿Qué posiblemente exista?

—¡Posiblemente exista!

—¡Ah! ¡Posiblemente exista!

—¡Sí! —gritó el consejero.

—Bueno, gracias por toda su ayuda —Saunders se levantó y se dirigió a la escotilla de salida—. Si tengo alguna otra dificultad, cualquier otro problemilla que no comprenda, tenga por seguro que estaré aquí enseguida.

—¿Le he resultado de ayuda?

—En absoluto —Saunders sonrió por primera vez en dos semanas—. Usted es un narigón inútil.

Mientras Saunders se giraba para marcharse, Weiner corrió a través de su cuerpo holográfico alcanzando la unidad médica.

—Lo siento, Frank —dijo ella, girándose hacia Saunders.

—No importa. No es como si existiera... solo existo posiblemente, de todas formas.

Weiner cruzó la sala con la cara sonrojada por la carrera.

—Tengo malas noticias, Frank. Será mejor que se siente.

Saunders estaba un poco perplejo considerando qué podía constituir malas noticias para un hombre muerto.

Mientras Weiner le contaba la noticia del suicidio de McIntyre, Saunders iba vislumbrando las consecuencias. McIntyre era coordinador de vuelo. Él tenía un rango superior al de Saunders. La simulación holográfica de una personalidad humana al completo utilizaba el cuarenta por ciento del total de capacidad del ordenador y quemaba tanta energía por segundo como para iluminar París durante tres años, lo que hacía que el *Enano Rojo* fuera capaz de mantener solo un holograma. Teniendo un rango superior, McIntyre tendría prioridad sobre Saunders y se convertiría en el holograma de la nave.

—Así que —dijo, lentamente— me van a apagar.

—Puede que no —dijo el psiquiatra—. Él se suicidó. Quizá no es estable; no es apropiado para la reanimación.

—Claro que lo es —dijo Saunders firmemente—. Van a apagarme. Voy a morir por segunda vez en quince días.

Dio un puñetazo victorioso en el aire y brincó de felicidad.

—¡Genial!

SIETE

—¿Apellido?

—David.

—¿Nombre?

—Se lo he dicho: David.

—¿Se llama David David?

—No, me llamo David Lister.

Caldicott suspiró y cogió el Tipp-ex.

Lister echó un vistazo a la concurrida calle mimiana e intentó leer el emblema en la ventana:

«RETIPÚJ ED ARENIM NÓICAROPROC AL ED OTNEIMATULCER ED ORTNEC».

En un póster en la pared de la oficina recién pintada, dos oficiales uniformados, chico y chica, con los brazos enlazados y sonriendo, invitaban a todo el mundo a «Unirse al Cuerpo y ver Espacio».

Caldicott tapó con Tipp-ex *David* de la casilla de apellidos del formulario de reclutamiento y, en su escritura pulcra y meticulosa, lo sustituyó por Lister.

—¿Fecha de nacimiento?

—Desconocida.

—¿Qué quiere decir con eso?

—Me encontraron.

—¿Cómo que le encontraron?

—En un bar. Bajo la mesa de billar —Lister hizo una pausa—. En una caja de cartón.

Caldicott le miró con recelo. Caldicott pasaba su jornada diaria sentado, vestido con su uniforme blanco, frente a la ventana del centro de reclutamiento, proyectando la imagen corporativa del Cuerpo Espacial, que era blanca y valiente, fuerte y sonriente. Una vez que los zoquetes habían firmado, aprenderían la verdad pronto. Mientras tanto, su trabajo era ser blanco y valiente, fuerte y sonriente.

Miró al objeto sentado frente a él, que parecía estar absorto en el trabajo de extracción de unas sustancias inexplicables de las suelas de sus botas con uno de los lápices de Caldicott. Cuatro o cinco trenzas, larguiruchas y enmarañadas, oscilaban bajo el gorro de cazador forrado de piel que coronaba la cara rechoncha creada para mostrar una eterna sonrisa. Los dedos cortos y anchos, las uñas manchadas de pigmentos blancos debido a una deficiencia de zinc, rascaban el hueco entre la parte superior de los pantalones de combate verdes manchados y la parte inferior de su camiseta, cuyo color original se perdió en la noche de los tiempos. Parecía un herido en una guerra de caterings: como si todos los chefs del mundo hubieran tenido una lucha culinaria gigantesca, y no se sabe cómo, hubiera quedado atrapado en medio. Si su hija hubiera traído a casa a este espécimen, reflexionaba Caldicott, les hubiera disparado a los dos sin meditarlo un segundo.

—¿Sabe cuándo le encontraron? —sonrió pálidamente.

—En un día de noviembre. En el cincuenta y cinco.

—Bien, necesito una fecha de nacimiento para el formulario. ¿Cuándo celebra su cumpleaños?

—Casi todos los días, en verdad.

—Pondré el 1 de noviembre de 2155.

—En noviembre no. Para esa fecha, tendría ya seis semanas. Probablemente fue en algún día de octubre.

Caldicott cogió de nuevo el Tipp-ex.

—¿Qué le parece el 14 de octubre?

—Brutal.

—¿Por qué quiere unirse al Cuerpo Espacial?

Lister lo pensó durante un momento.

—Quiero —dijo— visitar nuevos mundos extraños, para buscar nueva vida y nuevas civilizaciones. Para ir donde nadie fue antes.

Caldicott contestó con una lánguida sonrisa y escribió «Posible problema de actitud» en el campo de observaciones.

—¿Títulos?

—Dibujo técnico.

—¿A qué nivel?

—¿Qué quiere decir?

—¿Un máster, quizás? —dijo Caldicott, elevando casi imperceptiblemente su ceja izquierda— ¿Un doctorado, tal vez?

—Bachillerato.

Caldicott escribió «Bachillerato Dibujo Técnico».

—No creo que cuente para mucho, de todas formas, ¿verdad? —Lister extrajo una tira de goma que le colgaba de la suela de la bota.

—¿Por qué no?

—Suspendí.

Caldicott cogió de nuevo el Tipp-ex y borró la palabra «Posible».

—Si es tan amable, lea esto y firme donde se indica.

Caldicott le acercó la solicitud, cogió el teléfono y marcó un número de diez dígitos.

Lister detuvo su lectura en las condiciones de empleo. Estaba firmando un contrato de cinco años. Cinco largos años. Cuando acabara, tendría casi treinta años. Un viejo.

¡Ja! Ni de broma.

Se preguntaba cómo no se le había ocurrido esto antes. Unirse al Cuerpo Espacial, meterse en una nave con base en la Tierra y, tan pronto como llegara a casa: gracias, buenas noches. Lister, David, ausente sin permiso.

Firmó y se guardó el bolígrafo en el bolsillo, incluyendo la cadena de metal y la base.

—Bien —dijo Caldicott, colgando el teléfono—, la situación es esta: hay catorce naves en puerto, pero no hay plazas libres para nadie con sus... habilidades.

—¿Cuáles son mis habilidades?

—No tiene ninguna. Tendrá que entrar en nivel de técnico de tercera clase.

—¿Técnico? —repitió Lister, impresionado.

—Eso es —dijo Caldicott, sonriendo.

Las tareas de un técnico de tercera clase consistían básicamente en asegurarse de que a las máquinas expendedoras no se les acabara la sopa de pollo, fregar suelos y otras ciento una tareas consideradas demasiado estúpidas para los droides de servicio. Caldicott no creía que fuera el mejor momento para contarle la verdad a Lister.

—*Téc-nicoh* —dijo Lister, con una voz pseudo-chic. Echó un vistazo al oficial del póster con uniforme blanco y sonrisa de Burt Lancaster—. Soy un puñetero *téc-nicoh*, ¿sabes?

—Tan pronto como surja algo, se lo haremos saber. Deje su dirección.

—¿Dirección?

Lister no sabía qué poner. Se decidió por: «Taquilla de equipaje 4179, Estación central de transbordadores aéreos de Mimas».

OCHO

—Vuelo de transbordo CMJ159 para *Gigante Blanca* embarcando en puerta número cinco —anunció el altavoz, y procedió a dar el mismo anuncio en esperanto, alemán y tres dialectos distintos del chino.

Un grupo de mineros apagaron sus cigarrillos y acabaron sus cervezas; después, se echaron al hombro a regañadientes sus bolsas de viaje antes de unirse a un grupo de oficiales uniformados en blanco y a algunos técnicos vestidos de gris en la cola de la puerta número cinco.

Dos oficiales de la Patrulla Costera se abrieron paso a zancadas entre la muchedumbre, balanceando de manera informal sus porras de disuasión. La gente fingía no mirarles. No se debía molestar a la Patrulla Costera. No a menos que uno quisiera que le remodelaran el cráneo para parecerse al mapa en relieve de Marte, con los canales y todo.

—Esto tiene que ser una broma.

—Esta es la dirección que nos han dado —dijo la rubia.

Se detuvieron ante el enorme conjunto de taquillas de equipaje y miraron alrededor, buscando el número 4179. La morena llamó a la puerta.

—Esto tiene que ser una broma —repitió.

A Lister le despertó de un sueño, en el que un sándwich de pepinillos hablaba italiano con fluidez, el sonido metálico ensordecedor de la llamada de la agente de la Patrulla Costera Henderson en la puerta de la taquilla de equipajes con su porra de acero.

—Es una broma. Te lo dije.

—Un momento —dijo Lister—. Dejen que me vista.

En el diminuto espacio de la taquilla, que había sido diseñada para albergar dos maletas pequeñas, buscó a tientas en la oscuridad, localizó la ropa y se puso los pantalones manchados de café y limpiador de tapicerías.

—¿Quién es?

—Patrulla Costera. Buscamos a un tipo llamado «Lister».

—Veré si está dentro —gritó Lister, intentando ganar tiempo—. ¿Para qué le buscan?

—Ha sido asignado. Le han encontrado una nave.

La puerta se abrió y Lister saltó los ciento ochenta centímetros que le separaban del suelo. Se cogió la barbilla con una mano, colocó la otra en la parte trasera del cuello y chasqueó la cabeza hacia un lado, con el acompañamiento de unos rugidos estomacales.

—Recibimos sus papeles —dijo Henderson— y...

—Espere un momento —dijo Lister—. No veo nada todavía. Denme un minuto.

Parpadeó un par de veces y se frotó los ojos. Lentamente, fue enfocando a las dos agentes.

—Hola —dijo Lister—. Les invitaría a pasar, pero está algo desordenado. Es más bien una taquilla de equipaje de soltero que...

—¿Cuánto tiempo lleva durmiendo ahí?— interrumpió Henderson.

—Desde mi segunda noche en Mimas. Intenté dormir en un banco del parque, pero me levanté en medio de la noche completamente desnudo y un viejo chino estaba chupándome el pie. Así que, comparado con eso, esto es el Mimas Milton.

—No tiene permiso de trabajo, ¿verdad?

—Lo tengo, de hecho, pero pertenece a una mujer llamada Emily Berkenstein. Es una larga historia.

—Coja sus cosas.

—Ya llevo mis cosas encima.

—¿Dónde?

—En mi bolsillo.

Regresaron cruzando el vestíbulo de la estación de lanzaderas hacia las puertas de embarque.

—Debemos dejarle en la puerta nueve.

—¿Hay tiempo para desayunar?

—Si es rápido, sí.

Lister se separó de su escolta y, sin detenerse siquiera, atravesó el restaurante de comida rápida Fideos Deliciosos, cogiendo un sándwich de soja a medio terminar y tres cuartas partes de una hamburguesa de fideos que alguien con una constitución más débil había dejado intacta.

—Probablemente pensarán que soy un guarro —dijo Lister, acabándose un batido quíntuple y aspirando con la pajita el fondo— pero se equivocan. Solo tengo hambre, ¿vale?

—Eh, es una lástima que tenga que irse en esa nave —dijo Henderson—. Si no, podría haberme invitado a cenar. Ya sabe, un par de rollos de huevo a medio comer. Quizás una búsqueda intensiva en la basura para comer restos del Kentucky Fried Chicken. Y después, vuelta a casa para deleitarnos con media botella de parafina. Hubiera sido tan romántico.

—Mire —dijo Lister, sin captar en absoluto la ironía— aún puedo echarme atrás en esto de la nave. ¿Por qué no lo hacemos? Solo prométame que no traerá la porra de acero.

«A Ganímedes y Titán,

sí, señor, he ido ya,

pero no hay otro lugar

en el espacio sideral

como esta bonita ciudad...

Ciudad Lunar Siete

eres el cielo en mi mente.

Del uno al diez, te doy veinte,

colonia artificial terraformada que amaré siempre...»

A través del diminuto sistema de sonido de la lanzadera, Perry N´Kwomo, el baladista africano, cantaba con voz suave uno de los muchos éxitos de música ligera de su álbum superventas, *Bonito y Nauseabundo*.

Lister estaba sentado en el repleto transbordador espacial con el resto de los nuevos reclutas en el viaje de veinticinco minutos a su nave asignada, observando desde su asiento de ventanilla como Mimas se alejaba bajo él como un regusto amargo que escupía en mitad de la noche.

Hojeó la revista interna del transbordador, *¡Arriba, arriba, y lejos!* Se detuvo durante un momento en la irritantemente insulsa página de contenidos. «Sal. Un placer epicúreo», «Vinos clásicos de Estonia» y «Tejiendo de la manera tradicional» eran algunos de los artículos más fascinantes. ¿Cómo es posible, se preguntaba Lister, rellenar una revista de ciento veinte páginas sin incluir nada remotamente leíble? La devolvió a la redecilla del asiento delantero y decidió leer la tarjeta plastificada que contenía las instrucciones en caso de aterrizaje forzoso por segunda vez.

El transbordador zumbaba lentamente a través de los grupos de gigantescos cargueros espaciales que se balanceaban en órbita como un ramo de globos mastodóntico.

La aerodinámica nunca fue considerada en el diseño de las naves. Todas las naves se construían en órbita, estaban diseñadas para no aterrizar, para no encontrarse nunca con resistencia o gravedad y, por lo tanto, eran un compendio de formas extrañas y estrafalarias.

Durante cinco minutos completos el transbordador voló paralelo a una nave de suministro llamada la *Arthur C. Clarke*: una extensión de tres kilómetros y medio de sucio acero gris, luces naranjas salpicando el enorme y bulboso compartimento de carga, del que emergía una sección de morro tubular, larga y densa, que se ensanchaba y se estrechaba como el cuello de una narguile oriental.

Finalmente, la nave alcanzó la cúspide del carguero y giró.

La ventana de Lister se llenó de rojo.

Y rojo.

Y rojo.

No podía ver dónde empezaba ni dónde terminaba. Pero era grande. No, era GRANDE.

Un gran, rojo, rojo, puño metálico cerrado.

Mientras el transbordador aceleraba hacia el rojo, los detalles emergían lentamente a través de la penumbra espesa del espacio. Gradualmente, Lister veía las miles de diminutas ventanas como cabezas de alfiler y una línea de luz delgada como la seda dental que recorría la nave: el sistema de metro del buque.

Un enorme forúnculo sombrío sobresalía un kilómetro y pico del vientre del monstruo rojo... una luna pequeña, salida de órbita, que había sido lanzada al plexo solar de la nave y ahora se había anidado en el casco, colgando como una lapa gigante.

En el momento en que el transbordador oscilaba para alinearse con el objeto de atracar, el morro cónico de la roja nave apareció a la vista: seis mástiles de acero de casi un kilómetro, unidos por un cable magnético, como si el puño estuviera agarrando un enorme volante de bádminton. Era el extractor. El extractor absorbía hidrógeno de las corrientes espaciales y las convertía en combustible, lo que hacía que, en teoría, la nave fuera capaz de navegar para siempre.

Lister sintió el aliento caliente de whisky del fornido astro sentado junto a él, quien ahora se inclinaba para compartir ventanilla.

—El *Enano* —dijo con acento danés, abriendo violentamente otra lata de Glen Fujiyama.

—¿El qué?

Lister intentaba no inhalar.

—El *Enano Rojo*.

—¿Qué tamaño tiene?

—Podría comerse a Copenhague —dijo el danés— y tomar a Helsingor de postre.

Lister aceptó un trago de la lata de whisky e intercambiaron nombres.

—Debe medir unos ocho kilómetros.

—Más o menos— dijo Petersen.

Lister echó un vistazo de nuevo a través de la ventana.

—¡Por Dios, qué cosa más fea!

—Fea como mi madre —Petersen sonrió a través de sus dientes rotos en riñas de bar—. ¿Es tu primer viaje?

Lister asintió.

Petersen eructó, estrujó la lata de whisky, la lanzó al pasillo central y rebuscó otra en su mochila.

—Te ofrecería una —dijo disculpándose— pero solo me quedan doce. ¿Llevas mucho tiempo en Mimas?

—Seis meses.

—Es algo chungo, ¿no?

—Es muy chungo.

—Espera a llegar a Tritón. Tritón mola.

—¿Tritón? —dijo Lister con el entrecejo fruncido— vamos a la Tierra.

—Claro, vamos a la Tierra. Pero antes tenemos que ir a Tritón para obtener el mineral que hay que llevar a la Tierra.

Lister cerró los ojos.

—¿Dónde está Tritón?

—Alrededor de Neptuno.

—Vaya —dijo Lister—. Neptuno. De acuerdo.

Tomó un trago de la lata medio vacía de whisky de Petersen.

—¿Dónde está Neptuno?

—¿Desde aquí? —dijo Petersen, cogiendo una calculadora—. Te lo diré con exactitud.

El danés introdujo un puñado de números en la máquina.

—Está a cuatro mil trescientos treinta y un millones de kilómetros.

Lister suspiró como un neumático reventado.

—¿Y cuánto tiempo tardaremos en llegar?

—Pongamos, unos dieciocho meses —dijo Petersen —. Dieciocho meses sin contar Aduanas. Y en el Control de Inmigración de Tritón son unos hijos de perra. Es peor que en Nueva York.

—¿Dieciocho meses?

—Entonces serán unos doce meses excavando.

—¿Doce meses excavando?

—Y después, dos años más para volver a la Tierra.

—¿Cuatro años y medio?

—Es una nave vieja. Solo alcanza los trescientos veinte mil kilómetros por hora.

—Cuatro años y medio —repitió Lister como si fuera un mantra—. Cuatro años y medio.

Se giró y miró por la ventana en el momento en que el transbordador se hundía en la zanja recortada en la parte trasera del *Enano Rojo*. A ambos lados, revoloteaban edificios: rascacielos, bloques en forma de torre de cien plantas de altura; monolitos de acero y cristal. Por un minuto, era como si sobrevolaran Manhattan; de repente, sin advertencia alguna, la arquitectura cambiaba y parecía Moscú; entonces, pilares estriados y elaborados arcos neoclásicos abrían paso a lo que podría haber sido Nueva Atenas: en conjunto, una mezcolanza de estilos sin ningún gusto, representante de las muchas décadas que la inmensa nave de excavación había tardado en construirse.

Por un tentador momento, entre la enorme cúpula en forma de mezquita y una línea de chimeneas industriales, la diminuta luz azul que era la Tierra, titiló y parpadeó al brillo del Sol distante y entonces desapareció de repente, mientras que el transbordador bajaba en picado hacia las puertas abiertas de la zona de atraque.

—Cuatro años y medio —dijo Lister en un tono catatónico.

NUEVE

Lister se abrió paso a empujones entre la muchedumbre que poblaba la zona de atraque, intentando llegar a la Zona de Autorización de Reclutas, con un Petersen ahora estúpidamente borracho a remolque. Habían sido detenidos en la aduana del *Enano Rojo* y a Petersen le habían registrado la mochila. Sus pertenencias comprendían un cepillo de dientes, un par de calzoncillos, tres calcetines y once latas de whisky. Al ser informado de que no podía entrar con el licor sin pagar impuestos, se había plantado en el pasillo verde y se había bebido de golpe las once latas, una tras otra, ofreciendo a Lister un sorbo por lata.

Después, Petersen anduvo zigzagueante con la cabeza inclinada en un ángulo curioso, cantando una obscena canción popular danesa, acompañándola de gestos y miradas lascivas, mientras Lister lo llevaba de la solapa hacia la pasarela móvil.

Arriba, dominando la puerta de embarque de la nave, había una pantalla de televisión del tamaño de un campo de fútbol, desde la cual una cabeza sin cuerpo proporcionaba información lúgubremente. La cabeza era una reproducción digitalizada de un hombre calvo de cuarenta años, con una voz que tenía un ligero deje del este de Londres.

—El suelo se ha detenido —dijo Petersen cuando alcanzó el final de la pasarela— eso está muy bien.

Lister examinó las tarjetas identificativas que el personal de iniciación del *Enano Rojo* sostenía por encima de las cabezas de la muchedumbre apiñada.

—Hola, soy Chomsky.

—¿Chomsky? Pierre, ¿no? —Rogerson marcó con una cruz en su carpeta—. Vale, espere aquí un segundo. Todavía estamos buscando a un Burroughs, un Petersen, un Smichdt y un Lister.

—Soy un Lister —dijo Lister.

—Voy a vomitar —dijo Petersen. Y así fue. Un vómito exorcista.

Yerrrrrrrrrrrrrrrrrrrrrrrrrrrrrgh.

YAAAAAAAAAAAAAAAAAAAAAAAARGHHHHHHH.

Una pausa. Un suspiro.

Yuuuuuuuuuuuuuuuuuuuuuuuuuuuuuuuuuuurh.

Yurgh.

Petersen chasqueó los labios y se limpió la cara con el dorso de la manga.

—Mucho mejor.

Dos *skutters*, droides de servicio con cabeza de pinza, que parecían dos jirafas amputadas en miniatura en bases motorizadas, aparecieron y limpiaron todo ese caos. Petersen intentó darles una propina.

—Todavía nos falta un Burroughs y un Smichdt —dijo Rogerson, intentando disfrazar su disgusto.

—¿Qué es esa cosa? —preguntó Lister, señalando a la cabeza sin cuerpo de la pantalla.

—Holly, el ordenador de a bordo. Tiene un coeficiente intelectual de seis mil. ¿Quiere hacerle una pregunta?

—¿Como cuál?

—Como cualquier cosa.

Roger gritó al techo:

—Eh, Holly, este es Lister...

Los enormes ojos se movieron en su dirección.

—Lo sé. Lister, David. Fecha de nacimiento: 14 de octubre de 2155. Títulos: Bachillerato, Dibujo técnico, suspenso. Rango: Técnico, Tercera clase. Ambiciones: visitar nuevos mundos extraños, para buscar nueva vida y nuevas civilizaciones; para ir donde nadie fue antes. ¿Es correcto, Dave?

Un enorme párpado cayó sobre el ojo digital y guiñó a Lister.

—Pregúntale algo —le pidió Rogerson.

—¿Quién ostenta el récord de todos los tiempos de metraje tridimensional en una temporada de fútbol gravedad-cero?

—Jim Bexley Speed, delantero techo de los London Jets, temporada 74-75. Tres mil setecientos nueve metros cuadrados en la temporada regular.

—¿Y de qué color era la corbata que llevaba puesta cuando fue entrevistado por Mark Matheson después de la Megabowl 102?

—Aguamarina, con una raya diagonal amarillo limón.

—Brutal —dijo Lister sonriendo.

Chomsky intervino:

—¿Quién era el emperador chino de la dinastía Ming en 1620?

—T´ai-ch´ang —repitió Holly inmediatamente— también conocido como Chu Ch´ang-lo Kuang Tsung. Nacido en 1582.

Todos comenzaron a lanzarle preguntas: «¿Quién fue...?», «¿Cuántos?», «¿Cuándo?»... y, una a una, Holly las respondió correctamente.

Por último, Petersen hizo una pregunta.

—¿Por qué da vueltas la habitación?

—Porque estás borracho— dijo Holly.

—¡Es veerrrrrrdaaaaad!— aplaudió Petersen, encantado.

Burroughs y Smichdt llegaron por fin y los diez fueron conducidos a la Línea Norte del *Enano Rojo*, una de las redes de metro que cruzaba el ancho y largo de la nave. Dispersos en los vagones había más monitores que mostraban al genio de ordenador, quien era capaz de mantener muchos miles de conversaciones simultáneamente, que variaban desde qué película ponían en el canal de la nave esa noche a una discusión sobre la importancia de la mecánica cuántica y la relatividad general.

Unos treinta minutos después llegaron al súper ascensor exprés, que les alzó al piso 9172, donde se encontraron con un vehículo, un cochecito eléctrico de tres ruedas, y fueron conducidos a través de tres kilómetros y medio de pasillos hacia la zona de dormitorios, Área P.

—Bueno —dijo Rogerson, mostrando a Lister su dormitorio— ponte cómodo. Yo iré a instalar a los otros chicos en su sitio.

Lister miró a su alrededor una vez entró en la habitación que iba a ser su casa durante los próximos cuatro años y medio. Las paredes metálicas grises reflejaban su estado de ánimo. Unas líneas de neón alrededor de las paredes simulaba la hora del día. En ese momento, el amarillo sucio señalaba la mitad de la tarde. Un naranja sucio señalaría el final de la tarde y un azul sucio indicaría la noche.

Dos cubículos de litera estaban cavados en huecos de la pared, uno sobre el otro. A la derecha había un sencillo lavabo de pie con espejo, que, cuando se activaba por voz, giraba en su base para revelar un anticuado váter químico con la leyenda: «Por favor, irradie sus manos». Lister deseó estar en su acogedora taquilla de equipajes de la Estación Central de Mimas.

Tras él había un conjunto de armarios de aluminio y, dos pasos más allá, se llegaba a la zona marcada irónicamente como «Sala de estar». La sala de estar tenía una dimensión de dos metros cuadrados con un sofá de tres plazas de acero reforzado y una diminuta mesa de café soldada al suelo.

Bonito, pensó Lister, *muy acogedor*.

El otro ocupante de la habitación había dejado pocas pruebas de su existencia. Todo lo que tenía estaba meticulosamente ordenado. En la pared de su litera, la de abajo, había colgado un horario de revisiones en una preocupante escritura perfecta y una hilera de complejos códigos de color. A su lado, había varios certificados, pulcramente enmarcados y una serie de titulares de periódicos recortados, en los que se podía leer: «Arnie es el mejor», «Arnie está en cabeza» y «Arnold: una leyenda viva».

Lister examinó los títulos colocados en la estantería construida en el hueco de la pared bajo la pantalla de vídeo: *Astronavegación y la Teoría del número invisible simplificados*, *Principios conceptuales de mecánica cuántica simplificados*, *El Principio de incertidumbre de Hei-*

senberg para principiantes, Introducción a la Paradoja del mentiroso y la no mecanización de las matemáticas y Cómo ligar con más chicas a través de la hipnosis.

Abrió el armario de su compañero y escudriñó dentro. Veinte pares de calzoncillos militares azules colgaban de perchas envueltos en fundas de celofán, junto a siete pares de pijamas celestes, con etiquetas de la lavandería pinchadas en los cuellos. A Lister le sorprendió que en los bolsillos de los pijamas luciera la insignia del rango. Varios pares de botas inmaculadas hacían fila en el suelo. A su lado había un par de zapatillas de estar en casa, monogramadas en las hormas.

Lister cerró el armario, rascó una cerilla en la placa que rezaba «No fumar», encendió el cigarrillo y se sentó en el sofá de metal.

—Bonito. Muy, muy bonito.

Rogerson volvió.

—Oh, David, te presento a tu compañero de literas...

Lister miró hacia arriba. Detrás de Rogerson se erguía un técnico vestido de gris, alto y delgado, agujeros de la nariz acampanados y ojos grandes que recordaban ligeramente los de un maníaco; y una pierna derecha hiperactiva continuamente en movimiento que parecía estar siempre en otro sitio. Aun sin su bigote falso, no cabía duda de que era el «oficial» que transportó en su saltamontes.

—También es el jefe de tu turno, así que será el hombre que te familiarizará con todo. Lister, este es el técnico de primera...

—Arnold Rimmer —dijo Lister—. Ya nos conocemos.

—No, no nos conocemos —dijo Rimmer, sonriendo demasiado.

—Eres un técnico —dijo Lister, sorprendido—. Me pareció oírte decir que eras oficial.

—Cállate —dijo Rimmer, ofreciéndole la mano y sonriendo aún más.

DIEZ

En su primera mañana en el espacio, Lister se sentó en el salón de actos, con los otros nueve miembros del Turno Z, con su nuevo uniforme de técnico que le picaba en diecinueve partes distintas de su anatomía, mientras su brazo izquierdo y su nalga derecha competían por el título «Apéndice más doloroso» gracias a las doce vacunas inyectadas.

El resto de la mañana anterior y la tarde al completo habían sido un largo proceso de humillaciones múltiples: horas dando vueltas en batas quirúrgicas abiertas por la espalda (¿por qué abiertas por la espalda?, ¿cuándo iba un cirujano a necesitar acceder con urgencia a tu trasero?), proporcionando varias muestras de fluidos corporales (Petersen, de hecho, entrego más muestras de fluidos corporales de las que eran absolutamente necesarias y a nadie le gustó), tests de inteligencia, huellas genéticas, ejercicios de coordinación mano-ojo, simulación de ingravidez centrífuga y, por último, todos habían desfilado como una serpiente de niños de colegio a las terminales informáticas, donde grabaron sus datos para almacenarlos en la biblioteca de hologramas. Lister se había sentado en la habitación, con un casco de metal sobre su cabeza, mientras sus recuerdos y los rasgos característicos de su personalidad se descargaban a un pequeño dispositivo informático en forma de bala. Su vida entera, su personalidad al completo copiada y duplicada en una pieza de hardware informático del tamaño de un supositorio. La grabación de Petersen falló tres veces, con un mensaje de error que decía «Forma no-humana». Al final, tuvieron que administrarle café en gotero y someterle a varias duchas muy frías antes de conseguir que su cerebro funcionara lo suficientemente bien como para ser almacenado. Si, en el caso hipotético de que Petersen alcanzara el estado de «Personal indispensable» y muriera, renacería como un holograma con la madre de todas las resacas.

La puerta del salón de actos se abrió de golpe y Rimmer se aproximó al podio calzando unas botas tan inmaculadamente limpias que se podía ver el infinito en ellas.

La tarde anterior, en el dormitorio, no se había hecho ninguna mención al incidente del burdel. De hecho, Rimmer había actuado de una forma muy creíble al decir que no conocía a Lister. No estaba, según sus palabras, muy emocionado con la idea de compartir literas con un subordinado, pero era algo con lo que los dos tendrían que acostumbrarse a vivir.

—Solo hay una norma —dijo, limpiándose las botas por tercera vez— y la norma es M.E.L. ¿Sabes lo que M.E.L. significa?

—¿Madelman Es una Loca? —propuso Lister.

—Mantener Esto Limpio. Y si tú M.E.L. entonces T.I.B.B.

Lo dejó en el aire para darle más efecto, antes de traducir: Todo Irá Brillantemente Bien.

Lister pasó el resto de la tarde intentando aprovecharse del hecho de que ahora tenía una cama en condiciones, si se le podía llamar así, por primera vez en seis meses. Aunque, curiosamente, había descubierto que no podía dormir hasta que se sentó en la cama y se rodeó las piernas con los brazos, al estilo taquilla de equipajes. Mientras tanto, Rimmer permanecía sentado frente a su mesa inclinada de arquitecto y mataba el tiempo que quedaba hasta el momento de apagar las luces leyendo un libro titulado: «Cómo superar su miedo a hablar en público».

Rimmer subió al podio con firmeza, con la parte interna de las muñecas señalando a los nuevos, un truco que, como había leído en su libro, haría que su audiencia confiara en él, y comenzó a hablar al Turno Z.

—Mi nombre —dijo— es Arnold J. Rimmer. Me llamarán «señor» o «Técnico de primera». Soy su líder de turno. Esta es mi primera tarea y espero que no sea la última. Lo que pretendo es que el Turno Z sea la mejor, más rápida, más disciplinada y más eficiente Unidad de Limpieza, Servicios Sanitarios y Mantenimiento Rutinario, que esta nave, u otra cualquiera, haya visto.

Hizo una pausa. Silencio. El libro había recomendado que el silencio podía ser eficaz en el discurso, si se utiliza juiciosamente. Utilice el silencio, instaba el libro. Rimmer estaba en pie ante el público, en silencio. Es suficiente, decidió. Más discurso.

—Cuando hacemos algo, lo hacemos rápido y lo hacemos bien.

Más silencio.

Un poco más de silencio.

No. Esta pausa no tenía sentido. Solo le hacía parecer que había olvidado lo que estaba diciendo.

—Esta nave tiene una anchura de cuatro kilómetros y medio, una altura de seis kilómetros y medio, y casi nueve kilómetros y medio de longitud. Pero... —se detuvo de nuevo, un silencio excelente y pequeño, por el que se felicitó. Muy certero —si en algún punto de ella, una máquina expendedora se queda sin sopa de pollo, quiero que un miembro del Turno Z esté allí en menos de cuatro minutos.

Más silencio. El mejor de ellos.

—Solíais pensar que vuestra madre era vuestra mejor amiga. Ya no. Desde este momento, vuestro mejor amigo es esto... —dijo sosteniendo un tubo metálico de un metro de longitud con un asidero en espiral y siete cabezas intercambiables—. Se llama *súper fregona sónica*. Friega, limpia al vapor y aspira. Y desde ahora, nunca os abandonará. Donde quiera que vayáis, la SFS irá con vosotros. Trabajaréis con ella, comeréis con ella, dormiréis con ella.

Los nuevos miembros del Turno Z intercambiaron miradas.

Rimmer les ofreció otro silencio. Había ido bien, pensó. Un discurso bonito y directo. Algunos silencios adecuados. ¡No! Algunos silencios magníficos. Y estaba especialmente orgulloso del final viril sobre la súper fregona sónica, que había copiado penosamente de su película favorita: *Dios, amo esta guerra*.

Lister se puso en pie e irrumpió con un saludo.

—¡Señor, pido permiso para hablar, señor!

Un saludo poco cuidado, pensó Rimmer. Tendría que enseñarles su propio saludo, el que él inventó. Del que dibujó diagramas y envió al Ministerio Espacial, con la esperanza de que sustituyera el antiguo saludo estándar fuera de moda. Era un gran saludo y un día le haría famoso. Se realizaba de este modo: desde la posición de firmes estándar, el que saludaba llevaba su brazo derecho al frente con firmeza, en un ángulo perfecto con su cuerpo. Después, giraba su muñeca en cinco círculos, para simbolizar las cinco ramas del Cuerpo espacial y, entonces, llevaba su brazo hacia atrás, con los dedos rígidos, para formar un triángulo equilátero con su frente; terminado esto, se enderezaba el codo de manera que el brazo se colocaba señalando al costado, tras lo cual volvía elegantemente a su posición inicial. También había variantes: el «Doble-Rimmer», para ocasiones especiales, en el que el saludo se realizaba con ambos brazos simultáneamente, y el «Medio-Rimmer», con solo un brazo, y con tres círculos para situaciones de emergencia, en las que no había tiempo de llevar a cabo el «Rimmer-Completo».

—Permiso concedido —dijo Rimmer, devolviendo el saludo de Lister con un Rimmer-Completo de cinco círculos.

—Señor...

—¿Sí, Lister?

—¿Es posible ser transferido a otro turno, señor?

—¿Por qué?

—Bueno, con respeto, señor, creo que es usted mentalmente inestable.

—Siéntese —dijo Rimmer, sacudiendo la cabeza—. Siempre hay uno, ¿verdad? Un bromista. Un payaso. Un imbécil.

—Sí, señor —añadió Lister— pero normalmente no está al cargo.

Risas.

Era una situación complicada. Rebelión, pérdida de respeto. Debe ser pisoteado, debe ser derrotado. Su libro de «Ciencias del poder» era bastante claro en eso. Para derrotar un motín menor, elija al líder: el más resistente, el más grande, el más fuerte; y humíllele. Y el resto le seguirá como corderitos.

No parezca enfadado. Sonría. El poder real, el poder verdadero no se muestra... se sobreentiende.

Rimmer sonrió. La audiencia dejó de reír lentamente.

Excelente. Es hora de golpear.

Sin aviso previo, giró sobre sus talones y señaló.

—¡Usted! ¡En pie!

Un hombre con la cara como rocas lunares levantó sus 112 kilos y medio de peso. Rimmer bajó del podio y, lentamente, paseó hasta llegar frente a él. Miró sus pequeños ojos negros de ave de rapiña, la cabeza de bala calva, los pelillos de la nariz largos y enredados. Era unos cuarenta centímetros más alto que Rimmer. Y Rimmer era alto.

—¿Qué está mascando? —dijo Rimmer, después de un silencio más que suficiente.

—Tabaco.

—¿Tabaco?

Una sonrisa.

—Sí.

Desafío.

Rimmer sonrió y asintió, mirando a su alrededor en el salón de actos.

—Bien, espero que haya traído suficiente para todos.

Los otros rieron. Estaban de parte de Rimmer.

—No.

Ligeramente perplejo.

—No, señor. Deshágase de él.

Victoria.

El hombre alto mascó pensativo durante unos segundos. Entonces, de repente, una larga columna de esputo marrón cayó en la puntera pulida de la bota izquierda de Rimmer.

Rimmer miró a su bota izquierda y entonces subió la cabeza lentamente.

—He ganado ya el respeto de algunos. Veo que con usted, esto me va a llevar más tiempo. Ahora, tírese al suelo y haga cincuenta flexiones.

—Ppptt —dijo el gran hombre y un segundo chorro de tabaco a medio mascar alcanzó la bota derecha de Rimmer.

Rimmer osciló hacia delante y atrás sobre sus talones, asintiendo y sonriendo aún.

—Bueno. Vale —dijo, de manera agradable—. Creo que esto va a ser así siempre. Disolución de la asamblea.

Lentamente, el Turno Z comenzó a serpentear buscando la salida del salón de actos.

—Ah, por cierto... —Rimmer llamó al mascador de tabaco. Mientras el hombre se giraba, Rimmer dio un salto y, acompañándolo de un grito de kamikaze, rodeó con sus brazos y piernas el cuerpo del hombre gordo, y cayeron entre una fila de sillas.

Cuando Lister abandonaba el salón de actos, la cabeza de Rimmer golpeaba rítmicamente contra la parte superior de la mesa del pupitre.

BANG.

—Estupendo —decía Rimmer.

BANG.

—No hay nada malo...

BANG.

—En sus reacciones.

BANG.

—Solo estaba probándole.

BANG.

—Así que le gusta mascar tabaco, ¿no?

BANG.

—Bueno, eso es correcto y muy chic.

BANG.

—Si le apetece, puedo bajar a Suministros y traerle más.

BANG.

—Creo que voy a perder la conciencia en este momento.

BANG.

BANG.

BANG.

ONCE

Todo el mundo estuvo de acuerdo en que fue un funeral espléndido, pero nadie lo disfrutó tanto como el propio difunto.

—No puedo expresar lo estupendo que es estar muerto —le decía a todo el mundo que quería escuchar—. Ha solucionado todos mis problemas.

Cada miembro fuera de servicio de la poderosa tripulación de once mil ciento sesenta y nueve tripulantes llenaba la amplia cantina de la nave.

McIntyre estaba sentado en la mesa principal; ante él una enorme tarta en forma de ataúd que contenía su propia efigie en mazapán y escuchaba, inflando su ego, mientras sus compañeros oficiales le cantaban alabanzas.

Saunders, para gran alegría suya, había sido apagado; y aunque en principio había preocupación sobre la idea de revivir holográficamente a un hombre que se había suicidado, las dudas fueron apaciguadas cuando se descubrieron las causas del suicidio de McIntyre.

McIntyre se levantó con el sonido de un tumultuoso aplauso y tocó la «H» estampada en su frente holográfica, mientras más de ocho mil personas pisoteaban el suelo y tintineaban las copas de vino con tenedores y cucharas.

—Bueno, en primer lugar quiero dar las gracias a la capitán por el precioso panegírico... um, fue muy halagador y profundamente emotivo y mereció la pena todo el tiempo que empleé en escribirlo.

Una enorme carcajada retumbó en la cantina y McIntyre sonrió alegremente.

—Ahora en serio, sé que hay un rumor en el aire que habla de que me suicidé. Me gustaría intentar explicar por qué lo hice...

McIntyre comenzó a hablar sobre sus deudas debidas al juego. Deudas en las que incurrió durante los permisos fuera de nave en bares de Febe, Dione y Rea jugando a «La gran farra».

«La gran farra» era un deporte prohibido con derramamiento de sangre, que se basaba en la lucha a muerte entre dos caracoles de lucha venusianos de cría selecta. Los feroces gasterópodos, con cuernos afilados a mano, se encontraban en una fosa de metro ochenta y se apostaba a favor del que finalmente vencía. «Finalmente» era la palabra: un solo cabezazo de un caracol luchador venusiano podía llevar más de tres horas y el combate al completo a menudo duraba días enteros. Mientras tanto, los aulladores espectadores se emborrachaban cada vez más, llevando a cabo apuestas de proporciones cada vez más salvajes. Se podía perder mucho dinero jugando a «La gran farra». Y McIntyre lo había hecho. McIntyre admitía que era un deporte cruel y sin sentido, que decía mucho de la falta de humanidad. Pero la excitación de ver a dos caracoles asesinos atacando lentamente en la fosa, los rugidos de la muchedumbre cuando un caracol resultaba herido y el otro se retiraba en su caparazón durante horas... bueno, hay que estar allí para creerlo.

Antes de darse cuenta, McIntyre tenía deudas que alcanzaban casi cinco veces su sueldo anual. En la desesperación de tener que pagar a la Mafia de Ganímedes que llevaba las luchas de caracoles, había pedido un préstamo enorme en la Sociedad de Préstamos Garantía Dorada que, como se supo después, también era negocio de la Mafia de Ganímedes. No lo sabía cuando firmó, pero le cargaban un porcentaje anual de intereses (PAI) del nueve mil ochocientos por cien.

La cláusula del contrato que lo especificaba llevó el término «letra pequeña» a una nueva dimensión.

La cláusula estaba oculta en un micropunto, ocupando el punto de la última *i* de la página tres del contrato de préstamo, en la frase: «Bienvenido, ya es miembro de la familia de Seguros Dorados».

Asustado al descubrir que su primer plazo mensual era unas siete veces mayor al préstamo original, arriesgó lo que le quedaba, y lo perdió también.

McIntyre le escribió a la Sociedad, explicando la situación, e intercambiaron un gran número de cartas más y más angustiadas durante el viaje del *Enano Rojo* a los satélites saturninos. Finalmente, McIntyre aceptó conocer a un representante de la sede central de la empresa cuando la nave atracara en Mimas, para discutir un plan de pago.

Como estaba previsto, en la primera noche en órbita alrededor de Mimas, McIntyre colgó su uniforme y se dirigió al salón de café del Mimas Milton, donde se reunió con tres caballeros, representantes de la Sociedad de Préstamos Garantía Dorada, quienes llegaron al único hotel de cinco estrellas de Mimas blandiendo unas tijeras industriales de podar.

Allí, ante la mirada de los huéspedes del hotel, que tomaban tranquilamente café y bollos con nata, McIntyre se comió a la fuerza su propia nariz.

Necesitó poca persuasión más antes de decidir probar un nuevo plan de pago y finalmente optó por el Esquema de súper descuento «Pague-esta-noche-y-no-será-asesinado» de la Sociedad de Préstamos Garantía Dorada.

Medio loco y aterrorizado, volvió a su despacho en el *Enano Rojo*, explicó brevemente su aprieto a su ficus y se suicidó.

La parte bonita de este asunto era, por supuesto, que como holograma estaba a salvo de represalias. Continuaría con su vida, muerto y sin problemas, que era lo que le contaba a todos los que querían escuchar lo estupendo que era estar muerto y cómo esta situación había resuelto todos sus problemas.

McIntyre terminó su discurso agradeciendo a todos su comprensión y amables palabras y concluyó parafraseando a Mark Twain.

—Los rumores sobre mi muerte —dijo— se han quedado asombrosamente cortos.

De los ocho mil miembros reunidos, solo cinco captaron la broma y ninguno de ellos se rió. McIntyre tampoco lo entendía; se lo había recomendado el psiquiatra metafísico de la nave que le aseguró que obtendría una «gran carcajada general».

Después del brindis, la capitán, una americana bajita y regordeta que tuvo la mala suerte de nacer con el apellido «Kirk» pronunció un discurso muy aburrido dando la bienvenida a los nuevos a bordo y esbozando el calendario de vuelo para el viaje hacia y desde Tritón, antes de sentarse y señalar de ese modo el inicio de la fiesta de la muerte de McIntyre.

El enorme equipo de sonido vibraba y se sacudía mientras hacía sonar una canción reggae de un grupo que había estado en el número uno durante dos semanas, hacía cinco años.

Dos mil miembros de la tripulación estaban en la pista de baile, balanceándose y sudando, mientras el resto estaba sentado en las mesas de alrededor, bebiendo y sudando.

A pesar de que llevaban a bordo menos de dos días, todos los miserables, fracasados y desaliñados en general habían hecho buenas migas, como almas gemelas, y permanecían sentados en grupos ruidosos haciendo competiciones de ingesta de alcohol. Del mismo modo, todos los ambiciosos hombres y mujeres de carrera se habían colocado juntos y bebían vino blanco con poco alcohol o agua mineral baja en calorías, hablando sin parar sobre trabajo.

Excepto Phil.

Por alguna razón, Phil Burroughs se había unido al grupo de Lister. Phil era un centrado estudiante universitario de la academia en una adscripción temporal de dos años. Sería un trabajador a jornada completa antes de darse cuenta de que se había unido al grupo equivocado y no tenía nada en común con ninguna persona de las que se encontraban compartiendo mesa con él esa noche. Mientras tanto, Petersen estaba derramando una pinta de cerveza en el bolsillo de su chaqueta.

—¡Esa es mi cerveza! ¿Qué diablos estás haciendo?

—Es mi manera —dijo Petersen sonriendo— de decir que es tu ronda, colega.

Phil se puso en pie y se dirigió a la barra. Aunque eran solo cinco en la mesa, Lister, Petersen, Chen, Selby y él, le habían dicho que pidiera veinte pintas de cerveza. Por alguna razón que no podía entender, cada ronda consistía en cuatro pintas para cada uno. «Ahorra en suela de zapatos», había señalado Petersen. No parecía importar si las querías o no. En cada ronda, Phil había pedido vino blanco con poco alcohol y en cada ronda le habían servido cuatro pintas de espumosa cerveza japonesa. Sabía de buena tinta que Chen y Petersen le estaban birlando dos de sus cuatro cervezas, pero a él le parecía estupendo; su límite era tres cervezas por noche y ya se había bebido siete.

Tres camareros idénticos le preguntaron qué deseaba. Pidió veinte pintas, dejó caer su cabeza en un charco de cerveza en la barra y se quedó dormido de inmediato.

En la mesa, Lister terminó su historia sobre cómo había sido emborrachado y secuestrado a bordo. La había adornado solo ligeramente. En su versión, por ejemplo, las mujeres de reclutamiento le habían seducido en una cabina de fotomatón y por eso tenía esa expresión de sorpresa en la fotografía del pasaporte.

A Petersen le tocó su turno. Había llegado a Mimas en una nave vertedero de residuos radioactivos llamada *Pax Vert*, que había expulsado su pútrida carga en la luna saturnina de Tetis y ahora volvía a la Tierra. Estaba intentando conseguir un pasaje a través del Sistema Solar hacia Tritón, donde compraría una casa. Como explicaba, ya que Tritón estaba al final del Sistema Solar, a más de cuatro mil millones de kilómetros de la Tierra, los precios de las viviendas allí eran bastante razonables. Por tan solo dos mil libradólares, Petersen había comprado una casa-cúpula de veinticinco dormitorios, con doce cuartos de baño en las habitaciones y una cancha de squash gravedad cero.

—Al principio pensé que había algo raro —dijo Petersen, mostrando un plano enviado por el agente inmobiliario—. Pero mirad, es bonita.

—¿No te enviaron una fotografía? —dijo Lister con los ojos entrecerrados.

—No, no se pueden sacar fotos en una atmósfera de metano.

—¿Me estás diciendo que todavía no han instalado una atmósfera de oxígeno?

—No. Tendré que pasear por los alrededores en traje espacial. ¡Por eso es tan barata! —exclamó y se bebió rápidamente otras dos pintas—. Tenéis que mudaros allí. Hay una parcela de unos tres mil doscientos kilómetros al lado de la mía. Os lo aseguro... es una gran inversión. Planean instalar oxígeno en diez o doce años. ¿Imagináis qué pasará con el precio de las casas una vez que la atmósfera sea respirable? ¡Subirán como la espuma!

Lister le miraba. ¿Hablaba en serio? Parecía que sí.

—Mirad —continuó Petersen—. ¿Sabéis que Tritón es la única luna en todo el Sistema que gira en dirección contraria al planeta que está orbitando?

Petersen demostró el principio científico rotando su cabeza y agitando el vaso de cerveza alrededor en el otro sentido. La cerveza burbujeante caía en cascada encima de la mesa ya empapada.

—Quizás —dijo Lister, que se estaba comenzando a preguntar si Petersen sufría lesiones cerebrales—. Pero eso no es razón para comprar una casa allí.

—Cierto —asintió Petersen— pero si alguna vez tienes huéspedes, es un buen tema de conversación.

La música cambió. Una canción de Johny Cologne: *Presiona tu cuerpo contra el mío*. Era la hora de achucharse.

Se oyó un chirriar de sillas cuando la gente se levantó y llevó a sus parejas a la ya repleta pista de baile. Una enorme bestia multimémbrica ondulaba, fluyendo y ondeando, contrayéndose y expandiéndose con el influjo sutil de la música.

Lister se encontró de repente solo en la mesa, perdidos los otros en la masa ondulante y palpitante de cuerpos besuqueándose. Miró a su alrededor en la amplia discoteca con los ojos entrecerrados por la borrachera. Mucha gente. Gente bailando, gente tocándose, gente riéndose, gente hablando, gente besándose.

Mucha gente.

En tan solo siete meses, todos ellos estarían muertos.

DOCE

Cinco meses después, Lister miraba a través del ojo de buey del dormitorio y no veía nada. Tan solo unas pocas estrellas distantes y un montón de terrible oscuridad. Era una vista muy parecida a la que había contemplado en las últimas veintiuna semanas. Al principio lo encontró inspirador. Después, lentamente, había dado lugar al simple y llano aburrimiento. Después, al gran aburrimiento. Después, al profundo aburrimiento. Y ahora se encontraba en algún lugar entre el profundo aburrimiento y el incluso aún más horrorosamente profundo aburrimiento; una palabra que aún tenía que inventarse. Era, pensó, incluso un aburrimiento aún más horrorosamente profundo y entumecedor de mentes que una velada nocturna en el Scala, viendo una sesión de doce horas de películas de Peter Greenaway.

Si uno fuera a la Biblioteca Británica y cambiara todas las palabras de todos los libros por la palabra «aburrimiento» y después leyera todos los libros en un tono monótamente aburrido, podría describir con cierta exactitud la vida de Lister a bordo del *Enano Rojo*.

Miró su reloj, las 19:50, hora de nave. Estaba esperando que Petersen apareciera, ya que iban a bajar al bar de cócteles hawaiano Copacabana para pasar la noche exactamente de la misma manera en que habían pasado ciento treinta y tres de las últimas ciento cuarenta y siete noches: bebiendo elaborados Terremotos de San Francisco en cocos de plástico, con Chen y Selby, y no logrando conocer a ninguna mujer interesante. O, para ser más exactos, a ninguna mujer interesante que estuviera interesada en ellos.

Siendo su vida social tan aburrida y monótona, Lister sabía a ciencia cierta que al menos era cuatrocientas setenta y cuatro veces más interesante que su vida laboral en el Turno Z bajo el mando de Rimmer.

Rimmer estaba sentado frente a su mesa inclinada de arquitecto, bajo el brillo rosa de su lámpara de estudio, con una paleta de acuarelas, llevando a cabo un horario de revisiones para preparar su examen de navegación.

En total, se había presentado al examen doce veces. Diez veces le habían evaluado con una *S* de suspenso y en las dos ocasiones restantes obtuvo una *X* de inclasificable.

Pero perseveraba. Cada noche perseveraba, bajo la luz rosa. Todas las noches devoraba su pila de archivos de altura de rascacielos que almacenaba las hojas sueltas de sus apuntes de revisión. Devoraba, intentando digerir pedacitos de conocimiento. Pedacitos que se atrancaban en su esófago, que no bajarían. Era como intentar comer madejas de lana de algodón. Pero perseveraba. Rimmer quería convertirse en oficial. Se moría de ganas. Lo anhelaba. No era lo más importante en su vida. Era su vida.

Dado el momento, habría dejado que le sacaran los ojos con una cuchara si eso hubiese significado que le harían oficial. Se hubiera insertado felizmente dos agujas al rojo vivo simultáneamente en ambas oídos de manera que se juntaran en mitad de su cerebro y hubiera bailado claqué descalzo con la canción de *42nd Street* en una cama de lava fundida haciéndole sexo oral a un orangután de dudosa higiene personal, si eso supusiera la concesión de la barra dorada de Oficial de astronavegación, Cuarta clase.

Pero tenía que hacer algo mucho más agotador, mucho más imposible y mucho más desagradable. Tenía que aprobar el examen de astronavegación.

Nacido en Io, una de las lunas de Júpiter, hacía treinta y un años, era el más joven de cuatro hermanos. Frank era un chico prodigio por haberse convertido en el capitán más joven del Cuerpo Espacial. John era el capitán más joven del Cuerpo Espacial. Howard se había graduado tercero en su clase en la academia y ahora era piloto de pruebas de la nueva generación de propulsores de alta velocidad semiligeros en Houston, la Tierra.

—Hijos míos —diría su madre— mis inteligentes hijos. Johnny el Capitán, Frankie el Oficial de primera, Howie el Piloto de pruebas y Arnold... Arnold, el limpiador de máquinas de sopa de pollo. Si se pudiera demandar al esperma, demandaría al esperma que te hizo.

—Lo conseguiré, madre. Un día, llegaré a ser oficial.

—Y ese día —diría su madre— las ranas criarán pelos.

Si Rimmer no hubiera sido un retentivo anal semejante, se habría dado cuenta de la verdad: no estaba hecho para el Espacio.

No estaba hecho para eso.

Debería haberse percatado de que no tenía el más mínimo interés en astronavegación. O en mecánica cuántica. O en ninguna de las cosas en las que necesitaba estar interesado para aprobar los exámenes y convertirse en oficial.

Había suspendido tres veces el examen de entrada a la Academia. Y entonces, una noche después de leer la historia de la vida de Horacio Nelson, se enroló en una nave mercante como técnico de tercera clase, con el objetivo de ir abriéndose camino y presentarse al examen de astronavegación de forma independiente y gracias a ello ganarse su comisión: la barra dorada de la oficialía.

Eso fue hace seis años. Seis largos años en el *Enano Rojo*, durante los cuales había pasado de ser un modesto técnico de tercera a ser un modesto técnico de primera. Mientras tanto, sus hermanos fueron ascendiendo aún más, hacia la cúspide de la pirámide de mando. Sus éxitos le llenaban de una amargura tal, de un mal genio tal, que incluso una felicitación de Navidad enviada por alguno de ellos (tan solo un recordatorio de que estaban vivos y tenían éxito) le hacía derramar lágrimas de celos.

Y ahora estaba sentado allí, bajo el brillo rosa de su lámpara de mesa de estudiante («¡Reduce el estrés óptico! ¡Favorece la concentración! ¡Ayuda a la retención!» era el lema del orgulloso fabricante de la lámpara), preparándose para presentarse al examen de astronavegación por decimotercera vez.

Consideraba el proceso de revisar tan agotadoramente desagradable, tan mortificante, tan nocivo, que, como la mayoría de la gente que se enfrenta a tareas que consideran odiosas, inventaba estrategias cada vez más elaboradas para no hacerlo de forma que pareciera que lo hacía.

De esta manera, era posible que Rimmer revisara a conciencia durante tres meses y no aprendiera nada.

La primera semana de estudio, la dedicaría exclusivamente a la confección de un horario de revisiones. En el colegio, Rimmer siempre estaba inmerso en colorear sus mapas geográficos: bajo su mano cuidadosa, los campos helados de Europa se pintaban de un delicado azul, los depósitos subterráneos de silicio de Ganímedes se volvían meticulosamente, centímetro a centímetro, de un poderoso y brillante amarillo, y las regiones de metano helado de Plutón se convertían lentamente en un lujurioso y sugerente verde. Hasta la edad de trece, siempre era el mejor de la clase en geografía. De ahí en adelante, hacía falta conocer y comprender la materia, y las notas de Rimmer se hundieron en las tenebrosas profundidades de la *S* de suspenso.

Trasladó su amor por la cartografía a la creación de horarios de revisión. Pasaría semanas de pacientes esfuerzos planificando, diseñando y creando un horario de revisión que, cuando estuviera terminado, sería una obra de arte menor.

Cada hora de cada día estaba subdividida en diferentes períodos de estudio, cada uno etiquetado con su diminuta y cuidadosa escritura cursiva; después los pintaba con acuarelas, con un color distinto para cada asignatura, con los colores más marcados y sombreados según se aproximaba el día del examen. El efecto era como si una miríada de arco iris diminutos se hubieran dividido y se hubieran diseminado en la hoja de tamaño póster.

El único problema era este: ya que a menudo tardaba unas seis o siete semanas, y a veces incluso más, en completar los horarios, para cuando Rimmer había terminado, el examen estaba encima. Entonces tenía que empollarse tres meses de revisiones de astronavegación en una sola semana. Atacado por un pánico casi trastornante, decidía sacrificar los dos primeros días de la semana final para hacer otro horario, lo que suponía que reducía tres meses de revisión a cinco días.

Ya que cinco días tenían que alojar el trabajo de tres meses, la primera cosa que tenía que hacer era dormir. Para prepararse para un horario inexorable de veinticuatro horas al día sin dormir, Rimmer pasaría el primer día al completo en la cama, para estar ultrafresco, de manera que pudiera reducir sus tres meses de revisión en cuatro días.

A la hora de despertarse al día siguiente, ya se sentiría inexplicablemente cansado y comenzaría pronto su dosis de pastillas de cafeína Doble-Plus. A mediodía, ya sufriría de sobredosis y tendría que hacer una visita a la unidad médica de la nave para que le suministrasen un sedante que le relajara. El sedante normalmente le mandaba a la cama, por lo que al día siguiente se levantaría con solo tres días para revisar y una ansiedad tan paralizante que apenas se podía mover. Había que empollarse un mes de revisión cada día.

En ese momento, comenzaría a fumar. Siendo no fumador de toda la vida, se convertiría en un consumidor de cuarenta cigarrillos diarios. Pasaría el día entero paseándose por la habitación, fumándose tres o cuatro cigarrillos a la vez, parándose de vez en cuando para mirar los títulos de su estantería, no sabiendo por cuál empezar, y doblando la dosis recomendada de pastillas antilombrices para perros, creyendo erróneamente que contenían anfetaminas.

Al percatarse de que así no iba a ningún sitio, intentaría deshacerse de la tensión pasando la noche en uno de los bares del *Enano Rojo*. Allí se sentaría, en el pub «Astro Feliz», con una caña de cerveza, intentando eliminar las taquicardias y estar completamente relajado. Dos cervezas y tres horas de relajación de nudos estomacales después, se iría a su habitación y pasaría la mitad de la noche despierto, rezando a un Dios en el que no creía para que le concediera un milagro que no ocurriría.

A dos días del final, devastado por la combinación de ansiedad, nicotina, pastillas de cafeína, alcohol al que no estaba acostumbrado, pastillas antilombrices para perros y cansancio general, se dormiría hasta la mitad de la tarde.

Tras un largo grito, pensaría racionalmente en dar ese día por perdido y pasaría el resto de la tarde comprando los tres mejores despertadores que se pudiera permitir. Esto le llevaría cinco o seis horas y volvería al área de dormitorios exhausto, pero sabiendo que estaba preparado para el día de revisión final antes del examen.

Después de despertarse a las cuatro y media de la mañana, después de hacer ejercicio, ducharse y desayunar, se sentaría a preparar un horario final de revisión final, que condensaría tres meses de revisión en doce horas. Una vez hecho esto, abandonaría y se iría a la cama. Quizá no sabía nada de navegación, pero estaría despejado para el examen del día siguiente.

Por eso Rimmer suspendía los exámenes.

Por eso había recibido diez S de suspenso y dos X de inclasificable. La primera X se la dieron cuando pudo hacerse con anfetaminas de verdad, le dio un espasmo y sufrió un colapso de dos minutos durante el examen; y la segunda fue cuando la ansiedad le afectó tanto, que su subconsciente le obligó a negar su propia existencia y escribió «Soy un pez» quinientas veces en cada hoja del examen. Incluso se levantó para pedir más folios. Lo que era más impactante del asunto es que pensaba que le había salido bien.

Bueno, esta vez va a ser distinto, pensó, sentado frente a la mesa, coloreando los períodos de revisión de mecánica cuántica en líneas diagonales de azul Prusia sobre fondo amarillo ocre, mientras Lister miraba por el ojo de buey.

Petersen entró ruidosamente en la habitación y escenificó su tradicional parodia del saludo Doble-Rimmer, que acababa dándose unas cuantas bofetadas y tirándose al suelo. La primera vez que Lister lo vio, le pareció divertido. Esta era la vez número doscientos cincuenta y dos, y estaba comenzando a perder su atractivo.

Lister y Petersen bajaron al bar de cócteles hawaiano Copacabana por enésima vez. Solo que esta vez Lister hizo algo increíblemente estúpido.

Se enamoró.

Se enamoró perdidamente sin poder remediarlo.

TRECE

La oficial de tercera Kristine Kochanski tenía una cara. Eso fue la primera cosa que Lister supo de ella. No era una cara bonita. Pero era una cara agradable. No era una cara que hubiese hecho zarpar miles de barcos. Quizás dos barcos y un yate pequeño. Eso era hasta que sonreía. Cuando sonreía, sus ojos brillaban como una máquina de pinball cuando se gana una partida extra. Y sonreía mucho.

Lister quizá pudiera haber sobrevivido a la sonrisa. Pero cuando se dio cuenta de que esa sonrisa estaba ligada a un buen sentido del humor ya estaba irremediablemente perdido.

Ambos estaban en la barra, haciendo cola para conseguir una copa, y Lister la estaba mirando de una forma no-te-estoy-mirando: en el espejo de la barra, en el reflejo de su vaso de cerveza, por encima del hombro, haciendo como si mirara a Petersen, en el techo justo encima de sus cabezas y, de vez en cuando, directamente a ella. Su corazón se partió en pedazos cuando un bronceado oficial, uniformado de blanco, que obviamente la conocía, se acercó y la tocó en el hombro. La tocó en el hombro, como si ella fuera una persona común. Eso volvió loco a Lister.

El oficial bronceado y uniformado de blanco se percató de que ella llevaba un libro en el bolsillo de su chaqueta negra. Lister también se había dado cuenta. Se llamaba *Aprenda japonés* de P. Brewis.

—¿*Aprenda japonés*? —resopló el oficial— ¡Suena pretencioso!

Lo que dijo ella entonces llamó la atención de Lister.

—¿Pretenciosa? —se señaló con la palma de la mano en el pecho— ¿*Watashi*?

Lister no sabía ni una palabra de japonés pero adivinó, correctamente, que se trataba de una adaptación de la broma ¿*Pretenciosa? ¿Moi?*

El oficial la miró perplejo.

Ella cogió sus bebidas y volvió a su asiento, mientras Lister intentaba aún pensar en algún modo de empezar una conversación.

Durante la siguiente hora, Petersen habló monótonamente sobre la estación de suministro en la luna de Urano, Miranda, donde el *Enano Rojo* se detendría en siete semanas para abastecerse. Sería su único permiso entre Saturno y Tritón y Petersen le estaba contando lo bien que se lo iban a pasar. Pero Lister no estaba escuchando. Miraba a través de la muchedumbre que llenaba el bar, intentando calcular la cantidad de bebida restante en los vasos de la chica de la sonrisa de pinball y su acompañante femenina, de manera que pudiera encontrarse en la barra cuando ella llegara e invitarla a una copa como por casualidad.

¿A quién estaba engañando? ¿Cómo se puede invitar a alguien a una copa sin que suene a «Quiero que seas la madre de mis hijos»? Si no se hubiera vuelto loco por ella, no habría sido un problema. Lister nunca tenía problemas a la hora de pedir una cita a una mujer, siempre que no estuviera demasiado interesado en ellas. Cuando lo estaba, cosa que no pasaba muy a menudo, tenía todo el encanto, ingenio y serenidad de un perro alsaciano después de una operación de intercambio de cerebro.

Ella se levantó y se dirigió a la barra. Lister se levantó también. Intercambiaron sonrisas, pidieron las bebidas y volvieron a sus respectivas mesas.

¡Maldita sea¡ ¡Adiós oportunidad!

Ella se levantó de nuevo.

—Mi ronda —dijo Petersen, levantándose. Lister le empujó de vuelta a su silla y se dirigió a la barra. Esta vez intercambiaron miradas y «holas», pidieron las bebidas y volvieron a sus respectivas mesas.

¡Maldita sea¡ ¡Otra oportunidad perdida!

La oficial llevaba menos de un minuto sentada cuando se levantó de nuevo. Los vasos de las dos chicas estaban llenos.

Va a por cacahuetes, pensó Lister.

—¿Quieres cacahuetes? —le preguntó a Petersen.

—No, gracias.

—Iré a por unos pocos.

Volvieron a coincidir en la barra. Intercambiaron sonrisas de nuevo. Entonces ella se presentó y le pidió a Lister una cita.

Y así empezó todo.

Lister se convirtió en un cliché andante. Sus sentidos estaban hipersensibles hasta el punto de llegar a pensar que el aire reciclado y viciado de la nave era frío y revigorizante, como brisa de primavera. No tenía ganas de comer. Dejó el alcohol. Las canciones pop empezaron a decirle algo. Como por arte de magia, se volvió más atractivo: había escuchado que esto solía pasar pero no lo había creído nunca. Se levantaba de la cama antes de que sonara el despertador, lo nunca visto. Hasta empezó a maravillarse de la vista que le ofrecía el ojo de buey.

Y su cara adquirió tres nuevas expresiones. Tres expresiones que le había robado a ella. Tres expresiones que, en ella, resultaban adorables. Ni siquiera se daba cuenta de que las estuviera copiando y ni mucho menos se percataba de lo ridículo que parecía cuando las manifestaba. Y, probablemente, aunque se hubiera dado cuenta, no le habría importado. Porque la oficial de tercera, Kristine Kochanski, también conocida como «Nena», también conocida como «Angelito», también conocida como «Krissie», también conocida como «K.K.», «Encanto», y un montón de nombres más, demasiado nauseabundos como para mencionarlos, estaba locamente, eléctricamente enamorada de él.

La película favorita de Lister de todos los tiempos era *¡Qué bello es vivir!* de Frank Capra, y para hacer las cosas completamente perfectas, resultó que también era la preferida de Kochanski. Estaban sentados en la cama (habían echado a la compañera de dormitorio de Kochanski, Barbara, al cine de la nave una vez más), comiendo perritos calientes con mostaza, y viendo, por tercera noche consecutiva, *¡Qué bello es vivir!* en la pantalla de vídeo de la habitación.

De repente, en mitad de la escena en la que el padre de Jimmy Stewart muere, Lister se dio cuenta de que estaba hablando por primera vez en su vida de la muerte de su padre.

No era, por supuesto, su padre verdadero, pero solo tenía seis años y no sabía que era adoptado. Había sucedido en un cálido y glorioso día a mitad de verano y todos le habían traído regalos y juguetes al pequeño Lister de seis años. Era mejor que Navidad. Recordaba desear en aquel momento que más gente muriera, para poder completar su colección Lego.

Ella le agarraba la mano y le escuchaba.

—Mi abuela intentó explicármelo. Dijo que él se había ido lejos y que no volvería. Así que quise saber dónde y me dijo que él era muy feliz y que se había ido al mismo lugar que mi pececito de colores.

Lister jugó ausente con una de sus rastas.

—Creía que lo habían tirado por el inodoro y habían tirado de la cadena. Solía sentarme con la cabeza medio metida en el váter y hablar con él. Creía que estaba justo detrás de la curva en U. Al final, tuvieron que llevarme a un psicólogo infantil porque me encontraron con la cabeza dentro de la taza, leyéndole los resultados del fútbol.

Esto nunca le pareció gracioso a Lister. Pero cuando Kochanski comenzó a reírse a carcajadas, él también empezó a reírse. Era como un géiser explotando. Algo había sido exorcizado. Y mientras estaban tumbados en las sábanas llenas de migas de pan, abrazados, riéndose como idiotas, e incluso aunque solo llevaban saliendo unas tres semanas y media, Lister supo con más certeza de la que jamás había tenido por nada que estarían juntos, para siempre.

CATORCE

Después de siete meses en el espacio, mientras Rimmer estaba sentado frente a su mesa inclinada de arquitecto bajo el brillo rosa de su lámpara de estudio, Lister miraba a través de la ventanilla de la habitación, deseando volver a aburrirse.

Hacía tres semanas que había dejado de salir con Kochanski.

Toda la relación, el glorioso «para siempre» que había imaginado, solo había durado un mes. Entonces, una noche en su dormitorio, cuando Lister llegó para llevarla a ver una película, ella le dijo que quería romper. Él se rió. Creyó que era una broma. Pero no lo era.

Había estado saliendo con Tom (¿o era Tim?), un oficial de navegación de vuelo, durante casi dos años. Tom o Tim (podría ser Tony) la había dejado por una aventura con una morena de Catering. Y estaba con Lister por despecho. Al principio no se dio cuenta, pero cuando Tom, Tim, Tony o Terry, o como quiera que se llamara ese niñato, había aparecido en su puerta, habiendo abandonado a la morena de Catering, ella había corrido a refugiarse en sus brazos de nuevo.

Hubo lágrimas, hubo disculpas y los patéticos tópicos de rigor: podemos seguir siendo amigos, si conocieras a Trevor seguro que te gustaría, ojalá pudiera ser dos personas distintas para poder amaros a los dos, y así, *ad nauseum*.

Ella le devolvió la sudadera azul que él le había prestado. Le devolvió las cintas digitales de música y quiso devolverle el collar que él le había comprado, cosa que Lister, por supuesto, rechazó.

Y eso fue todo.

Excepto porque no lo fue. Porque ahora ella estaba en todas partes. Todo lo que hacía, lo hacía sin ella. Cuando iba de compras, no iba de compras, iba de compras sin Kochanski. Cuando iba al bar, no iba al bar, iba al bar sin Kochanski. Ella había infectado cada parte de su vida. Su mapa mental de la nave ahora establecía todas las distancias en relación a su dormitorio, o la sala de control, donde ella trabajaba.

Él no andaba por tal o cual pasillo, él andaba en tal o cual pasillo que estaba n plantas por encima o n plantas por debajo de donde ella se encontraba en ese preciso instante.

Así que se tumbaba en su litera, mirando a través del ojo de buey, anhelando la anestesia de la pasmosa monotonía que solía sentir apenas dos meses antes.

Su único alivio de la tristeza dejada por Kochanski había sido el permiso de tres días en Miranda, la luna de Urano con ley seca, donde el *Enano Rojo* se había detenido para abastecerse. Tres días bebiendo coca-cola y jugando a video-juegos con Petersen. Petersen, que se había emborrachado todas las noches de su vida desde que tenía doce años, estaba tan encantado con los beneficios de encontrarse sobrio que se había vuelto abstemio de la noche a la mañana. De este modo, sus excursiones nocturnas al Copacabana se acabaron, negándole a Lister su último y único refugio.

Suspiró como un perro senil y miró a Rimmer, concentrado en su trabajo.

—¿Te apetece un trago? —preguntó, sabiendo que la respuesta sería «No» aún antes de terminar de pronunciar la palabra «Te».

—No —dijo Rimmer, sin mirarle.

—¡Qué sorpresa!

—Pues resulta que salgo esta noche. Y no es contigo.

—¿Y qué pasa con tu revisión?

Rimmer había decidido cambiar.

Había hecho su último horario de revisión trimestral en dos horas. Y cuatro horas al día, pasara lo que pasara, leía los libros para el examen, hacía anotaciones y revisaba de forma seria. Y revisar de forma seria significaba obviamente que tenía una provisión adecuada para destinarla a tiempo de ocio.

—¿Y dónde vas a salir?

—Fuera.

—¿Dónde?

Rimmer le ignoró. Iba a pasar la noche sin envejecer. Iba a pasarla en una cabina de estasis.

El *Enano Rojo*, como la mayoría de las naves antiguas, estaba equipado con cabinas de estasis para viajes interestelares. Cien años antes, viajar a otros sistemas estelares se consideraba interesante desde el punto de vista económico y filosófico. Pero ya no.

Se tardaban décadas en viajar a través de las inmensas distancias, incluso con una nave que pudiera alcanzar la mitad de la velocidad de la luz. Dado que la necesidad era la madre de la invención, se crearon las cabinas de estasis. Básicamente, era una forma de animación suspendida a prueba de tontos, pero en lugar de congelar el cuerpo de forma criogénica y tener los consecuentes problemas con la reanimación, la cabina de estasis solo congelaba el tiempo.

Una vez activada, la cabina creaba un campo estático de Tiempo; de la misma manera que los rayos-X no pueden penetrar el plomo, el Tiempo no puede penetrar un campo de estasis. Un objeto atrapado en el campo se convierte en un objeto no-existente con una probabilidad cuántica de cero.

Dicho de otro modo, el objeto permanece exactamente en el mismo estado, con exactamente la misma edad, hasta que se libere. La mayoría del trabajo de campo sobre la congelación del Tiempo y la teoría de la estasis lo había llevado a cabo Einstein en los años 50 del siglo XX. Desafortunadamente, justo cuando estaba a punto de dar el gran salto comenzó a salir con Marilyn Monroe, y perdió todo interés en el proyecto. Incluso tras su ruptura, le fue difícil concentrarse en la teoría cuántica y pasó gran parte de lo que le quedaba de vida dándose duchas frías.

Sus apuntes sobre la teoría se descubrieron posteriormente, se desarrollaron, y la cabina de estasis nació.

Durante un tiempo, naves repletas de astros en cabinas de estasis fueron lanzadas fuera de nuestro Sistema Solar y el viaje interestelar disfrutó de su época dorada. La gran esperanza, por supuesto, era que contactaran con vida inteligente.

No lo hicieron.

Ni siquiera una planta de inteligencia moderada. Ni siquiera una estúpida planta.

Nada.

Y se supuso correctamente, aunque no fue confirmado en los siguientes dos mil años, que la Humanidad estaba completa, total e inexplicablemente sola.

En todo el universo.

En todo el universo, el planeta Tierra era el único planeta con formas de vida.

Eso era todo.

El viaje interestelar se abandonó ya que fue considerado una pérdida total de tiempo. Y los estelarnautas que volvieron intentaron reintegrarse en la sociedad y aceptar el hecho de que muchos de ellos eran cincuenta años más jóvenes que sus propios hijos. Esto dio lugar a unos curiosos problemas generacionales, de los cuales sacó partido la industria de tarjetas de felicitación.

Rimmer tenía la tarjeta-llave de una de las cabinas de estasis del *Enano Rojo*, que utilizaba en cuanto tenía oportunidad.

Mientras idiotas como Lister y Petersen estaban malgastando sus vidas en la alcantarilla que era el bar de cócteles hawaiano Copacabana, él estaba en una cabina de estasis, sin existir, sin envejecer.

A Rimmer le parecía de sentido común. Esta noche. No había nada en particular que quisiera hacer. Había logrado sus objetivos en su lista diaria de objetivos y en circunstancias normales, habría paseado, sin hacer nada del otro mundo, y después se habría ido a la cama. De este modo, cuando se fueran a sus literas esa noche, Rimmer sería tres horas menos viejo que Lister, porque él no había vivido esas tres horas: las había ahorrado. Las había ahorrado para cuando las necesitara de verdad.

Cierto, técnicamente no estaría viviendo.

Pero esa noche en concreto no le apetecía vivir. No tenía ganas.

Era como un banco, solo que en vez de ahorrar dinero, ahorrabas tiempo. Había estado haciéndolo durante unos cinco años de manera intermitente y era en eso en lo que invertía la mayor parte de su tiempo libre. Pasaba la mayoría de los domingos en la cabina. Y, normalmente, tres noches por semana, durante tres horas más o menos. Y obviamente, si había algún día festivo, aprovechaba bien la instalación para no existir y robarle unas cuantas horas al Padre Tiempo.

En tan solo cinco años había ahorrado trescientos sesenta y nueve días completos. Más de un año terrícola. De cinco años, solo había vivido cuatro. Aunque su certificado de nacimiento decía que tenía treinta y un años, técnicamente solo tenía treinta.

A veces Rimmer pensaba en que su afición a la cabina podía ser la razón que explicase por qué no tenía amigos pero, como se decía a sí mismo, si tener amigos significaba tener que perder el tiempo y envejecer con ellos, entonces no estaba seguro de querer alguno. Sobre todo con unas ventajas tan impresionantes. A menudo se miraba en el espejo, cuando Lister no estaba allí y pensaba que, aunque tenía treinta y uno, todavía tenía el cuerpo de uno de treinta. Si pudiera mantener esta rutina, para cuando en su certificado de nacimiento dijera que tenía noventa realmente tendría unos enérgicos setenta y ocho años. Impresionante, ¿verdad?

Lister fue a por Petersen para intentar conseguir que bajara a tomar una copa con él. Rimmer lo vio marcharse, se duchó y se cambió de ropa, se dio una afeitadita y salió a pasar la última noche de su vida sin existir.

QUINCE

En la última mañana de su vida, Rimmer entró en el salón de actos para darle al Turno Z su horario de trabajo para ese día.

—Bien, señores —dijo como siempre—. Escúchenme.

Y, como siempre, todos los integrantes del Turno Z inclinaron la cabeza hacia un lado y apuntaron con sus orejas hacia Rimmer. Pero, como siempre, Rimmer se perdió la pantomima mientras se giraba para bajar la pizarra que había preparado el día anterior. Como siempre, el horario no estaba allí. Lo que se podía ver era un dibujo grotescamente esbozado de un hombre haciendo el amor con un canguro, calzando unos zapatos enormemente exagerados cubiertos con esputo marrón y, debajo, de la misma mano grotesca, «¡Botas de Tabaco en Australia!».

Nadie se rió. Rimmer miró a un mar de caras inexpresivas. Hacía mucho tiempo que había dejado de hacer referencia a los insultos de la pizarra.

—Vale —dijo, consultando sus anotaciones—. El horario de hoy. Turner, Wilkinson: hemos recibido varios informes de que la máquina 15455 está dispensando zumo de grosella en lugar de sopa de pollo. Y una vez que estén allí, Pasillo 14: alfa 12 necesita barritas Crunchie. Después, bajen a la biblioteca de referencia e higienicen todos los auriculares del laboratorio de lenguas. Saxon y Burroughs: continúen pintando el área de los ingenieros. Y quiero que acaben hoy. McHullock, Schmidt, Palmer: lo mismo de ayer. Burd, Dooley, Pixon: las lavanderías de Alfa Este 555 informan de que hay más de veinticuatro secadoras fuera de servicio. Quiero que funcionen antes de que anochezca. Además, hay un rumor sin confirmar sobre que la máquina de puros del club de oficiales está casi vacía. En este momento, puede que no signifique nada, pero por si acaso: por favor, permanezcan al teléfono.

Un dardo de papel pasó por encima de su cabeza.

—Venga, a trabajar. Lister, me acompañarás hoy.

Los hombres empezaron a marcharse arrastrando los pies.

—¿Por qué yo? —se quejó Lister.

—Porque te toca.

Como siempre, justo antes de que el primer hombre alcanzara la puerta, Rimmer entonó su lema de equipo, que esperaba que se acabara imponiendo.

—Y recordad: «Somos fuertes, limpios y excelentes, el Turno Z de Rimmer deja todo reluciente».

El Turno Z se dirigió en silencio camino de la puerta.

Dos de las tres peores cosas que le pasarían a Rimmer en su vida, iban a ocurrir ese día.

La peor cosa que le pasó en la vida fue, por supuesto, su muerte. Pero para eso todavía quedaban doce horas.

La segunda peor cosa que le pasó en la vida había pasado trece meses antes y era tan horrible que su subconsciente había creado un nuevo subdepartamento para esconderla de sus pensamientos. Estaba relacionada con un tazón de sopa.

La tercera peor cosa que le pasó en la vida le ocurrió un poco después de las diez de la mañana, cuando Lister y él se dirigían al Pasillo 1: gamma 755, para comprobar, para tranquilidad de Rimmer, que había suficiente gel de ducha en el baño de mujeres.

Al principio, fue a Lister a quien le sucedió una cosa horrible mientras empujaba su chirriante carrito de limpieza de cuatro ruedas sobre el suelo de acero. El técnico de primera Petrovitch estaba rondando por allí.

A Rimmer no le gustaba Petrovitch. Petrovitch, tres años menor que él, tenía su mismo rango y era líder del Turno A, el mejor turno. El turno A llevaba a cabo todo el trabajo serio y técnico, reparando circuitos porosos y, por si fuera poco, Petrovitch se había presentado y aprobado el examen de astronavegación exactamente el mismo día que Rimmer había reivindicado su condición de pez, y ahora estaba esperando a que se procesaran sus informes para obtener su barra dorada y el rango de oficial de astronavegación, Cuarta clase. Además, era guapo, popular, encantador y amable. En general, según la opinión de Rimmer, no había nada que le pudiera gustar de Petrovitch.

Había escuchado rumores meses atrás de que Petrovitch era traficante de drogas. Y Rimmer hizo todo lo que pudo para difundirlo. No sabía si era cierto o no, pero, Dios, esperaba que lo fuera. Cuando se sentía deprimido, se entretenía imaginando a Petrovitch con los galones de rango arrancados y saliendo de la nave esposado. Todavía no se había demostrado que fuera verdad, así que todo lo que Rimmer podía hacer era continuar difundiendo esos malvados rumores y esperar.

—¿Qué diablos pasa con tu busca? Llevo más de una hora intentando localizarte —dijo Petrovitch—. Lister, la capitán quiere verte.

Rimmer le miró estupefacto. ¿Por qué querría la capitán ver a Lister? En el transcurso normal de las cosas, Lister, al ser un técnico de tercera, debería pasar el viaje entero sin ni siquiera conocerla.

A no ser, pensó Rimmer iluminado, que se encuentre en un lío muy, muy gordo. Y a juzgar por la sonrisa de loco de Lister, Rimmer supuso que el mismo pensamiento se le había pasado por la cabeza a él también.

—¿Por qué quiere verme?

—Creo que sabes el porqué —dijo Petrovitch, con su genialidad habitual completamente ausente.

Lister se arrastró hacia el ascensor exprés.

—Madre mía —dijo Rimmer— madre mía, madre mía, madre mía.

Sacudió la cabeza.

—Dios mío. Dios mío, Dios mío, Dios mío.

Petrovitch no sonreía; comenzó a seguir a Lister pero entonces se detuvo y se giró.

—¿Y qué estabas haciendo con Lister aquí? Son las diez y cinco.

—¿Y? —dijo Rimmer.

—Creía que estabas en el examen de astronavegación.

—Es el veintisiete de noviembre, mandíbula cuadrada.

—No, es el veintisiete de octubre.

—Creo, Petrovitch, que sé cuando es mi propio examen, gracias, muchas gracias.

—Mi compañero de litera se presentaba hoy.

—¿Hollerbach?

—Sí. Subió a las diez.

La sonrisa de Rimmer permaneció exactamente donde estaba, mientras el resto de su cara se descolgaba como la de un sabueso. Miró su reloj. 10:07. Le dio un par de toques y se marchó sin decir nada más.

Rimmer llegó, sin aliento, al área de dormitorios. Derrapó ante su horario. Sus ojos examinaron la tabla en busca de un error. No podía encontrar ninguno. No pudo encontrar ninguno durante dos minutos. Después, se quedó helado. En su afán por no gastar tiempo en la construcción de la tabla, había incluido dos septiembres.

«Agosto, septiembre, septiembre, octubre, noviembre» rezaba el nuevo calendario rimmeriano.

¿Cómo podía haber incluido dos septiembres y no haberme dado cuenta?, pensaba Rimmer, mordiéndose el puño. Esto es lo que pasa cuando pasas la mayoría de tu vida social sin existir.

Miró su reloj. 10:35. había perdido treinta y cinco minutos de un examen de tres horas.

Una extraña tranquilidad le inundó.

Bueno, todavía podía llegar al examen, pongamos que a las 10:45.

Si respondía de forma directa y coherente, era más que probable que aprobara. Por el momento, todo iba bien. Lo que sería bastante más complicado era empollarse la revisión de todo un mes en menos treinta y cinco minutos. Treinta y cinco minutos era lo bastante difícil, pero menos treinta y cinco… bueno, tenías que ser el Doctor Who.

Como en todas las crisis de su vida, Rimmer se hizo la pregunta: «¿Qué haría Napoleón?».

Algo francés, pensó. Probablemente comerse un *croissant* y decidir invadir Rusia. No muy relevante, decidió, en esta situación en concreto. ¿Qué debía hacer entonces?… ¿qué?

Los segundos volaban. Entonces lo vio claro. Sabía perfectamente lo que tenía que hacer.

Copiar.

Rimmer cogió un rotulador negro, se quitó la camisa y los pantalones y comenzó a trabajar. Tenía, según había estimado, veinte minutos para copiar tanto texto en su cuerpo como fuera humanamente posible.

DIECISÉIS

Lister nunca había sido llamado a la sala de control antes.

Era enorme.

Cientos de personas corrían a toda prisa a lo largo de la red de pórticos que se desplegaban sobre él. Hileras de programadores en uniformes blancos de oficial escribían en teclados de ordenador, frente a destellantes pantallas multicolores, ordenadas en series en forma de herradura alrededor de la gigantesca cámara. Los *skutters*, pequeños droides de servicio con cabezas de pinza de tres dedos, unidos a sus bases motorizadas por cuellos de tres juntas, pasaban zumbando entre las terminales de los ordenadores, transportando hojas de datos.

De vez en cuando, se podía oír una voz por encima del murmullo implacable de cientos de personas hablando a la vez.

—¡Parada-inicio oA3! ¡Parada-inicio oA3! ¡Gracias! ¡Por fin! ¡Parada-inicio oA4! ¿Alguien me escucha?

Lister siguió a Petrovitch mientras este zigzagueaba a través del laberinto de columnas descollantes de unidades de disco duro idénticas y la gente que les empujaba al pasar, desesperados por llegar dondequiera que tuviesen que llegar.

Encima de ellos, la cara digitalizada de la cabeza calva de Holly dominaba todo el techo, respondiendo preguntas pacientemente y resolviendo dilemas, mientras ofrecía actualizaciones de datos relevantes de otras áreas de la nave.

A través del hardware del ordenador Lister vislumbró a Kochanski, tecleando expertamente en su ordenador, realizando su trabajo felizmente, como si nada hubiera pasado. Lister no esperaba encontrarle sollozando, corroída por la culpa sobre su teclado. ¿Pero sonriendo? ¿Sonriendo activamente? Era obsceno. Lister recordó haber leído en uno de los números de la revista *Ciencia Extraña* de Rimmer que un bioquímico de la Tierra aseguraba haber aislado el virus que causa el Amor. En su opinión, era un germen infeccioso especialmente virulento en las primeras semanas, pero, después y de forma progresiva, el cuerpo se recuperaba.

Viendo a Kochanski escribiendo alegremente en el ordenador, Lister pensó que el bioquímico tenía razón. Le había infectado como un ataque de disentería. Se había recuperado de él como si fuera una dosis de gripe. Estaba feliz y hermosa. Vuelta a la normalidad.

Subieron las escaleras hacia el nivel de Administración, donde las oficinas de paneles de cristal rodeaban la cámara al completo, como las tribunas privadas que bordeaban el estadio de fútbol gravedadcero de los London Jets.

Cinco minutos después llegaron a las puertas del despacho de la capitán. Petrovitch llamó a la puerta y entraron.

—Lister, señor —dijo Petrovitch, y se marchó.

El despacho parecía haber sido recién robado y bombardeado. La capitán estaba farfullando a través del teléfono sepultado bajo gigantescas montañas de papeles impresos, rodeado de libros de contabilidad abiertos y pilas de memorándums.

Lister se removió incómodo y esperó a que ella terminara su llamada.

—Bueno, ya ves que hace exactamente eso —terminó la capitán y antes de que el teléfono estuviera de vuelta en el aparato, y sin mirarle, dijo— ¿Dónde está el gato?

—¿Qué? —dijo Lister.

—¿Dónde está el gato? —repitió la capitán.

—¿Qué gato?

—Se lo voy a preguntar por última vez —dijo ella, por fin mirando hacia arriba—. ¿Dónde está el gato?

—Aclaremos esto —dijo Lister—. Usted piensa que yo sé algo acerca de un gato, ¿verdad?

—No se haga el listillo —dijo ella sonriendo con ira—. ¿Dónde está?

—No sé de lo que me está hablando.

—Lister, no solo es tan estúpido como para subir un animal que no ha sido puesto en cuarentena a bordo. No solo eso —hizo una pausa— sino que se ha hecho una fotografía con el gato y la ha enviado a revelar al laboratorio de revelado. Así que, ¿dónde está el gato?

—¿Qué gato?

—Este —gritó ella, poniéndole a Lister una foto en las narices—. ¡Este maldito gato!

Lister miró a la fotografía en la que se veía a él mismo sentado en lo que era sin duda alguna su dormitorio, sujetando lo que era sin duda un pequeño gato negro.

—Oh, ese gato.

—¿Dónde lo encontró? ¿En Mimas?

—En Miranda. Cuando nos detuvimos para el abastecimiento.

—¿No pensó en que podía ser portador de algo? De cualquier cosa. ¿En qué estaba pensando?

—Me daba pena. Estaba deambulando por las calles. Se le caía el pelo...

—¿Se le caía el pelo? Esto va de mal en peor.

Dos de los teléfonos de la capitán estaban sonando pero ella no respondió ninguna llamada.

—Y cojeaba de esa manera... andaba unos pasos y entonces daba un chillido y andaba unos pasos más y volvía a chillar.

—Bien, pues ahora soy yo la que chilla, Lister. ¡Quiero a ese gato y lo quiero ahora! ¿Para qué diablos piensa que tenemos normativas de cuarentena entonces? ¿Para hacernos la vida más insoportable? Pues no. Las tenemos para proteger a la tripulación. Una nave es un sistema cerrado. Una enfermedad contagiosa no tiene ningún otro sitio al que ir. Todo el mundo la pilla.

—Ahora está mejor. El pelo le ha crecido y le he arreglado la pata. Está bien.

—Es imposible saberlo. Ha cogido al gato de una colonia espacial. Hay enfermedades por ahí, nuevas enfermedades. Los nativos desarrollan inmunidad. Ahora, lleve a ese gato al laboratorio. Inmediatamente.

—Señor...

—¿Aún está aquí, Lister?

—¿Qué van a hacer con el gato?

—Voy a hacer que lo corten en pedazos y le hagan pruebas.

—¿Volverán a unir los trozos cuando hayan acabado?

La capitán cerró los ojos.

—No lo harán, ¿verdad? —persistió Lister— van a matarlo.

—Sí, Lister, eso es exactamente lo que voy a hacer. Voy a matarlo.

—Bueno, con todos los respetos señor —dijo Lister, cogiendo un cigarrillo de la cinta de su sombrero— ¿qué gana el gato con eso?

Lister sonrió. La capitán no.

—Lister, deme el gato.

Lister negó con la cabeza.

—De todas formas lo encontraremos.

—No, no lo harán.

—Se lo diré de otro modo —dijo la capitán reclinándose en su silla—. Deme el puñetero gato.

—Mire, no ha hecho nada malo.

—Deme el gato.

—Además, está preñada.

—¿Está qué? Quiero a ese gato.

Lister volvió a negar con la cabeza.

—¿Quiere permanecer en estasis el resto del viaje y perder el sueldo de tres años?

—No.

—¿Quiere darnos el gato?

—No.

—Elija.

DIECISIETE

11:05.

Rimmer salió del ascensor corriendo y cogió el Pasillo 4: delta 799 que le llevaba a la sala de exámenes.

Bajo su traje de vuelo con cremallera de cuello alto tenía todo lo que necesitaba para aprobar el examen. En su muslo derecho, en letra minúscula, estaban todos los principios básicos de la mecánica cuántica. Las fórmulas de dilatación del tiempo cubrían su pantorrilla derecha. El principio de incertidumbre de Heisenberg ocupaba la mayoría de su pierna izquierda, mientras que la teoría de circuitos porosos y las hipótesis del continuo llenaban sus antebrazos.

Rimmer nunca había hecho nada ilegal hasta ese momento. Como mucho, le habían puesto una multa de aparcamiento en su luna de residencia, Io. Ni siquiera había exagerado sus gastos, cosa que, francamente, hacía hasta la capitán.

Nunca había copiado, nunca. No porque fuera un hombre de moral elevada, sino porque era un cobarde. Le aterrorizaba la idea de que lo pillaran.

Entró en la inmaculadamente blanca aula de examen. El oficial de evaluación echó un vistazo a su reloj y señaló con la cabeza a una mesa vacía, donde había un examen boca abajo, y volvió a la lectura de su novela.

Él lo sabe, pensó Rimmer, con la cara brillando como la mancha roja de Júpiter. *Lo sabe por el modo en que entré en el aula. Lo sabe.*

Rimmer acomodó su cuerpo en la silla de manera que tan solo su cabeza sobresalía por encima de la superficie de la mesa y trató de ver entre las espaldas de los examinados, esperando a que el evaluador jugara sus cartas. Esperando que el examinador se adelantara y rasgara su ligero traje de vuelo, mostrando a todos el delito: su cuerpo ilustrado.

Durante diez minutos completos Rimmer observó al oficial que leía su novela tranquilamente. *Muy bien*, pensó Rimmer, *¿es así como quieres jugar? El viejo juego del gato y el ratón.*

Pasaron otros diez minutos. El oficial seguía provocándole no haciendo nada. Nada.

A las 11:45, Rimmer decidió que el examinador no lo sabía y que era seguro comenzar. ¡Y seguro... copiar!

Dio la vuelta al examen y comenzó a leer las preguntas. Algo parecía estar absorbiendo el oxígeno del aula y le hacía respirar el doble de rápido, solo para mantenerse consciente.

Po-POM.

Po-POM.

¡Po-POM!

Los latidos de su corazón eran ensordecedores. Cuando alguien se giraba, Rimmer estaba seguro de que iba a decirle: «¿Puedes bajarle el volumen un poco a tus latidos, por favor? Estoy intentando concentrarme».

«EXAMEN DE ASTRONAVEGACIÓN – PRIMERA PARTE», leyó. Y debajo: «CONTESTE SOLO CINCO PREGUNTAS».

Solo cinco, pensó Rimmer, *no voy a caer en ese error otra vez.*

«PREGUNTA 1»

Cuando miraba a la pregunta, las letras parecían caerse de la página y balancearse, desenfocadas, como figuras distantes que desaparecen en la bruma cálida de una carretera desierta. Parpadeó. Dos lágrimas de sudor cayeron sobre la página. Se pasó las manos por el pelo y se secó la transpiración de la cara con las palmas de las manos; entonces parpadeó dos veces más y la pregunta comenzó a enfocarse.

«]D(:8[E-MD:CVF2;U60+:;;MMZC'HA^:U+UGNJ/'3<;!G»

Oh, Dios mío, pensó Rimmer, *no sé leer.*

Parpadeó unas cuantas veces más.

«DESCRIBA, UTILIZANDO FÓRMULAS DONDE LO ESTIME APRO-PIADO, LA APLICACIÓN DE LA TEORÍA DE BURGH SOBRE INDUCCIÓN TERMAL EN CIRCUITOS POROSOS».

¡Eso estaba en su antebrazo izquierdo! ¡La respuesta estaba allí! ¡Las fórmulas estaban allí! Todo lo que tenía que hacer era subirse la manga, copiarlo todo, y habría andado una quinta parte de su camino al club de oficiales.

Miró a las otras preguntas. Había otras tres que podía hacer. Y podía responderlas perfectamente. Ochenta por ciento. ¡Solo necesitaba un cuarenta! Todavía quedaba una hora de examen.

¡YA ERA OFICIAL!

Arnold J. Rimmer, Oficial de Astronavegación, Cuarta clase. En su mente, las serpentinas caían en cascada de lo alto de los tejados mientras él saludaba a la muchedumbre fervorosa de Io, sentado en su limusina descapotable.

Salió de la ensoñación de golpe. No había tiempo para autocomplacencia. Quince minutos para cada pregunta. Era suficiente.

¡Allá vamoooos!, gritó en silencio. Echó un vistazo alrededor. Nadie estaba mirando.

Se llevó de forma casual la mano a la muñeca y se subió la manga lentamente. El oficial examinador pasó una página de su novela.

Rimmer miró su brazo.

Una mancha de tinta negra.

Su cuerpo le había traicionado vilmente. Había conspirado para empaparle en sudor; había disuelto la mejor oportunidad que nunca tendría de ganar esa brillante barra dorada.

Miró su mano derecha. La respuesta a la pregunta «Describa, utilizando fórmulas donde lo estime apropiado, la aplicación de la teoría de Burgh sobre inducción termal en circuitos porosos» estaba ahí, en alguna parte, oculta en la caótica mancha negra.

Rimmer decidió jugar su última carta. Era la más lejana de las posibilidades remotas.

Con una precisión cuidadosa, colocó su mano manchada de tinta sobre la hoja de respuestas y presionó tan fuerte como pudo. A lo mejor, y solo a lo mejor, cuando retirara su mano, su diminuta letra inglesa se haría legible en la página.

Retiró la mano.

Allí, en medio de la página había una perfecta huella de la mano, con un único dedo medio levantado en gesto de burla.

Una sonrisa idiota cruzó la cara de Rimmer cuando cogió el bolígrafo y firmó al final de la página.

Se puso en pie lentamente, saludó al oficial examinador y después despertó en una camilla camino de la unidad médica.

DIECIOCHO

Petrovitch abrió camino y Lister le siguió, flanqueado por dos innecesarios guardas de seguridad. Se detuvieron en la puerta de la cabina de estasis.

—Es su última oportunidad, Lister. ¿Dónde está el gato?

Lister sacudió la cabeza de nuevo.

—¿Tres años en estasis por un estúpido minino comido por las pulgas? ¿Está loco?

Lister no estaba loco. Todo lo contrario.

Petersen fue el primero que le informó sobre el castigo de estasis. Ahora que las cabinas ya no se utilizaban para viajes interestelares, su única función era penal. Lister había pasado seis largas y aburridas tardes, poco después de que Kochanski hubiera roto con él, estudiando detenidamente el tomo de regulación de la nave que contaba con tres mil páginas, y había encontrado por fin la poco conocida cláusula.

El menor crimen serio por el que uno podía ser castigado con estasis era romper la normativa de cuarentena. Cuando el *Enano Rojo* se detuvo para abastecerse en Miranda, pasó la última tarde de su permiso de tres días y todos sus ahorros comprando el animal más pequeño y sano con el mejor pedigrí que pudo encontrar. Por tres mil libradólares compró una gata negra de pelo largo con el nombre de *Frankenstein*. La vacunó contra cualquier enfermedad conocida para asegurarse de que no pudiera poner en peligro real a la tripulación y la metió a bordo bajo su sombrero.

Una semana después comenzó a entrarle el pánico. El sistema de seguridad de la nave aún no había detectado la presencia de *Frankenstein*.

Era una situación muy delicada.

Por una parte quería que le pillaran con el gato, pero no deseaba que cogieran al gato y lo diseccionaran. De repente, se le vino la idea a la cabeza de hacerse una fotografía con el gato y enviar el rollo al laboratorio de revelado de la nave.

Por fin, y para su alivio, le habían cogido. Tres años en estasis era todo lo que anhelaba. Es cierto que le suspenderían el sueldo pero era un precio insignificante a pagar por entrar en una cabina de estasis y salir un subjetivo instante después en órbita alrededor de la Tierra.

Había escondido a *Frankenstein* en el sistema de ventilación. El sistema era tan grande que sería imposible que la encontraran y también le proporcionaba acceso a asaltos en busca de comida a los almacenes de carga.

Así que, con todo, cuando Lister entró en la cabina de estasis, se sentía bastante orgulloso de sí mismo, o, al menos, tan orgulloso como alguien puede esperar sentirse cuando se es tan despreciable.

Petrovitch le dio la última oportunidad de liberar al gato, que Lister rechazó, por supuesto.

Cuando la fría puerta de metal se cerró tras de él, se sentó en la fría suavidad del banco de la cabina y exhaló. De repente, una cálida luz verde cubrió la cámara y Lister se convirtió en una masa no-existente con una probabilidad cuántica de cero.

Dejó, temporalmente, de existir.

DIECINUEVE

20:17.

Una luz roja de emergencia no funcionó en la sala de control, iniciando una cadena de acontecimientos que daría lugar, veintitrés minutos después, a la completa aniquilación de la totalidad de la tripulación del *Enano Rojo*.

20:18.

Rimmer salió de la unidad médica y le concedieron una baja por enfermedad de veinticuatro horas. Estaba a medio camino hacia el Pasillo 5: delta 333, de vuelta a su dormitorio, cuando cambió de opinión y decidió pasar la noche en una cabina de estasis.

El camillero le había informado de la situación de Lister y había conseguido redondear el *día perfecto* en la vida de Arnold J. Rimmer. Lister iba a sacarle tres años de ventaja. Para cuando regresaran a la Tierra, Lister tendría exactamente la misma edad, mientras que él sería tres años mayor. Aún con su práctica ilícita de estasis, Rimmer solo podría arrebatar tres meses, cuatro a lo sumo. Así que Lister ganaría dos años y tres cuartos sin contar con que ya era más joven que Rimmer. Parecía totalmente injusto.

Para animarse, decidió pasar la noche en un estado de no-ser y dedicar la mañana siguiente a comenzar a trabajar en una apelación contra la sentencia de Lister, de manera que pudiera sacarle de la cabina y hacerle envejecer de nuevo.

20:23.

El Oficial de navegación Henri DuBois derramó su café solo con cuatro azucarillos sobre el teclado de su ordenador. Mientras limpiaba el café, se percató de que había tres señales rojas de advertencia en la pantalla de su monitor, que consideró incorrectamente resultado de su derramamiento.

20:24.

Rimmer salió del ascensor de la planta de estasis y tomó una decisión que, retrospectivamente, lamentaría para siempre.

Decidió peinarse.

20:31.

El sistema refrigerante del cadmio II, situado en las entrañas de los pasillos del motor de la nave, dejó de funcionar.

20:36.

Rimmer se detuvo en el baño principal del puesto de estasis y se peinó. Se peinó como de costumbre y entonces decidió probar a ver qué tal le quedaría la raya en el otro lado. No le gustó mucho así que se peinó para el otro lado de nuevo. Se lavó las manos y se las secó con una toalla de papel. Si lo hubiera dejado en este momento y se hubiera dirigido directamente a la cabina de estasis, no habría muerto. Pero, en lugar de eso, le atrapó uno de sus frecuentes ataques supersticiosos.

Hizo una bola de papel con la toalla y pensó en que si la pudiera colar en la unidad de desecho, podría llegar a ser oficial algún día. Apuntó con cuidado, se decidió por un tiro por encima del hombro y lanzó su bola de papel.

Falló por doscientos cuarenta centímetros.

Recogió el papel y pensó en que si lograra encestar tres veces seguidas, el primer error no valdría. El fallo sería borrado del registro de supersticiones y no solo lograría el puesto de oficial sino que en tres semanas conseguiría mantener relaciones sexuales con una mujer guapa.

De pie frente a la unidad de desecho, lanzó y recogió la bola de papel tres veces. Después de peinarse por última vez, abandonó el baño, preguntándose quién podría ser la chica bonita, y se encaminó hacia la cabina de estasis.

20:40.

El núcleo de cadmio II alcanzó su masa crítica y desató el poder mortífero de una bomba de neutrones. La nave permaneció estructuralmente intacta, pero en 0,08 segundos todo el mundo que se encontraba en el Nivel de Ingeniería estaba muerto.

20:40 y 2,7 segundos.

Rimmer colocó su mano en la rueda de seguridad de la cabina de estasis 1344. Oyó algo que sonaba como viento radiactivo dirigiéndose a través del pasillo hacia él. Era, de hecho, viento radiactivo dirigiéndose a través del pasillo hacia él.

¿Y ahora qué?, pensó, bastante irritado, y fue impactado de lleno en la cara por la explosión nuclear.

0,57 segundos antes de expirar, Rimmer se percató de que iba a morir. Su vida no pasó ante sus ojos. No pensó en sus padres o en sus hermanos o en su casa. No pensó en los exámenes suspendidos o en el tiempo perdido en esas cabinas de estasis. Ni siquiera pensó en su única y breve aventura amorosa con Ivonne McGruder, la campeona de boxeo femenino de la nave.

Lo que hizo, de hecho, fue pensar en un cuenco. Un cuenco de gazpacho.

Y entonces murió.

Entonces todo el mundo murió.

VEINTE

En lo más profundo de las entrañas del *Enano Rojo*, encerrada hermé-
ticamente en el compartimento de mercancías, *Frankenstein* comía
felizmente de una lata de paté de pescado, mientras cuatro diminutos
gatitos, ciegos aún, mamaban ruidosamente.

Segunda parte

Solo En Un Universo Sin Dios Y Sin Quitamanchas Para Moqueta

UNO

La escotilla de la cabina de estasis se abrió y una señal luminosa verde de «Salga ahora» parpadeó sobre la cabeza de Lister.

La cara digitalizada de Holly apareció en el monitor de la pared de casi un metro cuadrado de extensión.

—Ahora ya es seguro que salgas del estasis.

—Si acabo de entrar...

—Dirígete a la sala de control para recibir tu informe.

La cara de Holly se deshizo en el plano grisáceo de la pantalla vacía.

—Pero si acabo de entrar... —insistió Lister.

Atravesó el pasillo para coger el ascensor exprés. ¿Qué era ese olor? Un olor rancio. Como el de un desván antiguo. Conocía ese olor. Era como el olor del sótano de su abuela. Nunca antes se había dado cuenta de ello.

¿Y qué era ese ruido? Una especie de zumbido. ¿El aire acondicionado? ¿Por qué podía oír el aire acondicionado? Nunca antes lo había oído. De repente se dio cuenta de que lo que estaba oyendo no era raro, lo raro era que no estuviera oyendo. Además del ruido del aire acondicionado, no había ningún otro sonido. Solo los chirridos solitarios de sus suelas de goma en el suelo del pasillo. Y había polvo por todas partes. Curiosos montones de polvo blanco dispuestos de forma aleatoria.

—¿Dónde están todos?

Holly proyectó su cara en el suelo enfrente de Lister.

—Están muertos, Dave —dijo solemnemente.

—¿Quién? —preguntó Lister, ausente.

—Todo el mundo, Dave.

—¿Qué?

Lister sonrió.

—Todos están muertos, Dave.

—¿Qué? ¿Todos?

—Sí. Todos están muertos, Dave.

—¿Qué? ¿Petersen

—Sí. Están todos muertos. Todos están muertos, Dave.

—¿Burroughs?

Holly suspiró.

—Todos están muertos, Dave.

—¿Selby?

—Sí.

—Chen no, ¿verdad?

—¡Por supuesto que sí! —dijo Holly bruscamente— ¡Sí, Chen también! Todos. Todos están muertos, Dave.

—¿Hasta la capitán?

—¡SÍ! TODOS.

Lister aulló por todo el pasillo. Un tic en su mejilla izquierda dibujó sonrisas de estacato en su cara. Quería reírse. Todos estaban muertos. ¿Por qué quería reírse? No, no podían estar todos muertos. No todos. No literalmente todos.

—¿Y qué pasó con Rimmer?

—ESTÁ MUERTO, DAVE. TODOS ESTÁN MUERTOS. TODOS ESTÁN MUERTOS, DAVE. DAVE, TODOS ESTÁN MUERTOS.

Holly intentó esas cuatro palabras en todas las permutaciones posibles, con cualquier posible inflexión, acabando con: «MUERTOS, DAVE, TODOS ESTÁN. TODOS ESTÁN, DAVE, MUERTOS».

Lister miró ausente sin una dirección fija, mientras su cara se esforzaba por encontrar una expresión apropiada.

—Espera —dijo, después de una pausa—. ¿Me estás diciendo que todos están muertos?

Holly parpadeó y asintió.

La enorme sala de control se llenó de silencio. Las pilas de ordenadores con el piloto automático seguían zumbando.

—Holly —la voz de Lister resonó en la cámara gigante— ¿qué son esas montañas de polvo?

Los montículos de polvo estaban por el suelo, en las sillas, por todas partes, como pequeñas dunas. Lister hundió su dedo en una y lo probó.

—Eso —dijo Holly desde su enorme pantalla— es el operador de consola Imran Sánchez.

La lengua de Lister cayó culpablemente de su boca y se limpió las partículas blancas que antes formaban parte del operador de consola Imran Sánchez en el puño de la chaqueta.

—¿Qué pasó?

Holly le contó lo de la fuga radioactiva de cadmio II, cómo la tripulación había sido eliminada en segundos, cómo había dirigido la nave fuera del Sistema Solar, para evitar la expansión de la contaminación nuclear y cómo había tenido que mantener a Lister en estasis hasta que la radiación hubiera alcanzado un nivel de seguridad apropiado.

—Y... ¿cuánto tiempo me has tenido en estasis?

—Tres millones de años —dijo Holly, tan despreocupado como pudo.

Lister hizo como si no le hubiera escuchado. ¿Tres millones de años? No tenía sentido. Si hubieran sido treinta años, habría pensado «Cuánto tiempo». Pero tres millones de años. Tres millones de años era... estúpido.

Merodeó dirigiéndose hacia la silla enfrente del ordenador en el que había visto a Kochanski trabajar.

—Así que Krissie está muerta —dijo, de pie frente a un montículo de polvo—. Siempre...

Su voz disminuyó el tono lentamente.

Intentó recordar su cara. Intentó recordar su sonrisa de pinball.

—Bueno, si te sirve de consuelo —dijo Holly— si hubiera sobrevivido la diferencia de edad habría sido insalvable. Me explico, tienes veinticuatro años, ella tres millones: es muy difícil llevar una relación con un abismo de edad de ese tipo.

Lister no estaba escuchando.

—Siempre pensé que volveríamos a estar juntos. Yo, ay, tenía una especie de plan en el que un día conseguiría suficiente dinero como para comprar una granja en Fiji. El suelo es barato allí y... de alguna manera estúpida, siempre me imaginé que estaría allí conmigo.

Las cosas se estaban poniendo feas. Holly intentó descargar el ambiente.

—Bueno —dijo el ordenador— ahora no te sería de mucha ayuda en Fiji.

—No —dijo Lister.

—A no ser que nevara —dijo Holly— y necesitaras algo para cubrir el camino de entrada.

Lister hizo una mueca mostrando su repugnancia.

—¡Holly!

—Lo siento. He estado solo tres millones de años. Me he acostumbrado a decir lo que pienso.

Durante algún tiempo, bueno, durante los últimos doscientos mil años para ser exactos, Holly había ido incrementando la preocupación acerca de sí mismo. Para un ordenador con un coeficiente intelectual de seis mil, le parecía que estaba actuando de una forma cada vez más caprichosa.

De hecho, hacía tiempo que sospechaba que se había vuelto algo peculiar. Al igual que un estudiante que pasa mucho tiempo aislado desarrolla gradualmente manías y excentricidades, también un ordenador que pasa tres millones de años solo en el espacio profundo puede, bueno, establecer sus patrones. Hacerse estrafalario. Volverse un poquito... raro.

Holly decidió no cargar a Lister con su ansiedad y esperó que sus rarezas desaparecieran ahora que tenía algo de compañía.

Otra ligera preocupación que intentó enviar al fondo de su RAM fue que, para ser un ordenador con un coeficiente intelectual de seis mil, había un alarmante conjunto de conocimientos que parecía haber olvidado. No eran, en general, cosas importantes, pero de todos modos le perturbaba.

Sabía, por ejemplo, que Isaac Newton fue un famoso físico, pero no recordaba por qué.

No podía recordar la capital de Luxemburgo.

Podía recordar treinta mil dígitos del número pi, pero no sabía con seguridad si babor estaba a la izquierda y estribor a la derecha, o era al revés.

¿Quién eliminó al Swansea City de la Copa de Inglaterra en 1967? Lo sabía. Ahora era un misterio.

Obviamente, nada de esta información era absolutamente vital para hacer funcionar perfectamente una nave minera durante tres millones de años en el espacio profundo. Pero técnicamente, se suponía que debía saberlo todo más o menos y, para ser sinceros, había algunos vacíos preocupantes. Podía recordar, por ejemplo, que en la segunda edición de 1959 de *Lolita* de Vladimir Nabokov, impresa en Gran Bretaña por Shenval Press (London, Hertford and Harrow), la página 60 era con diferencia la página más sucia. ¿Pero Nabokov era alemán o ruso? Lo había olvidado por completo.

Quizá no fuera importante. Por supuesto que no era importante. Aunque, de todas formas, era una fuente de perturbación para Holly.

Es una fuente de perturbación, pensó. Entonces se preguntó si la palabra «perturbación» existía o si se la había inventado. No lo sabía tampoco. Oh, esto era descorazonador.

Lister estaba sentado en el bar de cócteles hawaiano Copacabana y completaba su whisky triple con un whisky doble; después lo coronó con un whisky. Ausente, se encendió un cigarrillo del revés e intentó asimilar toda la información que Holly le había dado.

Todos estaban muertos.

Todos.

Él había estado en estasis tres millones de años.

Tres millones de años.

Desde una noche de borrachera frente al «Marie Lloyd» en Regent Street, Londres, cada paso que había dado le había conducido cada vez más lejos de casa. Primero fue Mimas, después Miranda y ahora estaba tres millones de años más lejos. A tres millones de años en el espacio profundo. Más lejos que lo que cualquier humano hubiese estado antes.

Y estaba completamente solo.

La enormidad de todo esto estaba comenzando a caérsele encima cuando Holly lanzó su obús final. El de que la raza humana se había extinguido.

—¿Qué quieres decir con «extinguido»?

—Bueno, tres millones de años es una edad muy buena para las especies. Me explico, la duración media de una especie suele ser de un par de cientos de miles de años, como máximo. Y eso con especies no contaminantes, como los dinosaurios. Los dinosaurios no se cargaron del todo el medio ambiente. Solo daban paseítos y comían cosas. E incluso así, no llegaron al gran millón. Así que las probabilidades de que la raza humana alcanzara los tres millones son prácticamente nulas. Por lo que me temo que tendrás que enfrentarte a la posibilidad real de que tu especie ha muerto.

Para su sorpresa, Lister dejó escapar un sollozo.

—¿Estuvisteis muy unidos? —dijo Holly, echando hacia atrás la cabeza— bueno, sí, supongo que lo estuvisteis, sí.

Eso no era lo mejor que podía decirse en ese momento, pensó.

Lister cogió la manga de la camisa y se sonó la nariz.

—Así que soy el último humano vivo, ¿verdad?

—Sí. Nunca pensaste lo que le ocurriría a tu especie, ¿no? Es algo que siempre le pasa a otra persona.

Lister pasó los siguientes días destrozado.

No tenía mucho sentido vestirse así que vagaba desnudo, bebiendo directamente de la botella de whisky.

No sabía qué hacer.

No sabía si tenía que hacer algo.

Y lo peor, no le importaba mucho.

Dormía cuando caía en un sueño doloroso sin descanso. Casi no comía y bebía pequeños sorbos de whisky. Ni siquiera le gustaba el whisky pero la cerveza era demasiado pesada de transportar en cantidades suficientes como para perder la consciencia.

Perdió mucho peso y empezó a dar gritos a personas que no estaban allí.

Cada tarde, a eso de las 5, se tambaleaba, completamente desnudo, hasta llegar a la sala de control y, ondeando peligrosamente la botella en el aire, lanzaba obscenidades incoherentes a la enorme cara de Holly en la pantalla gigante.

Algunas veces Lister imaginaba que oía el teléfono sonar y se apresuraba a cogerlo.

En la tarde del quinto día, mientras se tambaleaba por el centro comercial del *Enano Rojo*, brindando con la muchedumbre invisible, se cayó en redondo y se desmayó.

Cuando despertó en la unidad médica, un hombre con una «H» en la frente le miraba sin disimulo alguno.

DOS

—Eres un holograma —dijo Lister.

—Sí que lo soy —dijo Rimmer.

—Moriste en el accidente.

—Sí que lo hice —asintió Rimmer.

—¿Cómo es?

—¿La muerte? —meditó Rimmer—. Es como irse de vacaciones con un grupo de alemanes— se llevó las manos a la cabeza—. Estoy tan deprimido que quiero llorar. Cortarme las alas en la flor de la vida, un chico de treinta y uno, con el cuerpo de uno de treinta. Es inadmisible. Todos mis planes, mi carrera, mi futuro; todo dependía de que yo estuviera vivo. Era obligatorio.

—¿Qué me pasó? ¿Me desmayé?

—Perdona, estoy hablando de mi vida como muerto.

—Lo siento, creía que habías acabado.

—Estoy tan deprimido —repitió Rimmer— tan deprimido.

En los dos días siguientes, Lister se fue recuperando lentamente en el puesto médico. Una mañana, mientras Rimmer estaba leyendo el folleto *Cómo sobrellevar tu propia muerte* por decimoquinta vez, Lister aprovechó la oportunidad para preguntarle a Holly por qué había resucitado a Rimmer.

—Estabas hecho pedazos. No podías aguantarlo. Necesitabas un compañero.

—¿Pero por qué Rimmer?

—Llevé a cabo un estudio de probabilidad —mintió Holly— y resultó que Rimmer es con toda seguridad la mejor persona para ayudarte a mantenerte cuerdo.

—¿Rimmer?

La cabeza sin cuerpo de Holly cayó hacia delante, asintiendo.

—¿Por qué no Petersen?

—Un hombre que compra una residencia de ensueño de veinticuatro habitaciones llena de metano en una luna sin oxígeno cuya única distinción es que rota en dirección contraria a su planeta madre... ¿en serio esperas que le resucite para mantenerte cuerdo? Por Dios... ni siquiera puede mantenerse cuerdo él.

—Sí, pero al menos teníamos cosas en común.

—Lo único que teníais en común era vuestro interés mutuo en consumir ridículas cantidades de alcohol.

—¿Y Selby? ¿O Chen?

—Idem.

—¿Y por qué no Krissie?

—Dave, cortó contigo.

—¿Pero por qué Rimmer? Cualquiera habría sido mejor opción que Rimmer. Cualquiera. Hermann Goering habría sido mejor que Rimmer. Vale, era un travestido nazi drogadicto, pero al menos podríamos haber salido a bailar.

—Fue Jean Paul Sartre —dijo Holly, pensando en que podría haber sido perfectamente Albert Camus o Flaubert, o quizás incluso Sacha Distel— quien dijo que el infierno era estar atrapado durante una eternidad en una habitación con tus amigos.

—Seguro —dijo Lister— pero los amigos de Sartre eran franceses.

—Pienso que pienso, luego puede que exista —decía Rimmer en voz alta mientras paseaba por el dormitorio en sus pantuflas holográficas. Por más que lo intentaba, no podía ni siquiera comenzar a lidiar con la metafísica del asunto.

—Creo que es posible que esté pensando, luego puede que sea posible que esté existiendo.

Era un galimatías para Rimmer. Era peor que las letras de *Emerson, Lake and Palmer.*

—Estoy tan deprimido.

Odiaba estar muerto.

Cuando era niño en Io, recordaba haber sido testigo de una manifestación para la «Igualdad de derechos para los Muertos», en la que se habían reunido hologramas de todas las lunas de Júpiter para pedir mejores condiciones.

Los Muertos no estaban muy bien considerados en el Sistema Solar. Les prohibían la entrada a la mayoría de los hoteles y restaurantes. Les era casi imposible obtener un trabajo decente. Y, hasta en la televisión, aunque algunos hologramas aparecían de vez en cuando, normalmente su presencia era meramente testimonial. Ningún club de golf del espacio conocido tenía entre sus miembros a un muerto.

Los vivos tenían una relación poco agradable con los hologramas en general, pues les hacían acordarse de su propia mortalidad. Además, había un resentimiento lógico hacia los Muertos ya que para convertirte en holograma, fuera del Cuerpo Espacial, debías ser extremadamente rico. El funcionamiento horriblemente costoso del ordenador y el suministro de energía masivo requerido, hacía que la vida holográfica después de la muerte fuese muy exclusiva.

Sentado sobre los hombros de su hermano Frank, el Rimmer de seis años de edad había abucheado e insultado junto con los demás. Animado por Frank, incluso había lanzado una piedra, que pasó silenciosamente a través de la espalda de una mujer holograma que marchaba en fila.

—¡Muertos! ¡Sucios Muertos!

Y ahora era uno de ellos.

Un sucio Muerto.

Bueno, no iba a dejar que le deprimiera nunca más. No iba a dejar que esto se quedara así. Estaba muerto, no tenía sentido quejarse más. ¿Era razón para abandonar? ¿Napoleón abandonó tras su muerte? ¿Julio César abandonó tras su muerte?

Bueno... sí.

Pero eso fue antes de inventarse el holograma. Y esa era la ventaja que tenía sobre los dos hombres más grandes de la historia. Puede que no fuera la persona que cosechara más éxitos en vida pero, por Dios que lo haría tras su muerte.

Todavía tenía esa pirámide que escalar. Todavía tenía que conseguir esa barra dorada.

Nelson tenía un ojo y un brazo. César era epiléptico. Napoleón sufría tan gravemente de gonorrea y sífilis que apenas podía mear. ¡A Rimmer le parecía una verdadera bendición que la única discapacidad que parecía tener era que estaba muerto!

La primera cosa que haré mañana, pensó, será hacer que los *skutters* pinten un cartel para colgar en mi litera. Y lo vislumbró en su mente, en pulida madera de roble:

«MAÑANA ES EL PRIMER DÍA DEL RESTO DE TU MUERTE».

TRES

HNNNnnnnNNNNNKRHHhhhhhhhHHHHHH

HNNNnnnnNNNNNKRHHhhhhhhhHHHHHH

Un ruido como el sonido de una sierra mecánica saliendo a través de un sistema de altavoces industrial en un festival de rock al aire libre despertó a Rimmer de un sueño en el que su madre le perseguía en un aparcamiento con una ametralladora.

Dejó caer las piernas fuera de la litera e intentó localizar el sonido de la sierra mecánica saliendo a través de un sistema de altavoces industrial en un festival de rock al aire libre. Era Lister, roncando.

HNNNnnnnNNNNNKRHHhhhhhhhHHHHHH

HNNNnnnnNNNNNKRHHhhhhhhhHHHHHH

Los ronquidos se introducían en el cerebro de Rimmer, perfectamente constantes, arriba y abajo, seguidos por una vibración catarral y después la peor parte de todo: el silencio. El silencio que siempre le hacía pensar que Lister había dejado de roncar. Un segundo. Dos segundos. Tres segundos. ¡Había dejado de roncar! Cuatro segundos. Cin... entonces llegaba el ronquido, entonces el sonido repugnante del moco vagando por su sistema nasal cavernoso y vuelta al perfectamente constante ronquido.

HNNNnnnnNNNNNKRHHhhhhhhhHHHHHH

HNNNnnnnNNNNNKRHHhhhhhhhHHHHHH

Rimmer se levantó y se inclinó sobre la figura dormida de Lister. Había una bandeja metálica medio vacía de curry sobre su pecho, que subía y bajaba en consonancia con sus chirriantes ronquidos. El primer impulso de Rimmer fue acercarse y pinzarle la nariz, pero, claro, no podía. Tampoco podía sacudirle o girarle hacia el otro lado. Ni siquiera podía coger un trozo fino de alambre y estrangularlo lentamente. Si no hubiera sido un holograma, esta habría sido con toda seguridad su opción preferida.

Se aproximó, hasta que su boca estaba a una distancia de susurro de la oreja de Lister. Entonces gritó: «¡DEJA DE RONCAR, ASQUEROSO HIJO DE SATANÁS!»

Lister se despertó de un salto.

—¿Qué?

—Estabas roncando.

—¿Eh?

—Estabas roncando.

—Oh —dijo Lister— lo siento.

En tres segundos Lister estaba dormido de nuevo. Y en diez, ya estaba roncando otra vez.

HNNNnnnnNNNNNKRHHhhhhhhhHHHHHHH

HNNNnnnnNNNNNKRHHhhhhhhhHHHHHHH

¡Era imposible vivir con él! ¡Era un animal! ¡Era un orangután! ¡Era un hipopótamo! ¡Era como uno de esos pequeños monos grises que ves en el zoo que se masturban abiertamente cada vez que pasas por delante dando un paseo con tu tía abuela Florrie! Era la criatura más asquerosamente atroz que Rimmer había tenido la desgracia de conocer. ¿Qué evidencia mayor haría falta para demostrar que Dios no existe? Como si Él permitiera a esta... ¡esta cebolla! convertirse en el último miembro superviviente de la raza humana. Simbolizaba todo lo que era barato, bajo, desagradable y hortera de la Humanidad. ¿Por qué él? ¡Un hombre cuya idea de cambiar de ropa era darle la vuelta a la camiseta de manera que la suciedad quedara fuera! Que utilizaba cáscaras de naranja y cajas de curry como ceniceros improvisados. Que se sacaba frecuentemente enormes trozos de carne fétida y mordisqueada de una de las cavidades de sus dientes y anunciaba con orgullo que podría alimentar a una familia numerosa. Que se mordía las uñas... ¡las uñas de los pies! Se sentaba ahí, con el pie en la boca y se cortaba las uñas a mordiscos. Y entonces (la cosa más espantosa de todas), ¡se las comía! ¡Comerse las uñas de los pies, por Dios! Ese era el Último Hombre. El Último Ser Humano. Una persona que podía eructar *La Bamba* después de once pintas de cerveza. Un hombre que había comido tanto curry que sudaba salsa Madrás. ¡Asqueroso! Las sábanas de su cama parecían como si alguien hubiera venido al mundo en ellas. ¡Y destrozaba cosas! No a propósito: solo era un hijo de prostidroide tan sumamente patoso, irresoluto y dedos de mantequilla que siempre destrozaba algo. Rimmer se acordaba de aquella vez que le enseñó una fotografía de su madre y, cinco segundos más tarde, se dio la vuelta para ver que la estaba utilizando como palillo de dientes. Una vez le prestó su disco favorito y cuando lo devolvió había una pisada en la cara de James Last. Había semillas de mermelada de frambuesa enterradas en los surcos. ¿Cómo era posible? ¿Derramar mermelada en un disco? ¿Quién escucha a James Last y come mermelada de frambuesa? ¡Y la funda interior no estaba! ¡Y había un número de teléfono y un garabato en la hoja de letras. ¡Destrozado!

HNNNnnnnNNNNNKRHHhhhhhhhHHHHHH

HNNNnnnnNNNNNKRHHhhhhhhhHHHHHH

¿Cómo podía alguien vivir con ese hombre?

HNNNnnnnNNNNNKRHHhhhhhhhHHHHHH

HNNNnnnnNNNNNKRHHhhhhhhhHHHHHH

¿Cómo podía ser que ahí, roncando como un erizo asmático, estuviera el último representante de la raza humana? ¿Cómo era posible que ese hombre estuviera vivo, mientras que él estaba muerto?

¿Cómo?

¿CÓMO?

¿CÓMO?

CUATRO

Solo hacía dos días que Lister había decidido ir a recoger sus pertenencias a Almacenamiento al Vacío y allí estaba ahora, sentado en su litera, empaquetándolo todo para devolverlo a Almacenamiento al Vacío.

Le había pedido a Holly que le diera la vuelta a la nave y se dirigiera a la Tierra. Quizá la raza humana se hubiera extinguido, quizá no. Quizá hubiera evolucionado a una raza de super-entes. Quizá se hubieran exterminado los unos a los otros en alguna guerra estúpida y las hormigas habrían tomado el control. ¿Pero dónde podrían ir si no?

La Tierra era su hogar. Tenía que descubrir si aún existía, incluso si tardaban otros tres millones de años en volver. Así que había decidido volver a la cabina de estasis. ¿Qué otra cosa podía hacer? No tenía ninguna intención de vagar por la nave con la única compañía de un muerto altamente neurótico.

Examinó sus pertenencias. Tenía una colección de pertenencias bastante enclenque: cuatro mecheros, todos sin gas; una copia de la *versión Gravedad cero desplegable del Kama Sutra*; una bola dura de chicle bien mascado, que había comprado en un bar en Mimas a un chico que le garantizó que fue mascado por Chelsea Brown, la famosa actriz; un par de dientes falsos de su abuela adoptiva que había guardado por dos motivos: (1) sentimental y (2) eran el mejor utensilio para abrir botellas de cerveza; su bajo con dos cuerdas (ambas G); trescientas cincuenta revistas de fútbol Gravedad cero y su colección completa de cintas de música rasta-billy-skank.

Y, por supuesto, allí estaban sus peces de colores.

Se asomó al tanque de 90 centímetros de alto y trató de ver a través de la mohosa agua verde. Al principio, no podía ver nada a través de los sedimentos viscosos. Encendió el interruptor de la luz acuática y pegó la cara al cristal del tanque. Gradualmente, a través de la penumbra, fue distinguiendo una silueta que se movía. Cuando sus ojos enfocaron, vio que era Lennon, nadando felizmente entre las columnas del falso Vaticano de plástico. Pero no podía ver a McCartney.

Se subió la manga e hizo remolinos con el brazo en la porquería estancada que soltaba un nocivo olor acre. Por fin, localizó al pez perdido, alojado en el balcón papal encima de la plaza de San Pedro. Estaba muerto.

Sacudió la cabeza y abofeteó al pez con violencia contra la esquina de la mesa inclinada de arquitecto de Rimmer. Se llevó el pez a la oreja y escuchó. Nada.

Cogió la navaja de explorador espacial de Rimmer, de un golpe de muñeca sacó una hoja y abrió el pez como un reloj.

¡Ahí estaba el problema! Una pila suelta. La colocó de nuevo en su sitio y cerró el pez. McCartney volvió a la vida. Dejó caer el droide de piscina en el agua y observó cómo nadaba felizmente a través del arco de la Capilla Sixtina de plástico.

—Sí —dijo Lister—. Brutal.

Rimmer entró cruzando las compuertas y se percató de la presencia del equipaje de Lister.

—¿Qué haces?

Rimmer escuchó cómo Lister explicaba su plan.

—¿Y qué pasa conmigo? ¿Qué voy a hacer solo tres millones de años?

—No sé. No he pensado en ello.

—No. Precisamente.

—Vamos, no esperarás que me quede por aquí. ¿Por qué no le dices a Holly que te apague hasta que lleguemos a casa?

—Porque, cerebro de mosquito —dijo Rimmer, poniéndose en pie— si por alguna casualidad la Tierra aún existe y si, por una aproximación mayor de las leyes de la probabilidad, la raza humana aún está viva, y si durante los seis millones de años que hemos estado fuera hemos evolucionado a algún tipo de súper raza y todavía podemos comprenderles; si todo eso pasa, cuando vuelva a la Tierra, no habrá razón para que viva como un holograma y mi disco de personalidad será guardado en una cámara acorazada polvorienta en la que nadie entrará jamás. Y ese será el fin de Rimmer, Arnold J.

—Nunca se sabe. Cuando volvamos, puede que descubramos que han inventado una cura para la Muerte.

Rimmer aspiró y puso los ojos en blanco.

—Bueno, nunca se sabe —dijo Lister.

—Sí, claro. Creo que las salas de espera de los hospitales estarán llenas de cadáveres. «Ah, Señora Harrington, otra vez muerta, ¿no? No se preocupe» —Rimmer simulaba una prescripción a través de la mímica—. Tome dos de éstas, tres veces al día e intente que no le pille otra vez un autobús.

—Voy a la cabina de estasis —dijo Lister, cogiendo su mochila— y ya está. ¿No esperarás en serio que pase el resto de mi vida solo aquí contigo?

—¿Por qué no?

—¿Cincuenta y tantos años? ¿Solo contigo?

—¿Qué hay de malo en eso?

Lister se detuvo y puso la mochila en el suelo.

—Me parece que tenemos que poner las cosas claras. Creo que hay algo que no comprendes.

—¿Qué? —dijo Rimmer.

—La cosa es —dijo Lister, de la forma más amable que pudo— que no me caes bien.

Rimmer se quedó perplejo, sin pestañear. No tenía ni idea de esto. No le caía bien Lister, pero siempre creyó que a Lister le caía bien él. ¿Por qué diablos no le caía bien? ¿Qué había que no le pudiera gustar?

—¿Desde cuándo? —dijo, con la voz ligeramente agrietada.

—Desde el segundo en que nos conocimos. Desde cierta carrera de taxi en Mimas.

—¡Ese no era yo! ¿Ese tío del bigote falso que iba a un burdel androide? ¡No era yo!

Rimmer estaba enfurecido por la acusación de Lister. Aunque fuera cierto, sentía que estaba tan fuera de lugar de la imagen que tenía de sí mismo, que era capaz de mostrar genuina indignación. ¡Como si él, Arnold J. Rimmer, le pagara dinero a un trozo de metal y plástico para mantener relaciones sexuales con él! No tenía nada que ver con él.

¡Es verdad, lo había hecho alguna vez, pero no tenía nada que ver con él!

—No he ido a un burdel androide en mi vida. Y si te atreves a mencionarlo otra vez, yo...

Rimmer vaciló. Se dio cuenta de repente de que, en su estado, no podía hacerle mucho a Lister.

—No lo entiendo. ¿Dónde quieres llegar?

—¡Quiero llegar a que te des cuenta, sucio hijo putero de una fétida ramera, de que somos amigos!

Rimmer sonrió tan cálidamente como le era posible para ayudar a disimular la enorme incongruencia en la que acababa de incurrir.

—Baja de la nube, Rimmer; no somos amigos.

—Sé a lo que te estás refiriendo —dijo Rimmer asintiendo vigorosamente—. Es porque me porté mal desde que subiste a bordo, ¿verdad? ¿Pero no lo ves? Tenía que hacer eso para desarrollar tu carácter. Para convertir al niño en un hombre.

—Anda ya, vete al cuerno.

—Siempre pensé que me veías como una especie de hermano mayor. Ya sé que no siempre nos llevamos bien. Pero, ¿qué hermanos lo hacen? Caín nunca se llevó muy bien con Abel...

—Lo mató.

—Cierto. Pero a pesar de todo eran hermanos, con cariño fraternal. Dios sabe que no siempre me llevé bien con mis hermanos, de hecho, una vez, cuando tenía catorce años, me tuvieron que hacer el boca a boca después de que los tres me dejaran la cabeza metida en el váter demasiado tiempo. Pero nos reímos después cuando empecé a respirar de nuevo.

—No vas a convencerme para que no vaya a la cabina de estasis. No voy a pasar el resto de mi vida con un hombre que cuelga sus calzoncillos en perchas.

Rimmer levantó las palmas de las manos en señal de inocencia.

—No estoy intentando convencerte.

—¿Entonces de qué va este rollo?

—No sé. Ya no sé de qué va ningún rollo.

Y aquí viene el chantaje emocional, pensó Lister.

—No es fácil, ya sabes, estar... muerto.

—Umm —dijo Lister.

—Es tan difícil aceptar tu propia muerte. Quiero decir, tenía planes... muchas cosas que quería hacer, y ahora...

—Mira, siento que estés muerto, ¿vale? Tuviste mala suerte. Pero tienes que dejarlo atrás. Estás totalmente obsesionado con eso.

—¿Obsesionado?

—No paras de hablar de eso.

—Vale, perdóname por morirme.

—Sinceramente, Rimmer, es muy aburrido. Eres como una de esas personas que siempre están hablando de sus enfermedades.

—¿Qué? —dijo Rimmer, con los ojos abiertos como platos.

—Es muy aburrido. Cambia el disco. La muerte ya no es el obstáculo que era antes. Por lo que más quieras, anímate.

—¿Qué? —volvió a decir Rimmer.

Y no supo que más decir, así que dijo «¿Qué?» otra vez.

—Y, para ser sincero, la perspectiva de vagar por aquí y escucharte lloriqueando y quejándote, balando y sollozando durante los próximos tres cuartos de siglo, porque dio la casualidad de que tú has muerto, no me vuelve loco, la verdad.

—¿Qué? —dijo Rimmer.

—¿Cincuenta años solo contigo? Prefiero beberme una pinta de mi propia diarrea.

—¿Qué?

—O una pinta de la diarrea de otro, ya puestos. Cada hora, a la hora en punto, durante los próximos setenta años.

—No me puedo creer —Rimmer estaba temblando— que hayas dicho eso.

Holly apareció en la pantalla del dormitorio.

—Hey —dijo, de un modo bastante impropio para un ordenador—. Acabo de abrir el blindaje de radiación de las bodegas de carga. Y hay algo ahí abajo.

—¿Qué quieres decir?

—Algún tipo de forma de vida.

—¿Qué es?

—Solo lo veo en el escáner de temperatura. No sé qué es, solo sé lo que no es.

—¿Qué no es, entonces?

—No es humano.

CINCO

Lister agarró el bazookoide (el pesado láser minero portátil para voladuras de roca) contra su pecho y comprobó de nuevo que la mochila en su espalda estaba registrando «carga completa».

La luz revoloteó a través de la malla de cables del desvencijado ascensor mientras vibraba bajando hacia las entrañas de la nave.

Casi cinco kilómetros de bajada en ascensor. Más de quinientas plantas, la mayoría de ellas extendiéndose los nueve kilómetros y medio de largo de la nave.

Ahí estaban las bodegas de carga, donde se guardaban todos los suministros.

La diminuta jaula descubierta se balanceaba y daba sacudidas mientras bajaba de una planta a otra.

Abajo.

Unas veinte plantas de comida, montañas de conservas envasadas al vacío, extendiéndose más allá de lo visible.

Abajo.

Cuatro plantas de madera. Un millón de árboles cortados ordenados en pirámides silenciosas.

Abajo.

Plantas de equipamiento de extracción minera.

Abajo.

Plantas de silicatos en bruto, extraídos de Ganímedes.

Abajo.

Plantas de agua, almacenada en enormes tanques de cristal.

Y abajo.

Y el único sonido era el metálico chillido del cable del ascensor que se sumergía cada vez más profundamente en el oscuro abismo.

—No sé por qué estoy asustado. Soy un holograma. Sea lo que sea, no podrá hacerme daño.

—Gracias. Eso me hace sentir muy seguro.

La oscuridad les envolvió. La luz del casco minero de Lister solo iluminaba unos seis metros por delante. Lister bajó el visor nocturno del casco y pasó a infrarrojos.

Abajo.

Entonces, algo extraño. Aquellas plantas estaban vacías. ¡Se habían perdido miles de metros cúbicos de provisiones! Comida, metal, madera, agua, todo perdido.

—¡No está!

—¿El qué? —dijo Rimmer mirando con los ojos entornados a la oscuridad.

—Todo.

—¿Qué quieres decir con todo?

—Todas las provisiones. Las últimas diez plantas… están todas vacías.

—Estoy tan contento de estar muerto. Estoy tan, tan contento.

—¿Quieres cerrar el pico?

Abajo.

A

B

A

J

O

En la esquina inferior izquierda del visor de Lister comenzó a parpadear una pequeña cruz verde.

—Demonios. Hay algo ahí.

—¿Dónde?

La cruz se acercaba sigilosamente al visor. Lister quiso decir: «En la siguiente planta», pero no pudo. No podía hablar.

El ascensor se detuvo. El aullido del motor se redujo a nada.

Ahí estaba.

Extendiéndose ante ellos, con una longitud de nueve kilómetros y medio, medio iluminada y desolada.

Una enorme e imposible ciudad.

¡Una ciudad!

Las puertas del ascensor se abrieron y entraron en la calle adoquinada.

Viviendas en forma de iglú adornadas primitivamente flanqueaban el camino; promontorios de madera tallada, sin puertas. Cada una tenía una hendidura, quizá de un metro de ancho y de una altura de menos de treinta centímetros, a dos metros del suelo.

Lister comprobó la carga de la mochila del bazookoide y ambos empezaron a bajar la calle con cuidado. Ante ellos había un cruce. Los montículos iglú se extendían en todas las direcciones. La cruz parpadeante en el visor de Lister vibraba cada vez con más insistencia e indicaba que debían girar a la derecha.

—¿Qué es este sitio?

Lister se cargó el bazookoide al hombro y trepó a uno de los montículos. Metió la cabeza por una hendidura y trató de ver algo en el tenue interior.

—Es algún tipo de casa. Pero es diminuta. Solo hay espacio para que dos personas vivan agachadas y mirando a través de la rendija. A los que vivían aquí les gustaban los espacios confinados.

Construido en un diminuto receso en la pared había una estantería con seis libros. Lister se acercó, consiguió agarrar tres de ellos y salió del montículo.

Rimmer intentaba ver por encima del hombro de Lister cuando este abría cada libro. Todas las páginas de todos los libros estaban en blanco. Lister introdujo los libros en su escarcela, agarró el bazookoide, volvió a comprobar la carga y se puso en movimiento de nuevo.

Tras cinco minutos de caminata, llegaron a una plaza. Había hileras de bancos frente a un monitor de televisión adjunto a un vídeo. Lister sacó la cinta. Llevaba el logotipo de artículo reglamentario de la nave.

—¿Qué es eso? —preguntó Rimmer.

—*Los Picapiedra*.

Giraron a la izquierda. Más montículos. Otra plaza, pero esta vez parecía más bien un café: mesas con sombrillas, sillas de madera, y en el centro, una mesa con dos candelabros, ambos encendidos. Un plato, a medio comer, reposaba en una bandeja.

El pitido del visor de Lister estaba latiendo cada vez más rápido.

—¡Está aquí! —dijo Lister con el dedo preparado sobre el botón del láser del bazookoide— ¡Sea lo que sea, está aquí!

Un destello.

Una imagen borrosa de color rosado resplandeció desde lo alto de un montículo, lanzando a Lister al suelo y enviando el arma sobre los adoquines.

Rimmer miró, medio paralizado, como el hombre vestido de neón rosa con peinado inmaculado olisqueaba a Lister, miraba hacia arriba con expresión confundida, le olisqueaba más intensamente y finalmente se ponía en pie, cogía un cepillo para la ropa y alisaba su traje.

—Lo siento, tío —dijo— creía que erais comida.

SEIS

Desde el momento en que descubrió que el cadmio II había alcanzado su masa crítica, Holly tuvo menos de quince nanosegundos para actuar. Selló todo lo que pudo: el área de mercancías al completo y la unidad de abastecimiento de la nave. Simultáneamente, hizo que el ordenador central acelerara para dirigirse más allá del disco verdeazulado de Neptuno y hacia el abismo del espacio desconocido. Entonces leyó la Biblia, el Corán y otros trabajos religiosos mayores: cubrió el Islam, el Zoroastrismo, el Mazdaismo, Zaratustrismo, Drama, Brahmanismo, Hinduismo, Vedanta, Jainismo, Budismo, Hinayana, Mahayana, Sikhismo, Shintoismo, Taoismo y Confucianismo. Después leyó todos los escritos de Marx, Engels, Freud, Jung y Einstein. Y, para matar los restantes nanosegundos, hojeó brevemente el libro de Kevin Keegan: Fútbol, Un viejo juego divertido.

En el almacén, los cuatro vástagos de Frankenstein *comenzaban a engendrar. Cada camada consistía en cuatro gatitos, tres veces al año. Al finalizar el primer año, la segunda generación de gatitos empezó a engendrar también. Cada hembra tenía tres camadas anuales de tres a cuatro gatitos.*

Cuando Frankenstein *murió, a la gran edad de catorce años, dejó tras de sí ciento noventa y ocho mil setecientos treinta y dos gatos.*

198.732 gatos, que siguieron procreando.

El Enano Rojo *siguió acelerando.*

Holly fue testigo de primera mano de fenómenos que no habían sido vistos nunca. Vio fenómenos que solo habían sido adivinados por físicos teóricos.

Vio la formación de una estrella.

Vio otra estrella morir.

Vio un agujero negro.

Vio púlsares y cuásares.

Vio sistemas solares gemelos y trillizos.

Contempló vistas por las que Copérnico se hubiera arrancado los ojos, pero durante todo ese tiempo no pudo dejar de pensar en lo malo que era el libro de Kevin Keegan.

Los gatos siguieron engendrando.

El Enano Rojo *siguió acelerando.*

El almacén de mercancías de ciento cuatro kilómetros cuadrados estaba lleno de gatos.

Un mar de gatos.

Un mar de gatos, aislados de la radiación que envenenaba las plantas superiores gracias a las puertas selladas del compartimento, y sin otro sitio a donde ir.

Solo los más inteligentes, los más grandes y los más fuertes sobrevivieron.

Los mutantes.

Los mutantes, que tenían dedos rudimentarios en lugar de garras, que podían alzarse sobre sus patas traseras y matar a palos a sus rivales con golpes certeros. Que encontraban las mejores parejas para engendrar.

Y engendraban.

El Felis Erectus *nació.*

El Enano Rojo, *aún acelerando, pasó cinco estrellas en órbitas concéntricas, que ejecutaban una impresionante actuación de ballet estelar.*

Holly no se dio cuenta.

Había estado solo los últimos dos millones de años y ya no estaba interesado en actuaciones impresionantes de ballet estelar. Lo que le llamaba la atención ahora eran las novelas de Netta Muskett. El joven médico le dijo a Jenna que le quedaban solo tres años de vida, mientras la abrazaba en un poderoso apretón masculino, con sus ojos oscuros

taladrándole el alma. Fuera, los soles bailaban en un pentágono perfec-
to y giraban, dando vueltas y más vueltas, como una gigantesca rueda
de Catherine.

Pero Holly no lo veía. Estaba demasiado ocupado leyendo.

Entonces hubo una epidemia.

Y la epidemia era el hambre.

*Menos de treinta tribus gatunas sobrevivieron, vagando por los al-
macenes de mercancías sobre sus patas traseras en una búsqueda de-
sesperada de comida.*

Pero no había comida.

Los suministros se habían acabado.

*Débiles y achacosos, rezaban a las montañas plateadas de control
de abastecimiento: enormes torres de metal rocoso que, a su manera
pagana, los gatos mutantes creían que les observaban.*

*Entre los gemidos y los chillidos, un gato se puso en pie y alzó en el
aire el icono sagrado. El icono que había sido considerado como sagrado y que un día daría a conocer su uso.*

*Era un trozo de metal en forma de V con una manilla giratoria en
la punta.*

*Quitó una roca metálica de la montaña plateada, mientras los otros
gatos gritaban y murmuraban ante la blasfemia.*

Colocó el icono en el borde de la roca y giró la manecilla.

Y la manecilla giró.

Y la roca se abrió.

Y dentro de la roca había espaguetis en salsa de tomate.

*Y en las otras rocas había incluso más manjares. Alubias con toma-
te sin azúcar. Relleno de sándwich de pollo y champiñones. Albóndigas
en salsa de carne. Todo sellado en bolsas al vacío, preservado de los
estragos del tiempo.*

Dios había hablado.

Y Felis Sapiens *nació.*

Holly estaba haciendo muecas. Ponía en su cara pixelada las expresiones más extrañas y absurdas de las que era capaz. Había estado haciendo muecas durante dos mil años. No era un hobby como tal, pero ayudaba a pasar el tiempo.

Estaba empezando a preocuparse porque creía que se había vuelto un ordenador senil. Llevado hasta la locura por su soledad. Lo que necesitaba, decidió, era un compañero.

Construiría una mujer.

Una mujer humana que funcionara perfectamente, capaz de albergar pensamiento independiente y tomar decisiones. Idéntica a una mujer real hasta el más mínimo detalle.

El problema es que no sabía cómo hacerlo.

Ni siquiera sabía de dónde sacar la nariz.

Así que pensó que todo el plan era una mala idea y siguió haciendo mohines.

Y hubo una guerra entre los gatos.

Una guerra sangrienta que produjo muchas pérdidas.

Pero el motivo era bueno.

La causa era sensata.

Merecía la pena luchar por el lema.

Era una guerra santa.

Algunos de los gatos creían que el verdadero padre de la Gatundad era un hombre llamado Cloister, quien salvó a Frankenstein, la Madre Santa, y fue congelado en el tiempo por los malvados hombres que la perseguían para matarla. Un día, Cloister regresaría para conducirles a la Bierra, el planeta donde podrían establecer su hogar.

Los otros gatos creían exactamente la misma cosa, solo que sostenían que el nombre del verdadero padre de la Gatundad era Clister.

Pasaron casi dos mil años luchando a causa de este abismo teológico insuperable.

Millones de ellos murieron.

Pero por fin, hubo una tregua.

Comandando la flota de transbordadores de la zona de atraque, la mitad de los gatos voló en una dirección, en busca de Cloister y el Planeta Prometido, y la otra mitad voló en la dirección opuesta, en busca de Clister y el Planeta Prometido.

Tras ellos dejaron a los que estaban demasiado débiles para viajar: los viejos, los cojos, los enfermos y los moribundos.

Y uno a uno, fueron muriendo.

Pronto, solo dos de ellos quedaron: uno era cojo, otra idiota.

Se acercaron el uno al otro en busca de calor y compañía.

Y un día, del cojo y la idiota, nació un hijo.

SIETE

El último humano vivo, un hombre que había muerto y una criatura que había evolucionado de los gatos, estaban sentados alrededor de la mesa de metal atornillada al suelo del dormitorio y escuchaban la explicación de un ordenador con un coeficiente intelectual de seis mil, que no podía acordarse de quién eliminó al Swansea City de la Copa de Inglaterra de 1967, sobre qué diablos estaba ocurriendo.

—Así que es un gato —dijo Lister por decimocuarta vez.

El gato sacó una plancha portátil de su bolsillo y comenzó a presionarla sobre la manga de su chaqueta.

Aparentemente, al menos, era humano. Había un ligero achatamiento en su rostro: sus orejas estaban situadas un poco más arriba de lo normal y dos de sus brillantes dientes superiores eran más largos y afilados que los otros, de manera que caían, inmaculadamente, sobre sus labios cada vez que sonreía. Y lo hacía muy a menudo.

No parecía tener vestigios de super-ego. Era todo ego e instinto, monumentalmente egoísta y, si hubiera sido humano, se le podía haber descrito como vanidoso. Pero no se pueden aplicar valores humanos a los gatos, parece haber muy poca conexión entre las dos culturas. La invención que supuso el punto decisivo en la historia de los gatos no fue el fuego ni la rueda: fue la prensa para pantalones con funcionamiento a vapor.

Obtener información del gato no era fácil: si le hacías demasiadas preguntas, se aburría, y se iba a tomar una de las cinco o seis duchas diarias que parecía necesitar.

No tenía nombre. Le pareció difícil comprender el concepto. Era de la convicción inamovible de que era el centro absoluto de todo el universo, la razón de su existencia; y la noción de que alguien no supiera quién era él, estaba fuera de su compresión.

—¿Y qué tal las relaciones? —había persistido Lister.

—¿Re-la-cio-nes?

El gato hizo una bola con la palabra en su lengua. El gato había aprendido su idioma del gran número de cintas de vídeo y películas de entrenamiento que fueron almacenadas en las bodegas de carga, para ser llevadas a Tritón. Pero la mayoría de los conceptos humanos eran eludidos.

—Sí, ya sabes, entre un hombre gato y una mujer gato. ¿Cómo os llamáis entre vosotros?

—¡Eh, tú!

—¿Qué? Durante toda la relación, ¿nunca os llamáis por vuestros nombres?

—¿Sabes cuánto dura una relación entre gatos? Tres minutos. El primer minuto está bien, el segundo, ¡te sientes atrapado! El tercero, tienes que abandonar.

El mero pensamiento de una relación que durara más de tres minutos le produjo al gato un sudor frío y tuvo que ir a tomar otra ducha caliente.

Y así pasó la tarde.

Cuando el gato no estaba duchándose o echando una cabezadita, estaba acicalándose. Parecía esconder en su inmaculada persona un arsenal de peines y cepillos, ninguno de los cuales estropeaba la línea de su inmaculado traje rosa.

En su mayoría, los detalles sobre los orígenes del gato permanecían ocultos. El concepto de «padres» le parecía desconcertante. No podía creer que en algún momento él naciera. Cuando se imaginaba esto, se acordaba de otros dos gatos que solían estar por ahí, pero la mayor parte del tiempo, se ignoraban. Uno de ellos, creía, probablemente había sido su madre, porque no se acostaba con él. De hecho, se ponía bastante furiosa cuando se le acercaba y le golpeaba en la cabeza con una sartén grande.

El otro tuvo que ser su padre, un gato profundamente religioso que recitaba constantemente los siete Mandamientos gatunos: «No deberás ser guay. No deberás presumir. No tendrás más de diez trajes. No deberás mantener contacto carnal con más de cuatro miembros del sexo opuesto en una misma sesión. No deberás moverte con sigilo. No deberás acaparar el baño. Y no deberás robar la gomina de otro».

En la Edad Oscura de la intolerancia religiosa, estas leyes fueron establecidas por los sacerdotes gatunos para mantener su raza controlada. Solo a través de la negación de ciertos placeres, ciertas necesidades naturales de ser guay y tener estilo, decían, un gato podría encontrar la redención. Se proferían castigos estrictos a los transgresores: a los gatos que eran descubiertos contoneándose en sigilo, se les retiraban sus unidades de ducha; a los gatos condenados por vanidad, se les confiscaban los secadores y se les obligaba a llevar trajes de hacía dos o tres temporadas.

—¿Cachemir? ¿Con solapas y dobladillos? ¡Pero eso es de la primavera pasada! ¡Por favor, no! ¡Tengan piedad!

Finalmente el gato, cansado de las preguntas sin descanso, anunció que era hora de su cabezadita de media tarde. Dio un salto encima del armario de Lister, se acurrucó en el imposible espacio diminuto y cayó inmediatamente en un sueño profundo y gratificante.

—¿Qué vamos a hacer con él? —preguntó Rimmer.

Lister se sentó en la mesa, jugando con sus rastas. Estaba pensando. Cuando veía a Lister pensar, a Rimmer siempre le venía a la mente un enorme, viejo y oxidado tractor que intenta arar surcos en un campo de hormigón.

Por fin, miró hacia arriba.

—Viene con nosotros. De vuelta a la Tierra.

La decepción se filtró a través de la sonrisa crispada de Rimmer.

—¿Entonces sigues queriendo ir a la cabina de estasis? ¿Te lo llevas contigo?

—¿Por qué no?

No había motivo, pensó. Ningún motivo. Siempre y cuando no te importara un comino la vida de Arnold J. Rimmer.

OCHO

—Salto aquí, salto allá... Eeeeyyyyy.

El gato se movía sigilosamente por el pasillo, empujando un perchero con ruedas lleno de trajes. Trajes azules, trajes verdes, trajes rojos. Lunares, rayas, cuadros. Trajes de seda, trajes de piel, trajes lisos. Todos los que había confeccionado él mismo durante los años que había estado atrapado en la bodega de carga.

—Salto aquí, saltó allá...

El gato dio una vuelta e hizo un pequeño baile, sin perder zancada.

Llegó a la planta de Almacenamiento al vacío, donde Lister le esperaba impaciente.

—¿Qué haces?

—Hago lo que dijiste que hiciera.

—Dije: «Trae las cosas de primera necesidad de las que no puedas deshacerte».

—Vale —asintió el gato—. Y eso es lo que estoy haciendo. Solo este y los otros diez percheros. Viaja ligero, muévete rápido. Eeyyy—. El gato dio una vuelta sobre sí mismo.

—No puedes empaquetar todo esto en Almacenamiento al vacío... tardarías años.

La cara del gato se marchitó. Había pasado las últimas dos horas intentando reducir su enorme colección a sus cien trajes favoritos. Había sido cruel consigo mismo. El traje de disk-jockey amarillo con las cañerías verdes había sido desechado. ¡El de imitación de piel de morsa con el cuello de cebra falso era historia! ¡Y ese traje de chaqueta rojo de PVC con el sombrero y el bastón a juego... se había quedado allí abajo!

—Puedes traer dos trajes —dijo Lister con firmeza— y eso es todo.

—¿Dos trajes? —se rió el gato con mofa— ¿Dos? Entonces me quedo, tronco.

—No puedes quedarte. Cuando yo salga, tú estarás muerto.

—Dos trajes es la muerte.

—Elige.

El gato se paseó frente a los percheros, arriba y abajo. Después lo hizo también por la parte trasera.

—¿Cuántos dijiste? ¿Diez?

—Dos.

—Jo, tío.

El gato se paseó de nuevo frente a los percheros, arriba y abajo.

Lister se aproximó al perchero, cogió dos trajes y los lanzó bruscamente en el compartimento de vacío.

—Vale, éstos son los que te llevas.

El gato cogió la manga del primer traje del perchero y le sacudió la muñeca.

—Adiós, tío.

Le dio una palmada en la hombrera y se dirigió al siguiente.

Lister suspiró.

—Será mejor que le diga adiós a Rimmer.

—Adiós, nene —le dijo el gato al siguiente traje—. Te echaré de menos.

Lister echó a andar por el pasillo.

—Entramos en estasis dentro de diez minutos. Te veré en el dormitorio.

—¡Eh! —gritó el gato— si me corto una pierna y la dejo aquí, ¿podré llevarme tres?

No tenía sentido.

Cuando Holly repasó rápidamente los tropecientos millones de megabytes de datos del navegador y, simultáneamente, contrastó la información en los bancos de datos de los sensores de estado, le resultó imposible evitar la conclusión de que el *Enano Rojo* estaba a 0,002 segundos de hacer algo completamente imposible.

Estaba punto de romper la barrera de la luz.

Era cierto que la velocidad media de crucero para una nave del tamaño del *Enano Rojo* era de 320000 kilómetros por hora.

Era cierto que había estado acelerando constantemente durante los últimos tres millones de años.

Era cierto que la nave estaba alcanzado en la actualidad los 1071288000 kilómetros por hora, lo que estaba 72000 kilómetros por hora por debajo de la velocidad de la luz.

Y también era cierto que en 0,0019 segundos romperían la barrera de la luz.

El problema era que no era posible.

La luz es el límite de velocidad para el universo.

Nada viaja más rápido que la luz.

Todo lo cual era bueno. Lo que no era bueno era que el *Enano Rojo* fuera a hacer exactamente eso.

En 0,0017 segundos.

No tenía sentido.

Holly reprogramó el ordenador de control para reducir la velocidad, y el ordenador lo hizo. Pero como estaban acelerando tan rápido, reducir velocidad significaba que estaban acelerando ligeramente menos rápido de lo que lo estaban haciendo antes. Sin embargo, seguían acelerando. Por lo que estaban aminorando, pero seguían yendo más rápido.

Esto tampoco tenía mucho sentido para Holly.

La única cosa que estaba clara era que para cuando hubieran aminorado lo suficiente como para estar reduciendo la velocidad realmente (y no el tipo de disminución que en verdad significaba ir más rápido, aunque más rápido menos rápido), ya habrían roto la barrera de la luz.

Lo que era imposible.

Pero lo iban a hacer en 0,0013 segundos.

Holly zumbó suavemente.

Holly se dio cuenta de esto solo cuando intentó dirigir el retorno de la nave a la Tierra.

Al principio, asumió que era posible hacer un giro en tres puntos o hacerle un bucle al bucle pero, según sus cálculos, les llevaría alrededor de trescientos cincuenta mil años hacer un giro en U bastante rápido.

Entonces Holly diseñó la estrategia. Si pudiera colocar al *Enano Rojo* en órbita alrededor de algún planeta, podría utilizar el impulso gravitatorio para catapultarse después 180º en dirección a la Tierra.

¡Brillante!

¿Quién dijo que se estaba volviendo senil?

Por supuesto, esta charla sobre astrobacias era poco relevante, porque estaban a punto de romper la barrera de la luz y Holly estaba totalmente convencido de que al hacerlo serían reducidos automáticamente a sus átomos primitivos.

Y esto iba a ocurrir en 0,000 segundos.

Oh, Dios mío.

Eso era ahora.

NUEVE

En ese mismo instante, Lister era todo y no era nada. Su masa era infinita y su masa no existía.

Cuando se miraba, veía sus piernas estirándose bajo él, como si estuvieran balanceándose desde lo alto de un enorme rascacielos, mirando sus diminutos pies, muchos kilómetros más abajo.

Su cara se doblaba y se tensaba. Las pestañas le colgaban sobre las mejillas como enormes palmeras.

Era de todos los colores y de ninguno a la vez. Instintivamente, estiró hacia afuera uno de sus brazos para estabilizarse y se desplegó como un catalejo a través del ahora infinito espacio del dormitorio como si fuese elástico.

Se giró para orientarse y se dio cuenta de que estaba mirando su nuca.

Y entonces cayó, cayó dentro de sí mismo y cuando abrió los ojos, descubrió que su cabeza estaba en su estómago: entonces de repente creció rápidamente y salió, con la cabeza del tamaño y la forma de una pirámide egipcia.

Intentó andar. Un error. Sus piernas se habían enredado. Olvidó cuántas tenía y dónde debían ir. Cada paso era como intentar desplegar una tumbona imposible. Y entonces se cayó. Pero no fue hacia abajo, sino hacia arriba.

Se plegó sobre sí mismo, formando un cilindro perfecto y mirase donde mirase, allí estaba él.

Él él él él él él él él él él él él él él él él él él él él él él él él él...

Y todos los «él» comenzaron a gritar mientras giraban, dibujando órbitas alrededor de ellos mismos, como electrones.

Y entonces se detuvo.

Y estaba frente al lavabo, con la maquinilla de afeitar en la mano, mirando su cara llena de espuma en el espejo.

Holly apareció en el monitor de la habitación.

—Upsss —dijo—. Lo siento —hizo un gesto contrariado.

—¿Qué ha pasado?

—Hemos roto la barrera de la luz.

—Creía que eso era imposible.

—No —dijo Holly.

—Así que estamos viajando a la velocidad de la luz, ¿no?

—Más rápido.

—¿Están todos bien?

—Rimmer está un poco conmocionado. Sigue corriendo en círculos en la biblioteca técnica.

—¿Y la nave?

—Bueno, ahora que está volviendo a su masa original, está más animada —dijo Holly, y lo abandonó para dedicar plenamente su tiempo a controlar una nave que en ese momento estaba viajando más allá de la velocidad que podía medirse.

Lister entró por la escotilla norte de la sala de ocio camino de la biblioteca técnica, para buscar a Rimmer. En el centro de la sala de ocio había docenas de mesas cubiertas de paño verde de todas las formas y tamaños: billar inglés, americano, cuaranga y flip. En las paredes se alineaban cabinas de videojuegos en 3-D. *El conductor italiano* era el favorito de Lister: uno de los juegos más emocionantes y peligrosos del mercado, en el que el objetivo del jugador era aparcar un coche en Roma. Rimmer atravesó la escotilla sur.

—Rimmer, hemos roto la barrera de la luz...

—¿Qué? —dijo Rimmer.

—¡Vamos más rápido que la velocidad de la luz!

—¿Cómo hice eso?

—¿Qué quieres decir con «¿Cómo hice eso?»?

—Lister, no seas tarugo.

—No soy un tarugo.

—¿Cómo pude hacerlo? Estaba en la biblioteca, pensando. De todas formas, he decidido... —Rimmer hizo una pausa sin motivo aparente y entonces gritó, de forma igualmente inexplicable— ¡Cállate!

Entonces giró 180º y se dirigió a la diana.

—Como iba diciendo, antes de ser interrumpido de una forma tan brusca, he decidido que cuando entres en estasis quiero que me dejen encendido. Quiero quedarme aquí.

—¿Te encuentras bien, Rimmer?

—¿Qué cosas? —dijo Rimmer, con una expresión de asombro.

—¿Eh?

—¿He dicho qué?

Rimmer giró la cabeza lentamente, siguiendo algún objeto invisible con los ojos.

—¿Qué pasa?

Lister pasó la mano por delante de los ojos de Rimmer. Rimmer permaneció inexpresivo.

—Eres un loco espacial —dijo Rimmer.

—¿Qué soy un loco espacial? Tú eres el único de los dos que es un loco espacial.

—Bueno, probablemente es un *déjà vu* —dijo Rimmer—. Lo parece.

Se rascó su «H» holográfica con su largo y delgado dedo, sacudió la cabeza, se dirigió hacia la escotilla norte y salió.

Simultáneamente, otro Rimmer entró por la escotilla sur.

Lister giró la cabeza justo a tiempo para ver al primero desaparecer tras la esquina.

—¡Rimmer! —dijo al Rimmer que acababa de entrar— hace un segundo que has salido por esa puerta.

—¿Qué? —dijo este otro Rimmer.

—¿Cómo hiciste eso?

La cabeza de Lister se movía rápidamente entre una salida y otra.

—¿Cómo hice qué?

—Rimmer, acabas de salir por esa puerta —dijo Lister, señalando a la salida norte— y acabas de entrar por esta otra.

—Lister, no seas tarugo.

—Mira, te lo juro por mi abuela, cuando saliste por ahí, entraste por aquí.

—¿Cómo pude hacerlo? Estaba en la biblioteca, pensando. De todas formas, he decidido...

—¡Rimmer! Te estoy diciendo...

Lister se dirigió al centro de la habitación y se puso de espaldas a la diana.

—¡Cállate! —grito Rimmer, girándose para hablar con él—. Como iba diciendo, antes de ser interrumpido de una forma tan brusca, he decidido que cuando entres en estasis quiero que me dejen encendido. Quiero quedarme aquí.

—Rimmer... hace un momento has entrado y has dicho esas mismas cosas.

—¿Qué cosas?

—Has dicho eso. Dijiste «¿Qué cosas?»

—¿He dicho qué?

—Y eso. También has dicho eso.

—Eres un loco espacial —dijo Rimmer.

—¡Sí! —dijo Lister, asintiendo—. Y ahora dirás que probablemente sea un *déjà vu*.

—Bueno, probablemente es un *déjà vu* —dijo Rimmer—. Lo parece.

—Sigue entonces. Ráscate la «H», sacude la cabeza y sal de la habitación.

Rimmer se rascó su «H» holográfica con su largo y delgado dedo, sacudió la cabeza, se dirigió hacia la escotilla norte y salió.

Cogió el ascensor y se dirigió hacia el dormitorio antes de que Lister pudiera alcanzarle.

—¡Rimmer! ¡Espera! ¡Escúchame!

De repente, el gato salió del dormitorio y corrió hacia ellos, presionando un pañuelo ensangrentado contra su boca.

—¡Mi diente! ¡Mi diente! ¡Creo que he perdido mi diente!

Lister se detuvo.

—Gato... ¿qué ha pasado?

El gato siguió corriendo, ignorándole.

Rimmer estaba esperando en la entrada al dormitorio.

—Mira —le dijo en voz baja.

El gato estaba quieto a la altura de las literas, con los labios separados parcialmente en una media sonrisa de incredulidad.

—Corrígeme si me equivoco —dijo Rimmer— pero acabo de ver a Gato pasar por delante de nuestras narices y ahora está ahí dentro.

—¿Le atrapaste? —dijo Gato a Lister.

Lister se giró hacia Rimmer.

—¿Ves? Algo raro está pasando.

—Estaba sentado ahí —dijo Gato— esperando, como me dijiste que esperara. Entonces apareció este tío tan asombrosamente guapo que era una réplica mía y empezó a cantar algo sobre un pez.

—Tiene que ver con la velocidad de la luz —dijo Lister.

Rimmer llamó a Holly.

Holly estaba ocupado. Estaba preocupándose.

Había abandonado los intentos de pilotar la nave por encima de la velocidad de la luz. Estaba completamente seguro de que ya habían atravesado directamente por el centro siete planetas y al menos una estrella. Era totalmente imposible evitarlos porque solo aparecían en el navegador justo antes del acontecimiento.

A pesar de todo, por alguna razón, la nave parecía permanecer intacta así que decidió no preocuparse por ello.

Otra ligera preocupación era que el *Enano Rojo* parecía seguir a otro *Enano Rojo*. Y ellos, a su vez, parecían ser perseguidos por otro. De hecho, cuando Holly lo examinó con detalle, parecían estar volando en un convoy de al menos veintiséis *Enanos Rojos*. Holly razonó que no podían ser de ayuda en este asunto, así que decidió no preocuparse más por ellos.

De hecho, no había nada que pudiera hacer respecto a nada. Al menos no hasta que redujeran la marcha por debajo de la velocidad de la luz que, según sus cálculos, sería setenta y ocho horas después. Pero Holly tenía una opinión poco favorable de sus propios cálculos por lo que no iba a tener mucha fe en este.

—¿Qué? ¿Qué? ¿Qué? Estoy ocupado. Estoy intentando navegar.

La cara digitalizada de Holly apareció borrosa y sin definir.

—¿Cuál es el problema? ¿Tienes un coeficiente intelectual de seis mil, no?

—Mira, tengo que controlar una nave del tamaño de una pequeña república sudamericana a velocidades nunca registradas en los anales de la historia humana. Estamos viajando por encima de la velocidad de la luz; pasamos a través de cosas que nunca he visto. Incluso con un coeficiente intelectual de seis mil, estoy cagado.

—Solo dinos qué está pasando.

—Estáis viendo ecos futuros. Debido a que estamos viajando más rápido que la luz, nos vemos a nosotros mismos en un tiempo futuro. Estáis encontrándoos con situaciones que vais a vivir, justo antes de hacerlas. Ecos futuros —repitió—. ¿De acuerdo?

—Entonces —dijo Lister—, ¿el gato va a romperse los dientes en algún momento del futuro?

—¿Qué dientes? Nadie va a romperme los dientes.

—¿Cuánto va a durar esto?

—Hasta que el empuje contrario surta efecto y caigamos por debajo de la velocidad de la luz.

La imagen de Holly cerró un ojo e hizo unos cálculos aritméticos que probablemente estaban equivocados.

—Setenta y tres horas y catorce minutos —dijo, tan confiadamente como pudo.

—Nadie va a romperme los dientes.

—¡Mirad! ¡Mirad! —farfulló Rimmer—. ¡Aquí hay otro!

Una fotografía se materializó lentamente en la mesilla de Lister.

Era una fotografía de Lister. Una fotografía de Lister con una bata blanca de cirujano, en la puerta de la unidad médica de la nave. Sus ojos parecían oscuros y cansados pero estaba sonriendo abiertamente. En sus brazos, envuelto en mantas plateadas, había dos niños recién nacidos.

—¿Dos niños?

Lister miró al gato que se estiraba para ver por encima de su hombro.

Acercó la mano para coger la fotografía, pero la mano pasó a través de ella y la fotografía se evaporó.

—¿De dónde sacamos estos bebés, sin ninguna mujer a bordo?

DIEZ

Lister estaba discutiendo con la máquina expendedora cuando oyó la explosión.

Era una simple discusión en la que la máquina expendedora estaba completamente equivocada. Lister había pedido su habitual desayuno compuesto de *phal* de gambas Bangalore, media ración de arroz, media ración de patatas fritas, siete popadomes especiados, un batido con sabor a cerveza y dos antiácidos. La máquina le había ofrecido una pavlova de frambuesa con salsa de cebolla.

—Algo funciona mal en tu sistema de reconocimiento de voz.

—Marchando —dijo la máquina expendedora, y sirvió dos arenques ahumados poco hechos.

—No, no lo entiendes. Hay algo que funciona mal.

—Sin problema —dijo la máquina—. ¿Lo quiere poco hecho, normal o muy hecho? —y acto seguido dispensó veinte kilogramos de hígado de ternera.

—Olvídalo. Olvida la comida. ¿Me puedes servir un café?

—Antes de que lo digas, ya está listo —dijo la máquina amablemente, y extendió su brazo expendedor para dejar un pudin de Navidad, flambeado con brandy, en el suelo, prendiendo fuego a los bajos de los pantalones de Lister.

Lister estaba apagando el pudding de Navidad cuando la explosión sacudió la nave.

Cuando llegó sin aliento a la cámara del navegador, Rimmer estaba allí de pie, todavía en estado de shock, frente al panel de control.

—¿Qué ha sido eso?

Rimmer giró lentamente la cabeza y le miró.

—Prepárate para algo fuerte: acabo de verte morir.

—¿Qué has visto el qué?

—Bueno, te he dicho que te prepararas.

—¿Qué? ¿Cuándo? No me has dado oportunidad.

—Te he dado un tiempo de preparación bastante amplio.

—No, nada de eso. Ni siquiera has hecho una pausa.

—Vale, lo siento. Acabo de tener una experiencia bastante perturbadora. Acabo de ver morir a alguien que conozco de la forma más atroz.

—¡Sí! ¡Yo!

—Fue horrible —dijo Rimmer, poniendo una mueca de asco y estremeciéndose—. Estabas delante del navegador…

—¡No quiero saberlo!

—¿No quieres saber cómo mueres?

—No. Por supuesto que no quiero.

De repente, a Lister la habitación le pareció muy oscura y fría.

—¿Fue rápido? —preguntó en voz baja.

—Bueno. No puedo decir que fuera súper rápido. No si tenemos en cuenta los espasmos y el chillido agonizante.

Rimmer se estremeció de nuevo.

—Estás disfrutándolo, ¿verdad?

—Qué cosa más horrible estás diciendo.

—¿Estás seguro de que era yo?

—¡Sí! —sonrió Rimmer.

—No quiero saber nada más —dijo, chupando ausente una de sus rastas—. ¿Qué edad crees que tenía?

—¿Qué edad tienes ahora?

—Veinticinco. ¿Qué edad crees que tenía?

—Yo diría que… —Rimmer chasqueó la lengua— veintitantos.

—¡Demonios!

Lister se puso de pie y le dio una patada al navegador.

—No estoy preparado —dijo, dándole otra patada— ¡No estoy preparado, carajo!

—Sí, parecías sorprendido. Especialmente cuando se te cayó el brazo.

—Entonces me viste la cara. ¿Me viste bien la cara? ¿Era yo? ¿Era mi cara?

—Sí, llevabas puesto tu estúpido gorro de cazador de piel con las orejeras forradas.

Lister se arrancó el gorro de cazador de piel con las orejeras forradas.

—Vale. Nunca me pondré gorro. Nunca más me lo pondré. Así nunca pasará.

Hizo volar la gorra por encima del navegador y esta se deslizó por el suelo.

Rimmer sonrió.

—Pero pasó. No puedes cambiarlo, como no puedes cambiar lo que desayunaste esta mañana.

—Pero no ha pasado, ¿verdad? Debería haber tenido que pasar pero no ha pasado.

—El problema de esto, es que ha pasado. Solo que todavía no ha ocurrido.

Lister permaneció inexpresivo, jugando con su pelo, mientras Rimmer luchaba por contener la risa que trataba de colarse en su rostro.

—Vale. Está bien. Está bien. El gato, ¿vale? —Lister se puso en pie—. El gato se rompió un diente en uno de los ecos futuros, ¿verdad?

—Te escucho.

—Si pudiera hacer que no se lo rompiera...

—No se puede.

—¡… entonces evitaría mi muerte!

—No se puede. Una pena.

—Porque… ¿Cómo se rompería Gato el diente?

Lister se sentó en silencio, quitándose un trozo de goma de la puntera de su bota.

Rimmer le miraba, silbando una versión jazz de la marcha fúnebre del *Saúl* de Haendel.

—Comiendo algo…

—No se puede, viejo vaquero. Ya has jugado tus cartas.

—Comiendo algo duro…

—No se puede. Desgraciadamente.

Lister se puso en pie, con los ojos encendidos y salió a todo correr de la cámara del navegador.

—¿Dónde vas?

Rimmer se puso en pie.

—¡Mis peces! —la voz de Lister hizo eco en el pasillo—. ¡Intentando comerse mis peces robot!

Plop.

Plop, potoplop, plop…

El gato estaba tumbado con desgana en la litera de Lister. Varias de sus camisas estaban tendidas en una cuerda de lado a lado de la habitación, goteando ruidosamente.

Plop.

Plop, potoplop, plop…

Odiaba el día de la colada. Siempre acababa cansado. Con cansancio cogía otra camisa sucia, desenrollaba la lengua y comenzaba a limpiarla con lametazos largos, húmedos y metódicos, deteniéndose de vez en cuando para untarse la lengua con detergente.

Cuando terminó, tendió la camisa en la cuerda, junto con las otras.

Plop, potoplop, plop...

No se sentía con ganas de atacar la pila de calcetines en ese momento, así que se puso en pie y empezó a pasear por el dormitorio, en busca de algo que hacer.

Cogió un libro de la estantería de Rimmer y olisqueó un par de páginas, pero no le vio ningún sentido. Parecían estar cubiertas de pequeñas manchas que no olían a nada.

Los gatos no se comunicaban con la escritura. Se comunicaban por los olores. Para «leer» una obra de literatura gatuna, uno debía olisquear la página, lo que liberaba varios perfumes impregnados.

Había doscientos cuarenta y seis símbolos en el léxico gatuno. Cada uno se podía matizar con olores menores y más sutiles que alteraban el significado. Los símbolos también podían significar cosas totalmente distintas en diferentes contextos. Por ejemplo, el olor del «miedo» en un lugar distinto podía significar también «muy malo», «nocivo», «baño» o algunas veces incluso «agente inmobiliario».

El gato decidió divertirse intentando leer los contenidos del cesto de ropa sucia de Lister. Para su sorpresa, algunos de ellos se traducían bastante bien a la prosa gatuna. De hecho, una camisa contenía una frase sobre un agente inmobiliario muy malo y asustado que iba a un baño nocivo.

Entonces se percató de la presencia de los peces de colores.

Los miró un instante. Uno de ellos estaba nadando de espaldas. Nunca había visto un pez vivo pero se le despertó un instinto primario dentro de su estómago.

Aunque había comido hacía menos de una hora, sintió un pequeño vacío estomacal que le decía «Cómete el pez». Tuvo una breve conversación con su vacío estomacal, pero era bastante insistente.

—Vamos, ¡cómete el pez!

—No tengo hambre.

—Cómetelo, cómetelo, vaaaamoooos.

El gato se metió la mano en el bolsillo de la chaqueta y sacó un panecillo ya untado en mantequilla. Siempre tenía uno a mano.

Comenzó su ritual de la comida cantándole con mofa al aperitivo.

«Voy a comerte, pececillo...

voy a comerte, pececillo...

voy a comerte, pececillo...

porque me gusta comer pescado»

Para darle una última oportunidad de defenderse al pez, se puso de espaldas a él. Entonces, de un solo movimiento, se giró en seco, sacó uno de los peces del tanque con el dorso de la mano y lo atrapó en el panecillo.

—Demasiado lento, pececillo —reprendió a su sándwich de pez—. Demasiado lento para este gato.

Acercó el panecillo sufriente a su boca y comenzó a mordisquear el pan.

—¡Nooooo! —gritó Lister.

El gato había dado media vuelta y vio a Lister volando hacia él como un loco, con la cara retorcida y la boca formando una distorsionada «O» elíptica.

—¡Nooooooooooooooooooooooooooooooooooo!

El gato todavía sonreía, anticipándose a su bocadito de pescado, cuando Lister chocó contra él. Rebotaron en la mesa y cayeron sobre el gris y duro suelo.

El panecillo de pescado resbaló por el suelo. Lister soltó al dolorido gato, agarró el panecillo y miró dentro.

McCartney aún seguía serpenteando.

Intacto.

Sin haber sido mordido.

—Lo hice —dijo Lister en voz baja—. ¡LO HICE! —gritó no tan en voz baja—. Lo hice. Tengo al pez. ¡No voy a morir!

Hizo la danza de la victoria, como si fuese un receptor de techo de rugby Gravedad cero, que acabara de llevar a cabo el ensayo de la victoria.

Rimmer estaba en el marco de la puerta.

El gato se puso en pie.

—¡Mi diente!

Presionó un pañuelo contra su boca que comenzó a llenarse de sangre.

—¡Estás loco!

Lister se acercó a él.

—Déjame ver...

El gato salió corriendo del dormitorio.

—¡Mi diente! ¡Mi diente! —gritaba— ¡Creo que he perdido el diente!

Lister miraba al suelo, a la pequeña pieza dental de esmalte blanco que yacía bajo la silla burlándose de él. Una sonrisa de un solo diente.

—Bueno —dijo Rimmer con satisfacción, con una sonrisa tan grande como el estadio de los Yankees— permíteme ser el primero que te dé mis más sinceras condolencias.

ONCE

Lister giró el tapón de la botella de Glen Fujiyama, el whisky de malta más exquisito de Japón, y vertió una generosa dosis en su jarra de pinta. Rimmer estaba tumbado en su litera, silbando alegremente, con un brillo especial en sus ojos holográficos. Cada vez que podía, aprovechaba para llamar la atención de Lister y guiñarle un ojo.

Lister dio un trago al whisky.

—Estás disfrutando, ¿verdad?

—Oh, no estarás dándole vueltas otra vez a lo de tu inminente muerte, ¿no? Por Dios —imitando el acento de Lister—, cambia el disco. La muerte ya no es el obstáculo que era antes. Por lo que más quieras, anímate.

—Lo estás haciendo, ¿a que sí? Estás disfrutando.

—Holly, me gustaría enviar un comunicado interno. Con el borde en negro. Comienza así: «A David Lister. Mis condolencias en su inminente muerte» —Rimmer entrecerraba los ojos—. ¿Cómo era el poema? Ah, sí...

«*Ahora, cansado viajero*

Reposa el cuerpo,

porque, al igual que yo,

pronto estarás muerto».

—Estás enfermo, ¿lo sabías?

—Venga yaaaa —Rimmer hizo que la «a» durara tres segundos—, no hablas de otra cosa. Sinceramente, Lister, es muuuuy aburrido.

—Lo estás, lo estás disfrutando.

—Estás obsesionado.

—¿Te das cuenta de que cuando yo muera, te quedarás solo?

—Estoy impaciente.

—Creía que no querías eso. Creía que esa era la razón por la que lloriqueabas antes.

—No, lo que me deprimía antes no era estar solo. Era la idea de que te salían las cosas mejor que a mí. Permanecer joven y estar vivo; era demasiado. Ahora, viejo vaquero, la tortilla ha dado la vuelta.

Lister abandonó la discusión. No hacía más que complacer a Rimmer.

—Recuerdo que mi abuela solía decirme: «Siempre hay algo bueno en cada situación».

—Por supuesto, por supuesto —asintió Rimmer— y si miramos la parte buena de esta situación en particular, estás a punto de realizar las mayores acrobacias que hayas hecho en toda tu vida.

—Así que vuelo en pedazos, ¿no?

—Te conviertes en trocitos. ¿Qué es esa cosa (creo que es parte de tu sistema digestivo), esa cosa larga morada con bultos? Solo se ve colgando en las carnicerías turcas. Bueno, sea lo que sea, vuela por toda la cámara del navegador. Es como una especie de boomerang tembloroso.

—¡Vete al cuerno!

—No te pongas de mal humor.

—No quiero morir.

—Tampoco yo quería.

—Pero no es justo. Me queda mucho por hacer.

Lister empezó a pensar en todas las cosas que no había hecho. Por alguna razón, una de las primeras cosas que le vino a la mente fue el hecho de que nunca había probado un *biriani* de langostinos. Siempre que lo había visto en el menú, había decidido no arriesgarse y pedir pollo o cordero. Ahora nunca probaría el *biriani* de langostinos.

Y libros. Había muchos que deseaba leer, pero no había tenido tiempo.

—No he leído... No he leído...

De hecho, cuando pensó en ello, se dio cuenta de que nunca había leído ningún libro. No es que no le gustara la literatura, es que normalmente siempre esperaba a que sacaran la película.

Y una familia. Siempre estuvo seguro de que un día tendría una familia. Una familia real, no una familia adoptada. Una real. Y siempre quiso pasar mucho tiempo haciendo la cosa que debes hacer si quieres formar una familia. No la había hecho lo suficiente como para eso. No lo suficiente. Bastante, pero no lo suficiente.

Sabía instintivamente que Rimmer estaba hablando, por lo que Lister gruñía de vez en cuando para dar la impresión de que estaba escuchando. Pero no lo estaba haciendo. Se estaba acordando de su antiguo trabajo, en la Tierra. Su antiguo trabajo aparcando carritos de compra en el hipermercado Sainsbury's, construido a un lado de la antigua catedral anglicana.

Una vez, el gerente le había pillado durmiendo en el almacén. Se había fabricado una cama con bolsas de sal, oculta a la vista tras una pared de sardinas en lata. El gerente tenía el título de bachiller, un coche de empresa y un bigote de aprendiz. Le dio una lección magistral a Lister sobre cómo, si se aplicaba, en cinco años también podría llegar a ser gerente, con un coche de empresa y, probablemente, bigote de aprendiz. Por otra parte, el bigote de aprendiz le advirtió que si no se aplicaba lo suficiente, aparcaría carritos de compra durante el resto de su vida.

Lister, que sabía que no era un genio, también sabía a ciencia cierta que era ciento cuarenta y siete veces más listo que el gerente. Sin embargo, la charla le perturbó de forma extraordinaria. Sabía que no quería pasar el resto de su vida aparcando carritos de compra, y también sabía que no podía hacerse ilusiones acerca de convertirse en gerente de control de stock en Sainsbury's Megastore, en Hope Street, Liverpool.

El gerente le agarró por las solapas y le sacudió. Le dijo a Lister que tenía que alcanzar ese nivel y convertirse en GCS o su vida sería «un montón de estiércol».

Y ahora, cuando sabía que probablemente solo le quedaban unas pocas horas de vida, pensó por primera vez que el presuntuoso gerente del bigote de aprendiz podía estar en lo cierto. Y eso dolía. Eso dolía de verdad.

Así pasó la mayoría de la tarde. Bebiendo de la botella de whisky, revisando su miserable vida. Y no eran los errores cometidos los que le perseguían sino los errores que no tuvo la oportunidad de cometer. Hojeaba mentalmente el catálogo de oportunidades perdidas y promesas incumplidas. Pensaba en la inverosímil cadena de coincidencias que le habían llevado allí. El Big Bang, el universo, la vida en la Tierra, la humanidad, la posibilidad única entre millones del óvulo y el espermatozoide que le fecundaron, todo eso había pasado. ¿Y qué había hecho él con esta increíble buena suerte? Había tratado al Tiempo como si fuera orina y lo había meado todo en un gran bote.

Pero no, no era verdad: había conseguido triunfos, le decía una vocecita desde la botella de whisky. Había estado en el estadio aquella noche, en Londres, en que los Jets jugaban contra los Berlín Bandits los play-offs europeos; en la que Jim Bexley Speed, el mejor jugador que llevó nunca la camiseta de delantero techo, jugó el mejor partido de toda su gran carrera. Había visto ese famoso segundo ensayo en el que Speed había sorteado a nueve jugadores, dejando a los comentadores sin habla, por primera vez en la historia, durante nueve segundos completos. Eso fue un triunfo. Solo estar allí. Estaba vivo y allí aquella noche. ¿Cuántos hombres podían decir eso?

Y también estaba aquella vez en el restaurante de comida para llevar Indiana en St. John's Precinct cuando probó su primer *shami kebab* y se enganchó sin remedio a este bocadillo hindú. Había dedicado una buena parte de su vida buscando otro *shami kebab* tan perfecto. Pero al menos, había probado uno. Un perfecto *shami kebab*, bocado de los dioses. ¿Cuántos hombres podían decir eso?

Y además también estaba K.K. Es cierto que solo salieron cinco semanas. Y que la última semana había sido algo amarga. Pero durante las primeras cuatro semanas Kristine Kochanski estuvo locamente enamorada de él. Kristine Kochanski, que era tan hermosa que probablemente podría haber conseguido un trabajo en la sección de perfumería de Lewis´s. ¡Y estuvo enamorada de él! Durante cuatro semanas. ¿Cuántos hombres podían decir eso? No muchos, probablemente.

Y aquella otra noche en el Aighburth Arms en la que jugó al billar. Esa noche en la que, por alguna razón desconocida, todo lo que intentaba le salía. La Diosa de los billares de bar bajó de los cielos y bendijo su taco. ¡Todos los tiros entraban! Directos a la cesta. Nadie podía echarle de la mesa. Era invencible. Tres horas y media. Setenta victorias consecutivas. Se convirtió en una leyenda. Nunca jugó al billar de nuevo porque sabía que no era tan bueno. Pero esa noche en el Aighburth Arms, se convirtió en una leyenda. Una leyenda en el Aighburth Arms. ¿Cuántos hombres podían decir eso?

La botella de whisky chocó vacía contra el borde de su vaso. Se había bebido media botella de whisky en dos horas. ¿Cuántos hombres podían decir eso?

Estaba borracho. ¿Cuántos hombres podían decir eso?

Se quedó dormido en la silla. ¿Cuántos hombres podían decir eso?

Holly le despertó a las tres de la mañana.

—Emergencia. Se ha producido una situación de emergencia. La situación continúa, y es de emergencia.

Rimmer se sentó en la cama, con su pelo holográfico apuntando estúpidamente en todas direcciones.

—¿Qué pasa?

—El navegador no funciona. No es capaz de manejar el flujo de datos a la velocidad de la luz. Tenemos que engancharlo al ordenador de control y hacer un puente.

Lister dejó caer las piernas fuera de la litera.

—¿El navegador? ¿El navegador de la cámara del navegador?

—Si no lo arreglamos, la nave estallará en unos quince minutos y veintitrés segundos.

Lister saltó al suelo.

—Entonces es el momento.

Rimmer le miró.

—No vayas.

—¿Qué quieres decir con «no vayas»? Dijiste que no se podía evitar. Terminemos con esto. ¿Qué llevaba puesto?

—Tu gorro de cazador de piel y esa camiseta gris.

Lister se caló el gorro con precisión deliberada. Después se dirigió al lavabo y sacó la barra para las toallas de su soporte.

—Vámonos.

—¿Para qué quieres eso?

Lister se golpeaba la palma de la mano izquierda con la barra de las toallas.

—Me iré como vine... gritando y dando patadas.

—No puedes darle a la Muerte un barrazo en la cabeza.

—Si se acerca, le arrancaré las tetas.

Y entonces se fue.

DOCE

La cámara del navegador estaba inundada de humo acre procedente de los alambres aislantes fundidos, y un cable grueso colgaba desde el techo, saltando y dando chispazos como una pitón eléctrica que agoniza. Un chillido de maníaco emergió desde el ordenador de navegación malherido y pareció como si alrededor del perímetro de la cámara los monitores explotasen uno a uno.

Lister, con los ojos llorosos, buscaba a tientas la unidad de derivación fijada a la pared y, siguiendo las instrucciones gritadas por Holly, la arrastró por los cristales rotos y la enganchó a la terminal principal.

Abrió la cubierta de la unidad. Dentro había doce interruptores.

—Empieza con el número doce —gritaba Holly— y deja un segundo entre interruptor e interruptor.

Cerró los ojos y posó su dedo sobre el decimosegundo interruptor.

Hundió el dedo.

El tono del navegador gimiente aumentó una octava. Una luz verde parpadeó junto al número doce.

Trasladó su dedo hacia el undécimo interruptor.

Clic.

Piiiiiiiiiiiiiii. Una octava más alto.

Una luz verde.

El décimo interruptor.

Clic.

El monitor de la consola situado sobre la cabeza de Lister explotó y vomitó fragmentos de cristal al aire.

Otra luz verde.

El interruptor con el número nueve.

Otra luz verde.

Ocho.

Después siete.

Y ya iba por la mitad.

Número seis.

Clic.

Una luz roja.

—Apágalo —dijo Holly—. Apágalo antes de...

Lister lo apagó y lo volvió a encender.

Piiiiiiiiiiiiiii.

Verde.

Cinco para el final.

Un máximo de cinco segundos antes de que su cosa morada con bultos estuviera destinada a volar por la habitación.

Clic.

Clic.

Clic.

Solo quedaban dos. Dos pequeños interruptores.

Lister deseaba que ocurriera ahora. El penúltimo interruptor. No quería tener que pulsar el último interruptor sabiéndolo. Sabiendo que sería el que lo mataría. Deseaba contar con ese factor sorpresa. Pero estaba decepcionado.

Clic.

Luz verde.

PIIIIIIIIIIIIIIIIIIIIIIIIII.

El tono del aullido del navegador era en esos momentos tan alto que estaba casi más allá de su límite auditivo. No era ya un sonido, sino un sentimiento. Un chillido puntiagudo, una sierra en lo alto de su cráneo. El humo negro empujó a través de su garganta y comenzó a encharcarle los pulmones.

Lister miró el último interruptor.

Colocó su dedo encima y sintió su suavidad.

Entonces gritó.

Gritó y presionó el interruptor.

Nada.

Solo silencio.

Después una luz roja, que cambió a verde y después pasó a roja de nuevo.

Y después una luz verde fija.

VERDE.

Hubo un enorme ¡BUM!

Seguido de un segundo enorme ¡BUM!

Y un tercero.

Y Lister se dio cuenta de que eran los latidos de su corazón.

Inspiró profundamente el aire fétido lleno de humo. Sabía bien.

Y por segunda vez en veinticuatro horas realizó su baile preferido: sus pies se aferraron al suelo, balanceó la cintura y movió sus brazos en sentido contrario.

Estaba vivo.

TRECE

El metro de la Línea Central del *Enano Rojo* hizo un alto y Lister salió bailando a la plataforma. Tenía una necesidad repentina de comer chocolate (chocolate blanco, que no había probado desde que era un niño), así que deslizó una moneda de cincuenta penicentavos en la máquina y tiró del cajón, pero el cajón estaba atascado. Por alguna razón esto le llenó de gozo. Los cajones estaban siempre atascados en las máquinas de chocolate de la plataforma de la estación. Algunas cosas nunca cambian. Se rió a carcajadas, se montó en la escalera mecánica y subió tres escalones de una vez para alcanzar a Rimmer.

Ahí estaban, en la escalera mecánica. Con cada anuncio que veían, Lister entonaba la cancioncilla correspondiente.

—No sé por qué estás tan contento.

—¡Estoy vivo!

—Pero va a pasar, vi cómo pasaba. Tan solo no pasó cuando pensábamos que pasaría.

—¿A quién le importa? La cosa es que no ha pasado.

—Corrección: ha pasado. Tan solo no ha pasado todavía.

—No empecemos otra vez.

—Lister, lo vi. Te vi morir. Eras tú. Estoy seguro de que eras tú.

—¿Y qué pasa con la fotografía? ¿Y los dos bebés? Eso no ha pasado todavía. Quizás nada de eso vaya a ocurrir.

—Va a ocurrir.

—Te fastidia que no haya muerto todavía, ¿no es eso?

La escalera mecánica los llevó al final. Lister saltó por encima de la barrera y Rimmer la atravesó.

—No, no es eso. Es solo tu negativa de zoquete a aceptar la crueldad sin sentido de la existencia. Eso es lo que me molesta.

Lister sacudió la cabeza tristemente.

Cuando entraron en el dormitorio había un anciano acostado en la litera de Lister.

Cuando sonreía sus arrugas se plegaban como un papel de regalo. Levantó su robótico brazo izquierdo. La mano era una prótesis metálica pero el dedo meñique había sido personalizado de manera que su falange superior era un abrebotellas. Lo utilizó para abrir una botella de sake autocalentable y bebió un trago generoso. Su pelo blanco estaba trenzado en rastas de medio metro y le faltaba el ojo derecho. En su lugar había una lente con teleobjetivo, que se acercaba y enfocaba al unísono con su ojo bueno.

Y estaba bastante claro que el anciano era Lister.

Miraba hacia la puerta, pero parecía no verles.

El reloj del brazo derecho bueno de su eco futuro emitió una serie de pitidos. Lo apagó y sonrió. Lister se percató de un curioso tatuaje en el hombro de su yo futuro. Parecía haber sido grabado a fuego en su piel; era algún tipo de fórmula. Estaba borrosa, pero parecía rezar «E=MQV». Lister se estaba acercando para leerla cuando el anciano habló.

—Así que estáis aquí —dijo con la voz de Lister pero ligeramente más temblorosa—. No puedo veros y no puedo oíros, pero sé que estáis aquí. Rimmer, vas a decir que es imposible.

—Es imposible —dijo Rimmer— te vi morir.

El anciano miró, más o menos, en dirección a Lister.

—Hola, Dave. Este soy yo, quiero decir, tú. Quiero decir, yo soy tú. Quiero decir, yo soy tú de viejo. Sé que estás aquí porque cuando yo tenía tu edad me vi a mi edad diciéndote a tu edad lo que voy a decirte. Y tú te lo tendrás que decir a ti también cuando llegues a ser yo.

—Bien —dijo Lister— gracias a Dios aún conservas la cabeza.

—La persona que viste morir, Rimmer, era el hijo de Bexley.

Rimmer frunció el entrecejo.

—¿Quién es Bexley?

—Siempre quise llamar a mi segundo hijo Bexley —dijo Lister— por Jim Bexley Speed.

—Dave, no eras tú el que Rimmer vio en la cámara del navegador, era el hijo de Bexley. Era tu nieto.

Lister se dejó caer en una silla. Era demasiado para él. No iba a morir en el accidente del navegador. Iba a tener un hijo, que también iba a tener un hijo. Y el hijo de su hijo moriría.

—Tienes dos hijos —dijo el anciano Lister— y seis nietos.

—Pero uno de ellos muere.

—Todo el mundo muere —dijo el anciano Lister—. Uno nace y muere. El espacio entre eso se llama «Vida». Y te quedan todos esos espacios juntos por vivir. Disfrútalos.

El anciano sonrió y su reloj pitó de nuevo.

—No tengo mucho tiempo. Coge tu cámara y ve a la unidad médica.

—¿Qué pasa en la unidad médica?

Lister buscó a tientas su cámara en el cajón.

El anciano Lister comenzaba a volverse translúcido.

—¿Y qué hay de mí? —Rimmer se acercó a la litera— ¿qué pasa conmigo?

—No puede oírnos, Rimmer, es del futuro.

—Ah, pero si le pregunto qué me pasa a mí en el futuro lo recordarás y cuando llegues a ser él serás capaz de decírmelo.

—Brutal.

Lister sacó la cámara de su baúl de vacío y salió corriendo.

—No pierdas tiempo. Corre —le repitió el anciano a Lister.

—¿Qué pasa conmigo, viejo? ¿Me convierto en oficial? ¿Recuperaré mi cuerpo? ¿Volveremos a la Tierra?

El anciano tomó otro sorbo de sake y permaneció frente a la cara implorante de Rimmer.

—Oh, Rimmer —dijo repentinamente— querías saber qué sería de ti.

—¡Sí! ¿Qué pasa conmigo?

—Acércate —dijo el Lister anciano haciéndole señas—. Acércate. Más cerca.

Rimmer inclinó su oreja hacia la boca del anciano.

—¿Querías saber tu futuro?

—Sí, por favor —susurró Rimmer poniéndose de puntillas de manera que su oreja se encontraba a pocos milímetros de la boca del eco del futuro.

El anciano Lister respiró profundamente y después eructó con sonoridad en la oreja de Rimmer.

Todavía se estaba riendo cuando se desvaneció.

Rimmer alcanzó a Lister justo en la puerta de la unidad médica. Lister estaba colocando a toda prisa el cartucho en la cámara.

Una sacudida hizo temblar la nave y Lister fue a parar contra una pared, dejando caer el carrete.

—¡Demonios!

Lo cogió y lo metió a tientas en la cámara.

—¡Maldita sea!

Estaba al revés.

Holly apareció en el monitor de la pared.

—¡Deceleración alcanzada con éxito! Estamos decelerando, tíos. Estaremos por debajo de la velocidad de la luz en treinta y cinco segundos para ser exactos.

—¿Qué va a pasar ahora? ¿Veremos mi funeral o algo así?

—No... ahora estamos decelerando —dijo Holly—. Cuanto más rápido íbamos, los ecos del futuro estaban en un futuro más lejano.

Pero ahora que hemos empezado a ralentizar el ritmo, los ecos del futuro se acercarán más al presente.

Se oyó llorar a un niño.

Después, otro niño comenzó a llorar.

Bajo el marco de la puerta de la unidad médica había otro Lister, de más o menos la misma edad que Lister tenía ahora. Y en sus brazos había dos niños envueltos en mantas térmicas plateadas.

—No puedo verte y todo ese rollo —dijo el eco del futuro de Lister— pero quiero que conozcas a mis hijos gemelos. Este es Jim y este es Bexley.

Lister les enfocó en el visor y dejó caer su dedo en el disparador.

—Decid «patata», chicos.

El eco del futuro posó y sonrió abiertamente.

Los dos bebés lloraron con más fuerza que nunca.

Clic.

El eco del futuro se desvaneció.

La cámara expulsó la foto y la imagen de Lister sosteniendo a los dos bebés envueltos en mantas plateadas se fue coloreando lentamente.

Lister se dio la vuelta y comenzó a andar en dirección al dormitorio. Rimmer le siguió.

—¿Cómo es posible que vayas a tener dos hijos si no hay ninguna mujer a bordo?

—No lo sé —dijo Lister sonriendo— pero me voy a divertir mucho averiguándolo.

CATORCE

La capitana Yvette Richards se pasó los dedos por su pelo de punta estilo militar y dirigió la cabeza hacia delante para mirar al espectrógrafo del sol al que se estaban acercando. Era perfecto. Dejó escapar un grito con acento tejano.

—¡Lo tenemos!

La coordinadora de vuelo Elaine Schuman se inclinó sobre su cabeza y trató de ver en la consola.

—¿Es una supergigante?

—¡Ya lo creo! —dijo Richards y gritó de nuevo.

—Es hora de celebrarlo —dijo Schuman.

Kryten, el mecanoide de servicio repartió copas de poliestireno expandido con champán deshidratado y les añadió el agua.

La tripulación compuesta por ocho mujeres y dos hombres gritó, aulló y celebró, mientras Kryten repartía más champán y canapés de caviar irradiado, que había estado guardando para momentos especiales.

A la tripulación del *Nova 5* le había costado seis meses encontrar una supergigante azul, una estrella al borde de su fase final en el cuadrante adecuado de la galaxia correcta. Otro mes y toda la misión habría resultado una ruina. Así que sentían con toda certeza que era un buen motivo para celebrar.

Sorbiendo su champán, Kirsty Fantozi, ingeniera de demolición de estrellas, comenzó a programar el misil *nébulon*. Tenía que explotar en el momento justo para provocar la reacción en el núcleo de la estrella que la empujaría al nivel de supernova. Una estrella en supernova iluminaría toda la galaxia durante más de un mes, proporcionando más energía que la que el sol de la Tierra podría dar en diez mil millones de años. Sería una explosión bestial.

Un fallo sin detectar en la programación de Fantozi podría arruinarlo todo. No solo tenía que excitar la estrella a supernova sino que tenía que programarlo temporalmente para que la luz de la explosión llegara a la Tierra en el momento justo. El momento exacto era el mismo momento en el que la luz procedente de las otras ciento veintisiete supergigantes inducidas a supernova alcanzara la Tierra.

Para cualquiera que viviera en la Tierra el resultado sería espectacular. Ciento veintiocho estrellas inducidas a supernova de forma simultánea, ardiendo con tal ferocidad que serían visibles incluso a la luz del día.

Y las ciento veintiocho supernovas proyectarían un mensaje.

Y éste sería el mensaje:

«¡COCA-COLA DA MÁS VIDA!»

Durante cinco semanas completas, en cualquier punto del planeta, el enorme tatuaje brillaría en los cielos diurnos y nocturnos.

Los recién casados en luna de miel en Hawái subirían a la cumbre de Mauna Kea, contemplando las puestas de sol estampadas con el eslogan. Los trabajadores del centro de Londres, atrapados en los atascos, mirarían boquiabiertos la constelación Coca-Cola por encima de la llovizna gris. Las pocas tribus primitivas aún imperturbadas por la civilización en las junglas de Sudamérica dirigirían su vista a los cielos y seguro que no pensarían en beber Pepsi.

El coste de este simple anuncio de cuatro palabras escrito alrededor del universo alcanzaría el presupuesto militar total empleado por Estados Unidos en toda su historia.

De modo que, por ridícula que fuera, era una manera ligeramente menos estúpida de derrochar trillones de libradólares.

Y a los ejecutivos de Coca-Cola, los ejecutivos publicistas de Saachi, Saachi, Saachi, Saachi, Saachi y Saachi les habían asegurado que esto pondría fin a la guerra de los refrescos de cola para siempre. Garantizaron que Pepsi sería enterrada.

Es cierto que no era maravilloso desde el punto de vista ecológico. Y es cierto que provocaba la destrucción de ciento veintiocho estrellas que, en caso contrario, habrían durado otros veinticinco mil millones de años o así. Y es cierto que, cuando las estrellas explotaran, engullirían tres o cuatro planetas de cada uno de los sistemas solares. Y es cierto también que la radiación resultante permanecería más allá de la duración de nuestro propio planeta.

Pero era seguro a ciencia cierta que venderían millones de latas de cierta bebida gaseosa.

Fantozi terminó de programar y lanzó el misil *nébulon* al corazón de la estrella. Se acabó la copa de poliestireno extendido llena de champán y encendió su intercomunicador.

—Démosle la vuelta a este cacharro y volvamos a casa.

El morro cónico del *Nova 5* giró lentamente para comenzar el viaje de vuelta a la Tierra.

Los siete miembros de la tripulación que estaban en estasis no sobrevivieron al choque.

Mientras la nave se estrellaba contra la superficie plagada de cráteres de una luna helada, se enganchó en el borde de un precipicio dentado que rasgó el lateral de la nave como la llave de una lata de sardinas y los pasajeros estásicos fueron expulsados a la mortífera atmósfera de metano.

La capitán Richards, que había cogido la guardia de los tres primeros meses con Schuman y Fantozi, estaba jugando al squash en solitario cuando Kryten se dejó caer en la suite de ocio para informarle educadamente de que el sistema de dirección de la nave se había vuelto majareta y que al ordenador se le había ido la chaveta.

Corrió hacia la sala de control para encontrarse con el caos. El ordenador estaba recitando a los poetas franceses del siglo quince y el sistema de dirección estaba ardiendo.

—¿Qué diablos está pasando?

—*Étoilette, je te vois...* —dijo el ordenador con dulzura.

Kryten roció el sistema de dirección con un extintor portátil.

—No entiendo lo que pasa, señorita Yvette.

—¡Schuman! ¡Fantozi! —Richards ladró por el intercomunicador—. ¡Venid aquí... estamos muy jodidos!

—Es un completo misterio —dijo Kryten.

—*Que la lune trait à soi...*

—Hace un minuto estaba perfectamente —dijo Kryten sacudiendo la cabeza— y ahora actúa así.

Richards rompió el habitáculo del panel para extraer la copia de seguridad del ordenador.

—*Nicolette est avec toi...*

—La verdad es que si hubiera sabido que se iba a volver majara no me habría molestado en limpiarlo.

—¿Qué has dicho, Kryten?

—Bueno, ¿qué sentido tendría lavarlo a conciencia, pulir todas sus piezas con cera y desincrustar sus terminales con agua jabonosa, si se iba a volver tan extraño?

—¿Limpiaste el ordenador?

—¿Qué? ¿No se nota? Está absolutamente brillante. Eche un vistazo dentro y verá.

Richards miró dentro del armazón del panel de circuitos del ordenador. Un surco de espumosa agua con jabón burbujeaba y humeaba bajo los circuitos brillantes y recién limpios.

—*M'amiette a le blond poil* —balbuceó el ordenador y expulsó burbujas de su unidad de simulación de voz.

—Kryten, ¿limpiaste también la copia de seguridad del ordenador?

Kryten desvió la mirada modestamente.

—¿Lo hiciste, Kryten?

—Por favor, señorita Yvette, no hace falta que me dé las gracias.

—¿Lo hiciste?

Lo agarró fuertemente por los hombros.

—El único agradecimiento que necesito es saber que aprecia el trabajo bien hecho.

Su boca sin labios esbozó una sonrisa de plástico.

Schuman apareció en la sala de control, vestida solo con una toalla, y el pelo húmedo enmarañado rebotando en su espalda.

—¿Qué pasa?

Fantozi corrió dirigiéndose a la consola de vuelo efervescente. Sus ojos revolotearon sobre los dispositivos de lectura digitales. Escribió rápidamente en el anticuado teclado de cinco teclas.

—¡No hay manera de entrar! —dijo intentándolo de nuevo—. No podemos pasar a manual... ¡la consola de vuelo no nos lo permite!

—Bueno, debe estar trabajando al ciento diez por ciento —dijo Kryten—; está aún más limpia que los ordenadores.

El *Nova 5* dibujó un surco de humo de cinco kilómetros y medio en forma de sonrisa gigante y retorcida en la superficie helada de la luna y finalmente fue a descansar, partida en dos, en la ladera de una cordillera. El metal rojo fuego del casco gritó y silbó, se combaba y se retorcía en la súbita crueldad de su baño helado. Cesó de protestar de forma gradual y, con un suspiro, se rindió a su lugar de descanso final.

Silencio.

Kryten se miró las piernas. Estaban a diez metros de distancia de él, en el otro extremo de la sala de control. El *Nova 5* se inclinó como un trampolín de saltos. Arrastró su torso por la pendiente, cayendo sobre el cuerpo de Yvette Richards. Había sangre brotando de una herida profunda en su muslo y su pierna temblaba involuntariamente. Estaba respirando.

Kryten miró hacia abajo al desorden de cables que colgaban del extremo de su torso, localizó uno que no necesitaba mucho, tiró de él y lo ató en un torniquete alrededor de la parte superior de la pierna de Richards.

Los ojos de Richards se abrieron.

—¿Estáis todos bien?

Fantozi gemía bajo una pila de escombros. Kryten arrastró su medio-cuerpo al motón de metal retorcido y comenzó a sacarla. Ambas piernas estaban rotas. Kryten hizo unas tablillas rudimentarias con las barras de sus caderas y las unió con cables procedentes de su estómago.

—Gracias Kryten.

Su boca se abrió en forma de sonrisa seca y entonces se desmayó.

Schuman gateó desde el pasillo con el tobillo retorcido hacia atrás, con cortes en su cara y manos.

—Hey, Richards —dijo sonriendo ampliamente—. Buen aterrizaje. Recuérdame que nunca te preste mi coche.

Kryten acercó lo que quedaba de él a Schuman y, sin previo aviso, giró su tobillo dislocado hasta colocarlo en su sitio. Ella gritó y le dio un puñetazo en la cabeza.

—Hemos perdido a los otros —dijo Richards mirando a las cámaras de seguridad— y media nave. Todavía nos quedan las provisiones y la unidad médica. Y, ya que todos seguimos respirando aún, supongo que el generador atmosférico aún funciona y el cierre hermético se activó tras el choque. Imagino que Kryten no habrá tenido todavía tiempo de limpiarlo.

—Será mejor que las lleve a la unidad médica —dijo Kryten—. Perdóneme, señorita Elaine, ¿sería tan amable de pasarme mis piernas?

QUINCE

Holly se había perdido.

Cuando por fin consiguió llevar al *Enano Rojo* por debajo de la velocidad de la luz, encontró una pequeña luna de color azul eléctrico con una gravedad adecuada, se sumergió en su órbita y llevó a cabo la maniobra de catapulta de 180º que necesitaba para darle la vuelta a la nave.

Pero ahora estaba perdido.

El problema de estar en lo más profundo del espacio era que el universo es exactamente igual lo mires desde donde lo mires. Es una especie de versión gigante del Barbican Centre. Y aunque deberían estar de camino a la Tierra, Holly no estaba convencido al cien por cien de que sus cálculos fueran absolutamente correctos.

Había dos soluciones principales cuando uno se perdía: la primera era conseguir un mapa, descubrir dónde se estaba, decidir dónde se quería ir y trazar la ruta consecuentemente. El segundo método era el método que Holly estaba utilizando. Básicamente, seguía avanzando, esperando que tarde o temprano reconociera algún punto de referencia y pudiera arreglárselas desde allí.

Pero nada le había resultado familiar aún. De vez en cuando reconocía una constelación que creía haber pasado antes, pero no podía estar seguro; y casi con tanta asiduidad pasaban frente a alguna que otra gigante gaseosa multianillada con un punto rojo en el polo, pero, francamente, gigantes gaseosas multianilladas con puntos rojos en sus polos las había a patadas.

En su viaje fuera del Sistema Solar, durante todos esos años atrás, había empezado a compilar lo que esperaba que fuera la enciclopedia definitiva del universo, con galaxias, planetas, sistemas de estrellas, nombres de calles y todo eso. Pero se había quedado rezagado en el último par de milenios y había perdido ilusión por el proyecto.

Pasó lo mismo con su diario. Todos los años comenzaba a registrar los acontecimientos del viaje con minucioso detalle. Sin embargo, todos los años, a eso del trece de enero, normalmente se olvidaba de actualizarlo y el resto del diario solo comprendía algunos cumpleaños importantes: el de su creador, el suyo propio, el de Netta Muskett y el de Kevin Keegan. Y la única razón por la que incluía el de Kevin Keegan era para acordarse de no enviarle ninguna tarjeta, por haber escrito *Fútbol, un viejo juego divertido.*

Así que, hasta que encontrara una estrella o planeta que reconociera, Holly se divertía concibiendo un sistema que revolucionara el mundo de la música.

Decidió decimalizarlo.

En lugar de ocho notas, utilizó diez. Inventó dos nuevas notas: *Jo* y *Bo.*

Holly practicó su nueva escala: «Do, Re, Mi, Fa, Sol, La, Jo, Bo, Si, Do». Sonaba bien. Lo intentó a la inversa.

«Do, Si, Bo, Jo, La , Sol, Fa, Mi, Re, Do».

Nacería un nuevo sonido: el Hol Rock.

Todos los instrumentos tendrían que ser extra largos para incorporar las dos nuevas notas. Triángulos, con cuatro lados. Teclados de piano de la longitud de un paso de cebra. La única desventaja que veía Holly era que a las mujeres se les debería prohibir tocar el violonchelo a menos que usaran potros de paritorio o eligieran tocar sentadas de lado.

Este ejercicio de reestructurar la escala musical de ocho notas le ayudaba a mantener su mente apartada de ciertas preocupaciones de mayor seriedad. Una de ellas era que empezaban a escasear de un modo alarmante ciertos suministros importantes, que la gatundad había consumido durante la estancia de Lister en estasis.

Comprobar el listado de reservas era muy parecido a abrir un extracto de cuenta del banco. Algunas veces, cuando te sentías feliz y las cosas iban bien, podías aceptar las noticias, incluso aunque supieras que iban a ser espantosas. Otras veces, la mayoría del tiempo, ese extracto bancario permanecía sin abrir durante semanas. Las filas de cifras se escondían dentro de la misiva como duendes verdes pervertidos, malvados y trastornados, esperando para saltar fuera y absorber tu fuerza vital. La caja de Pandora en un sobre.

Así es como Holly percibía el inventario de la nave. La última vez que reunió fuerzas suficientes como para echar un vistazo, descubrió alguna escasez mosqueante. Aunque tenían comida suficiente para cincuenta mil años, se habían quedado sin quitamanchas para moqueta. Tenían poca fruta, unos cuantos vegetales, muy poca levadura y solo un After Eight, que estaba seguro que nadie se comería porque todos eran muy educados como para cogerlo.

De modo que, para olvidarse del problema, Holly comenzó a tocar su primera composición decativa, *Cuarteto para nueve músicos en Jo sostenido menor*. Acababa de terminar el solo para el músico de trombón con tres pulmones cuando el mensaje alcanzó el sistema de escaneo de la nave.

Desde que Lister se percató de que probablemente no podría entrar en estasis, basándose en que los ecos del futuro de sí mismo le habían dicho que no lo hizo, decidió que no lo haría, y en su lugar intentó sacarle provecho a una situación difícil. Mientras esperaba a que los bebés asomaran la cabeza, cuando fuera y como fuera, decidió pasárselo bien.

Encontró una bicicleta espacial propulsada a chorro en el muelle de aterrizaje y la puso a punto con la idea de dar una vuelta por algún cinturón de asteroides.

Con un trapo mojado en alcohol, se sentó en su litera para limpiar metódicamente las piezas grasientas de la máquina que estaban esparcidas por toda la colcha, mientras Rimmer se paseaba arriba y abajo por el suelo de rejilla metálica de los dormitorios.

—*Mi esperas ke kiam vi venos la vetero estos milda* —dijo la profesora de idiomas en la pantalla de vídeo, y dejó una pausa para la traducción.

Rimmer se siguió paseando.

—Ehhh... uhhh... uhmmmm... Espera un minuto... Lo sé... Ohhh... un segundo... no me lo digas... humm...

Sin levantar la cabeza del colector de chorro que estaba engrasando fervorosamente, Lister murmuró: «Espero que cuando vengas el tiempo sea clemente».

—Espero que cuando vengas el tiempo sea clemente —coincidió la mujer del disco.

—No me lo digas. Habría sacado esa.

—*Bonvolu direkti min al Kvinstela hotelo?* —preguntó la instructora grabada.

—Ahhh, sí... esta salió la última vez... me acuerdo de esta...ohhh

Lister se sacó el destornillador de la boca.

—Por favor, ¿podría indicarme dónde puedo encontrar un hotel de cinco estrellas?

—Incorrecto. Total y completamente, totalmente incorrecto.

—Por favor, ¿podría indicarme —dijo la instructora— dónde puedo encontrar un hotel de cinco estrellas?

—Lister, ¿podrías callarte, por favor?

—Solo te estoy ayudando.

—No necesito ayuda.

Rimmer había decidido olvidarse de su fallecimiento y se dedicaba a hacer su muerte lo más rica y satisfactoria que era humanamente posible. Y así, había retomado sus estudios de esperanto.

Aunque técnicamente el esperanto no era un requisito obligatorio para ascender, en general se esperaba de los oficiales un dominio razonable de la lengua internacional.

—*La mango estas bonega! Miajn korajn gratulojn al la kuiristo.*

Rimmer chasqueó los dedos.

—Me gustaría comprar la pelota de playa hinchable naranja y ese pequeño cubo y pala.

—¡La comida fue espléndida! —tradujo la mujer—. Mi más sincera enhorabuena al chef.

Rimmer gruñó.

—¿Es eso? —dijo Rimmer y le pidió a la pantalla que se detuviera.

—Llevas estudiando esperanto ocho años, Rimmer. ¿Cómo puedes ser tan malo?

—¿Ah, sí? ¿Y cuántos libros has leído tú en toda tu vida? El mismo número que Campeón, el caballo fantástico. Cero.

—He leído libros —mintió Lister.

—No me refiero a libros en los que el protagonista sea un perro llamado «Ben». No a los libros con páginas de cartón, con tres palabras por página y una garantía en la parte trasera que dice: «Este libro es resistente al agua y se puede morder».

Lister roció un poco de WD40 en la bujía de encendido.

—Fui a la escuela de arte.

—¿Tú?

—Sí.

—¿Y cómo conseguiste entrar en la escuela de arte?

—Como todo el mundo. El método habitual por el que uno entra en una escuela de arte. Suspender todos los exámenes y solicitar plaza. No me dejaron escapar.

—¿Te dieron el título? —el pulso de Rimmer se aceleró. *¡Por favor, Señor, no le dejes tener un título!*

—No, dejé los estudios. No aguanté tanto tiempo.

—¿Cuánto tiempo?

Lister miró hacia arriba e intentó recordarlo.

—Noventa y siete minutos. Creí que podría ser una buena manera de rascarme la tripa, pero eché un vistazo al horario y me fui de allí. Era ridículo. Tenía una clase a mediodía. A las dos y media todos los días. ¿Quién está despierto a esa hora? Todavía tienes las sábanas marcadas en la cara.

Se estremeció al recordarlo y siguió con la limpieza de las partes de su bicicleta.

Rimmer sacudió la cabeza y prosiguió con sus clases de lengua.

—*La menuo aspektas bonete, mi provos la kokidajon.*

—Ah, me tengo que acordar de ésta...

La imagen de Holly sustituyó a la de la mujer en el monitor y dio sin problemas la respuesta adecuada.

—El menú me parece excelente; probaré el pollo.

—Holly, como los esperantinos dirían —dijo Rimmer haciendo el signo iónico para «vete al cuerno» con sus dos pulgares—: «*Bonvolu alsendi la pordiston, lausajne estas rano en mia bideo*», y creo que todos sabemos lo que esto significa.

—Sí —dijo Holly— significa «¿Podrías llamar al portero del hotel?, parece que hay una rana en mi bidé».

—¿Sí? —preguntó Rimmer, ingenuamente sorprendido—. Bueno, pues esto es lo que quería decir: «Tu padre era un trasero de babuino y tu madre se pasó la mayor parte de su vida con las bragas en los tobillos, contra las paredes rodeada de astros»

—Escuchad —dijo Holly, recordando de repente la razón por la que estaba allí— será mejor que bajéis a la sala de comunicaciones. Estamos recibiendo una llamada de socorro.

DIECISÉIS

Lister extrajo una taza de té de la máquina expendedora, recogieron a Gato y bajaron en el ascensor exprés a Comunicaciones: nivel 3.

—Extraterrestres —dijo Rimmer, con los ojos brillantes por la posibilidad—son extraterrestres.

Rimmer creía con fervor en la existencia de extraterrestres. Estaba convencido de que, un día, el *Enano Rojo* encontraría una cultura alienígena con una tecnología tan avanzada con respecto a la humanidad que sería capaz de proporcionarle un nuevo cuerpo. Una nueva vida.

—Son extraterrestres —repitió— lo sé.

—Tu explicación para cualquier cosa ligeramente extraña es que es obra de los extraterrestres —dijo Lister—. Si se cae una foto de la pared, han sido los extraterrestres. Aquella vez que acabamos con un rollo gigante de papel del váter en un día, también pensaste que habían sido los extraterrestres.

—Bueno, nosotros no lo acabamos del todo —dijo Rimmer, dedicándole su mejor frase, que parecía sacada de *La dimensión desconocida* de Rod Sterling—. Entonces, ¿quién lo terminó?

—¿Los extraterrestres acabaron con nuestro rollo de papel del váter?

—Solo porque sean extraterrestres no quiere decir que no tengan que visitar el excusado. Pero probablemente lo hagan de forma extraña, les saldrá por la cabeza o algo así.

Lister dio un sorbo a su té y le dio vueltas a la idea.

—Bueno —concluyó— no me gustaría quedarme atrapado detrás de uno de esos en un cine.

Una enorme pantalla de cien metros cuadrados colgaba de las consolas de comunicación y cuatro altavoces, cada uno del tamaño de una amplia habitación de alquiler de Kensington, vibraba suavemente mientras Holly intentaba establecer contacto repitiendo una serie de respuestas internacionales estándar una y otra vez en una variedad de distintas lenguas.

—Es de una nave estadounidense, un chárter privado, llamado *Nova 5* —dijo Holly monótonamente—. Han realizado un aterrizaje forzoso. Estoy intentando ponerlos en pantalla.

—Oh —suspiró Rimmer con decepción— no son extraterrestres.

—No. Son de la Tierra. Espero que tengan algunos manjares a bordo. Se nos han agotado algunas provisiones.

Lister dio otro sorbo a su té.

—¿Como cuáles?

—Leche de vaca —dijo Holly— nos quedamos sin existencias hace miles de años. Deshidratada y del día.

—¿Entonces qué tipo de leche estamos utilizando ahora?

—Provisiones de emergencia. Leche de perra.

Lister se quedó helado, con la copa de poliestireno expandido reposando en sus labios, el té a medio camino en su garganta. Tragó.

—¿Leche de perra?

—No hay nada malo en tomar leche de perra. Llena de virtudes, llena de vitaminas, llena de gelatina de tuétano. Dura más que cualquier otro tipo de leche, la leche de perra.

—¿Por qué?

—Nadie en su sano juicio se la bebería. Además, claro está, de la ventaja de la leche de perra: cuando se estropea, sabe exactamente igual que recién hecha.

Lister tiró su taza en la rampa para basuras.

—¿Por qué no me lo dijiste, tío?

—¿Cómo? ¿Y fastidiarte el té?

—¡Algo está pasando! —dijo Lister señalando la pantalla de comunicaciones, que parpadeaba y zumbaba ruidosamente.

Poco a poco se fue formando una imagen: los rasgos angulares planos de una cara mecanoide, la cabeza sin curvas, la boca sin labios.

—Gracias a Dios, gracias a Dios. ¡Dios les bendiga! —dijo Kryten aplaudiendo— comenzábamos a desesperar...

—¿Comenzábamos? —dijo Gato, arqueando la ceja.

—Soy el mecanoide de servicio del *Nova 5*. Tuvimos un terrible accidente. Siete miembros de la tripulación murieron en el impacto; los únicos supervivientes son tres oficiales del sexo femenino, que están heridas pero estables.

—¿Del sexo femenino? —dijo Gato mirando a Lister— ¿Es ese femenino que quiere decir «suave y seductor»?

—Estoy transmitiendo observaciones médicas.

Las fotos digitalizadas de Richards, Schuman y Fantozi aparecieron en la pantalla, seguidas de pilas de observaciones médicas.

RICHARDS, Yvette. Edad: 33. Rango: Capitán. Fractura abierta, peroné izquierdo. Grupo sanguíneo: 0

FANTOZI, Kirsty. Edad: 25. Rango: Ingeniera de demolición de estrellas. Múltiples fracturas, ambas piernas. Grupo sanguíneo: A

SCHUMAN, Elaine. Edad: 23. Rango: Coordinadora de vuelo. Fracturas graves, tobillo derecho. Grupo sanguíneo: 0

Los ojos de Gato revolotearon sobre los significativos detalles.

—Tres. Todas heridas e indefensas. ¡Esto es fantástico!

Rimmer se giró hacia la pantalla y se atusó el pelo.

—Diles —dijo, con un nuevo tono autoritario en su voz— ¡diles que los chicos del *Enano Rojo* van en su rescate! ¡Eso, o mi nombre no es capitán A. J. Rimmer, aventurero espacial!

—Oh, gracias capitán. Dios le bendiga. Se lo diré.

Kryten terminó la conexión.

—¿Capitán? —dijo Lister, inclinando su cabeza hacia delante y mirando hacia arriba a Rimmer a través de las cejas, como si se esforzara por ver a través de unas gafas imaginarias—. ¿Aventurero del espacio?

—Es psicología positiva. ¿Qué tenía que decir? «No os preocupéis, somos los tipos que solían limpiar los conductos de la máquina expendedora de sopa de pollo. En verdad, no tenemos ni idea de viajes espaciales, pero si tenéis una boquilla atascada somos vuestros hombres» Probablemente, tras esto, rebosarían confianza en nosotros.

—Hey, Cabeza —dijo Gato a Holly— ¿estamos muy lejos?

—No mucho. A unas veintiocho horas —calculó.

—¡Solo veintiocho horas! —dijo Gato poniéndose en pie— ¡Será mejor que empiece a prepararme! Me pido primero en el baño. ¡Eeeeyyyy! —gritó con alegría—. Estoy tan nervioso, ¡me hormiguean los seis pezones!

—Mirad —dijo Lister— se trata de una misión de emergencia. Vamos a llevar material médico urgente a una tripulación herida. No vamos a una discoteca a ligar.

Dum dum dum dum dum dum dum...

La música disco tronaba por los ocho altavoces del estéreo portátil de Lister, que vibraba y se desplazaba sobre la superficie de metal de la mesa del dormitorio.

—Dum dum dum dum dum dum dum...

Lister simuló con mímica un sintetizador-mezclador mientras planeaba rítmicamente frente a su armario metálico y sacaba el cajón de la ropa interior. Solo quedaba un calcetín. Saltó y baileó hasta llegar a la cesta de la ropa sucia.

—Dum dum dum dum...

Sacó dos calcetines amarillos, muy chillones, muy rígidos. Sosteniéndolos a la altura del brazo, los roció a placer con desodorante Tigre y después los colocó sobre la mesa y los golpeó varias veces con una tableta de turrón duro.

—Dum dum dum dum dum dum...

Hizo el *moonwalk* hasta el armario, cogió una vieja bolsa marrón de papel y extrajo sus calzoncillos de la suerte.

Fueron azules alguna vez. Ahora eran de un amarillo grisáceo con agujeros en las nalgas y el elástico colgaba de la cinturilla. Los sostuvo en los brazos como si estuviera sosteniendo la Sábana Santa. Eran los calzoncillos que llevaba la noche que conoció a Susan Warrington. Susan le había emborrachado y se había aprovechado de su tierna edad en el noveno hoyo (par cuatro, dogleg) del Campo de Golf Municipal de Bootle.

Los llevaba también la noche en que el padre de Alison Bredbury tuvo que ser llevado de urgencia al hospital a causa de un ataque al corazón, dejándole solo con Alison, la llave del armario de las botellas y la cama de matrimonio de sus padres.

Desde entonces habían alcanzado en su mente una categoría mística. Los llevaba muy pocas veces, para no gastar sus poderes mágicos.

Obviamente, no siempre habían resultado un éxito. De hecho, gran parte de las veces no habían surtido efecto. Y, poco a poco, le asaltó el pensamiento fatal de que simplemente eran un par ordinario de gayumbos manoseados, y no un artículo de encantamiento talismánico, embrujado, demoníaco y tocado por la magia. Eran tan solo un par de calzoncillos.

Pero entonces...

Entonces descubrió que si se los ponía del revés, ¡sus propiedades mágicas regresaban!

Kristine Kochanski.

Durante cuatro semanas enteras ella estuvo locamente enamorada de él. Durante cuatro semanas enteras llevó esos bóxers al revés.

Sin querer arriesgarse con un nuevo par, los lavaba cada noche y los llevaba del revés al día siguiente a lo largo de toda su relación.

Como es natural, ella le preguntó el porqué. Él le contó que tenía veintiún pares de calzoncillos iguales y que siempre se vestía con prisa. Ella le compró calzoncillos nuevos y le obligó a utilizarlos. Lo hizo. Y poco después su relación se acabó.

—Dum dum dum dum...

Se introdujo en los gayumbos sagrados, puestos completamente al revés, con la parte trasera hacia delante y el interior hacia fuera.

—No habrá prisioneros —dijo en voz alta y se dirigió a la tabla de planchar.

Sacó de debajo de la plancha sus mejores pantalones verdes de camuflaje y se los puso. Sintió aire en el trasero y, cuando se miró en el espejo, vio un agujero en forma de plancha justo en la nalga derecha.

—Dum dum dum dum dum dum...

Revolvió en el armario, encontró el color que estaba buscado y roció la nalga expuesta con pintura verde para coches.

Se miró en el espejo de nuevo. Desde una cierta distancia, uno no se percataba del truco. Es cierto que olía como un Cortina recién pintado pero eso se pasaría con el tiempo. Se deslizó dentro de su camiseta favorita de los London Jets y retrocedió para ver el conjunto en el espejo: los recién aporreados calcetines, los calzoncillos sabiamente puestos del revés y los pantalones perfectamente rociados. Vale, sabía que no era la perfección personificada, pero caray, estaba cerca.

—¿Con que no íbamos allí a ligar, eh?

Rimmer estaba en el marco de la puerta, vestido con un uniforme de oficial blanco, completado con hileras de relucientes medallas y distintivos de rango en la manga que alcanzaban la longitud de su brazo izquierdo, que Holly había simulado a regañadientes para él.

¡Miradle bien!, pensó Rimmer, *Lo está intentando en serio. Se ha puesto todas sus cosas menos asquerosas. Esa camiseta con solo dos*

manchas de curry, que solo lleva en ocasiones especiales. Esos pantalones de camuflaje a los que les faltan los botones de la bragueta.

—Estás hecho un pincel —dijo en voz alta.

—Es un detalle, viniendo de alguien que parece *Clive de la India*.

—Oh, ya empezamos —dijo Rimmer, limpiándose el polvo imaginario de la hombrera dorada—. Sabía que ocurriría.

—¿El qué?

—Los piques. Siempre pasa igual cuando conocemos a mujeres. Desprestigiarme para hacerte parece mejor.

—¿Como cuándo?

—¿Recuerdas aquellas dos morenas de Abastecimiento? ¿Y que les dije que una vez había trabajado en los almacenes, y que ellas estaban muy interesadas, y que me preguntaron qué solía hacer allí?

—Y yo les dije que eras una estantería.

—Correcto. Exactamente.

—¿Y qué? Se rieron.

—¡Sí! De mí. A mi costa. No lo hagas, ¿de acuerdo? No me menosprecies cuando las conozcamos.

—¿Y cómo quieres que actúe entonces? ¿Cómo quieres que me comporte?

—Tan sólo muestra un poco de respeto. Para empezar, no me llames Rimmer.

—¿Por qué no?

—Porque siempre marcas el RIMM del principio. RIMM-er. Haces que suene como un desinfectante de inodoros.

—Bueno, ¿entonces cómo debo llamarte?

—No lo sé. Algo un poco más amistoso. ¿Arnie? ¿Arn, quizás? Algo un poco más... No sé. ¿Qué tal: «Machote»?

—¿«Machote»?

—¿Qué te parece «Jefe», entonces? ¿«El Rey»? «Capi», incluso. ¿Y qué tal suena «Bolas de Acero»?

Rimmer veía que esa discusión no les llevaba a ninguna parte.

—Bueno, entonces —probó de nuevo— ¿qué te parece el mote que tenía en el colegio?

— ¿Cuál?, ¿gilipollas?

¡Imposible! Lister no podía saber que su mote en el colegio había sido «gilipollas». Nadie sabía eso. Ni siquiera sus padres.

—¿Qué diablos te hace pensar que mi mote en el colegio era «gilipollas»?

—Bueno, tenía que serlo, ¿no?

—¿Qué?

—Me lo he imaginado.

—Pues resulta que has metido la pata hasta el fondo. El apodo al que me estaba refiriendo era «As».

—Tu apodo nunca fue «As». Sería más bien «As-queroso»

—¡Ya estás otra vez! Toc, toc, toc. ¿Por qué no puedes ensalzarme en lugar de intentar siempre desprestigiarme?

—¿Por ejemplo?

—Bueno, no sé. Quizá si se da la posibilidad y surge de forma natural en el transcurso de la conversación, podrías dejar caer una mención al hecho de que soy, bueno... muy valiente.

—¿Hacer el qué?

—No te alteres. Solo que quizás, cuando me diera la vuelta, podrías conducir la conversación hacia el hecho de que... he muerto, y, bueno, lo he superado con mucha valentía.

—No has superado una mierda, Rimmer.

—También podrías ensalzar mi pasado sexual. ¿Por qué no sueltas espontáneamente que me he acostado con millones de mujeres? ¿Eso te rompería el corazón, eh? ¿Te provocaría cáncer de pulmón decir eso?

Rimmer se inclinó amenazante hacia el rostro de Lister con los ojos saliéndose de las órbitas.

—No me dejes en ridículo, ¿vale?

DIECISIETE

—Venga, ¡están ahí! ¡Están en órbita! ¡Dios mío! Tenemos mucho que hacer!

Kryten se paseaba arriba y abajo por el pasillo inclinado, haciendo una pausa solo para regar una maceta verde de plástico.

Las cosas estaban saliendo bien. Muy bien, de hecho. Últimamente, las chicas habían estado muy calladas y tristes. El abandono a años luz de casa con escasas esperanzas de rescate había sido una experiencia muy dura. Él había hecho lo posible por mantenerlas entretenidas, para conservar su ánimo elevado, pero durante las últimas semanas, percibía intuitivamente que estaban perdiendo la esperanza.

Incluso sus fiestas concierto de los viernes por la noche, el plato fuerte de la semana, habían comenzado a ser recibidas con una apatía creciente. La señorita Yvette tenía gran parte de culpa. No sentía especial simpatía por ellas desde el principio y así lo había dicho.

Las fiestas concierto siempre comenzaban de la misma manera. Después del baño y la cena, Kryten limpiaba la cubierta mientras las chicas jugaban a las cartas o leían. A las nueve, las luces se apagaban y Kryten bailaba claqué en un escenario improvisado en la sala de máquinas, cantando *Soy un yanki dandy*, haciendo malabares con dos latas de parafina. Después venían las imitaciones. Su mejor imitación era la de Parkur, el mecanoide a bordo del *Neutron Star*, pero ninguna de las chicas le conocía, así que la broma nunca daba buen resultado. Más tarde proseguía con los trucos de magia. O, para ser más exactos, con el truco de magia. Se tumbaba en una caja y se serraba por la mitad. No era exactamente un truco ya que el mecanoide se serraba de verdad por la mitad. Y la noche sufría un ligero lapsus mientras el público esperaba los cuarenta minutos que Kryten tardaba en reconectar sus circuitos.

Después amenizaba la velada con una selección de éxitos de The Student Prince. Y más tarde jugaban al bingo con premio. El premio del bingo siempre consistía en una botella de limpia-cristales. Nadie quería una botella de limpiacristales así que Kryten la guardaba y servía para el premio de la semana siguiente.

De alguna extraña manera, Kryten le estaba agradecido al accidente. Su vida se había llenado de vitalidad. Le necesitaban. Las chicas dependían de él. Esto llenaba todos sus días. Ahí estaban la cocina, el cambio de las vendas, la fisioterapia, las fiestas concierto. Y, por supuesto, también había que limpiar.

Kryten casi comenzó a disfrutar orgásmicamente de los quehaceres del hogar. Las montañas de platos sucios le estremecían. Las pilas de ropa sucia le llenaban de éxtasis. Un suelo sin fregar le dejaba con la boca seca por la lujuria. Le gustaba limpiar cosas mucho más que ver las cosas limpias. Y las cosas limpias le conducían a un frenesí de éxtasis.

Y por la noche, cuando todo el mundo dormía plácidamente, sin ninguna tarea pendiente y nada por limpiar, entonces y solo entonces, se dejaba caer en su sillón favorito, rodeado de cojines, y veía *Androides*.

Androides era una telenovela, dirigida a la amplia audiencia mecanoide que tenía un alto poder de adquisición en lo que se refiere a bienes del hogar. Kryten tenía los mil novecientos setenta y cuatro episodios grabados. Los había visto muchas veces, pero todavía esbozaba una mueca de dolor cuando Karstares moría en el accidente aéreo. Aún lloraba cuando Rose dejaba a Benzen. Todavía se reía y se golpeaba su rodilla metálica cuando Hudzen ganaba la lotería mecanoide y contrataba a su amo como sirviente. Y siempre aplaudía cuando Mollie iba a los burdeles androides, mandaba a los chulos a la cárcel y dejaba libres a las prostidroides.

Androides, se dijo a sí mismo, era su único vicio. Eso, y el único bombón que se permitía en cada sesión con el objetivo de conservar las reservas. Cuando veía *Androides* no era solo un mecanoide, abandonado a años luz de ningún sitio, con tres chicas dependientes y un horario de trabajo interminable.

Era distinto. Lleno de glamour. Otro lugar.

Era Hudzen, ganando la lotería y contratando a un humano para servirle. Era Jaysee, haciendo trapicheos, cenando en los mejores restaurantes, viviendo en su extenso ático del Juno Hilton.

Era otra persona.

Kryten corrió a través del pasillo inclinado y entró al compartimiento de servicio principal, donde las chicas estaban desayunando.

—¡Venga! ¡Están aquí! —dijo, aplaudiendo.

Richards, Schuman y Fantozi no se movieron. Llevaban sin moverse, de hecho, unos tres millones de años.

Los tres esqueletos estaban sentados a la mesa, con los uniformes recién lavados, y sonrientes.

—No sé qué les parece tan divertido —dijo Kryten—. ¡Estarán aquí en cualquier momento y hay mucho que hacer!

Chasqueó la lengua y sacudió la cabeza.

—Señorita Elaine, de verdad, ni siquiera ha hecho usted el esfuerzo. Mire su pelo.

Se acercó a la mesa y cogió un cepillo.

—Qué maraña.

Tatareaba *Para estar joven y bella* mientras peinaba su peluca de largo cabello rubio con movimientos suaves. Cuando su pelo estuvo perfecto, dio dos pasos hacia atrás y la miró de forma crítica. No estaba muy satisfecho. Cogió una barra de labios que combinaba con su uniforme y dio el toque final al maquillaje.

—Deslumbrante. Así arreglada podría salir en la portada de *Vogue*.

Fue al otro lado de la mesa arrastrando los pies.

—¡Señorita Yvette! No ha tocado la sopa. No cabe duda de por qué está tan pálida.

Le dio una palmadita cautelosa en el hombro. Se oyó un crujido largo y lento y el esqueleto cayó cabeza abajo dentro del plato de sopa de tomate. Kryten levantó las manos horrorizado.

—¡Coma despacio, señorita Yvette! ¿Qué pensará el bueno del capitán Rimmer cuando la vea comer así?

Levantó el esqueleto y lo echó hacia atrás para apoyarlo en la silla, la roció con un chorro de limpiacristales y le dio a su cabeza un pulido rápido.

—Ahora usted, señorita Kirsty.

Se dirigió al esqueleto restante y lo miró de arriba abajo: las modernas botas por la rodilla, la elegante minifalda roja y la boina morada colocada en ángulo.

—No —sonrió, dejando a un lado el cepillo—. ¡Está absolutamente perfecta!

DIECIOCHO

El Gato recorrió la plataforma del muelle de atraque con actitud provocadora, enfundado en su traje de vuelo dorado cosido a mano, cargando bajo su brazo un casco a juego en forma de cono de medio metro de altura.

Subió la escalera de entrada al *Enano Azul*, en el que Lister y Rimmer le esperaban sentados a los mandos. Subió a la cabina, ensayó una pose como de Rey de los Astronautas, con las piernas abiertas, el pecho hinchado, la mano en la cadera, como diciendo: «Protegeos, chicos. Estáis contemplando una explosión nuclear en lúrex». Les dedicó una sonrisa e hizo ojitos.

—Estás bien —dijo Lister, estirándose.

—¿Que estoy bien? ¿Me pareció oírte decir, «¿estás solo bien?» Tío, soy la pesadilla de los cirujanos plásticos. Tiren el escalpelo; no hay mejoras posibles.

—¿Un traje espacial —dijo Rimmer— con gemelos?

—Mira —dijo Gato, limpiando de polvo del asiento de la consola antes de acomodarse en él— tenéis que garantizarme que no pasaremos por delante de ningún espejo. Si pasamos, me pegaré el día allí.

Lister encendió el enlace remoto con Holly.

Holly apareció en la pantalla con un aspecto algo distinto.

Lister examinó con detalle la imagen. No podía averiguar qué era.

—¿Todo bien, chicos? ¿Estáis todos preparados?

Lister cayó en la cuenta.

—Holly, ¿por qué llevas peluquín?

Holly se enfadó. Había gastado un tiempo nada desdeñable en alterar su imagen digital para darse una cabeza repleta de pelo.

—Así que no es discreto, ¿no? ¿No se mezcla de forma natural y desapercibida con mi propio pelo natural?

—Parece —dijo Lister— como si tuvieras un pequeño animal peludo anidando en lo alto de tu cabeza.

—¿Qué os pasa a todos? —dijo Rimmer, enderezándose la gorra—. Tres millones de años sin una mujer y os volvéis locos.

Tiene razón, pensó Holly, *¿a quién intento impresionar? ¡Soy un ordenador! ¡Qué humillante es que te lo tenga que decir un holograma!*

Sin rencor alguno, simuló instantáneamente un furúnculo doloroso en la nuca de Rimmer, que comenzó a palpitar con furia.

El *Enano Azul*, el potente transportador originariamente diseñado para acarrear minerales y silicatos desde y hacia la nave, tenía un aspecto extrañamente elegante mientras viajaba a toda velocidad a través de las luces rojas y azules del sistema binario sobre el helado erial verde de la luna que se había convertido en el cementerio del *Nova 5*.

Lister se esforzó por ver a través del dado de peluche que colgaba del parabrisas.

—Bonito lugar para esquiar en vacaciones.

Rimmer miraba imperturbable al monitor de seguimiento.

—Nada aún —dijo amablemente. Deslizó su dedo dentro del cuello de su camisa, donde un gran furúnculo estaba empezando a doler de verdad.

Lister luchó desesperadamente con las doce palancas de cambio. Cada una controlaba cinco marchas, lo que hacía un total de sesenta marchas y Lister no había acertado ni una en los veinte minutos de viaje que llevaban completados.

El monitor de seguimiento comenzó a emitir una serie de pitidos rápidos.

—¡Lo tenemos! —gritó Rimmer— latitud: veintisiete, cuatro. Longitud: diecisiete, siete.

Lister le miró como si hablara chino.

—Un poco a la izquierda y rodeando ese glaciar.

—Ah, vale.

Lister aterrizó de forma pavorosa en la marcha cuarenta y siete. El *Enano Azul* se hundió, rebotó y se balanceó, antes de descansar por fin con un suspiro exhausto. Lister pulsó el botón marcado con una «O». Las ruedas de oruga se desplegaron fuera de su compartimiento, rotaron hacia la superficie helada de esmeralda e izaron al transportador a tres metros del suelo.

—Hey —dijo Gato, impresionado— es verdad que puedes pilotar este trasto.

—La verdad —dijo Lister— es que creía que era el encendedor.

Las escobillas incandescentes del limpiaparabrisas fundían la nieve verde medio derretida en el parabrisas mientras el *Enano Azul* ascendía y caía sobre una serie de dunas heladas. Cuando alcanzaron el pico de la siguiente montaña, vieron, en la depresión bajo ellos, los restos del naufragio, sobresaliendo como un juguete rechazado por un niño.

La caja de cambios gimió y vibró mientras descendían lentamente dentro del cráter.

— ¡Yujuuu! —chilló Gato en falsete, y se abalanzó hacia la puerta de salida lateral.

—Ah, pasen, pasen —dijo Kryten, haciéndoles entrar desde la esclusa de aire—. Es un placer tenerles aquí —dijo e hizo una reverencia.

—*Carmita* —dijo Rimmer, hablando demasiado alto—. Qué nave más maravillosa, me recuerda a mi primera misión.

Se giró y le susurró a Lister: «Llámame As».

Lister hizo como si no le oyera y recorrió el pasillo inmaculado tras Kryten, que hacía comentarios banales sobre el tiempo.

—Aguanieve verde de nuevo. Qué fastidio.

El Gato se limpió con seda dental los dientes una vez más y les siguió.

Kryten andaba rápidamente por el estrecho pasillo, moviéndose en inclinados ángulos extraños.

Entró por un amplio hueco de escotilla en forma de pera y ellos le siguieron a través de lo que debió ser en su momento la sala de máquinas de la nave. Incluso Lister, que no sabía prácticamente nada de estas cosas, podría decir que la tecnología del *Nova 5* era mucho más avanzada que la del *Enano Rojo*. Ocupando tres cuartas partes de la sala, encontraron la pieza de maquinaria más extraña que Lister viera nunca: era como una serie enorme de tiovivos insertados uno encima de otro y girados en sus laterales. Cada uno de ellos estaba lleno de discos plateados unidos por gruesas varillas doradas y en la cumbre había lo que parecía un enorme cañón.

—¿Qué es eso? —preguntó Lister.

—Es el motor de la nave —respondió Kryten—. Es el Salto a la Dualidad.

—¿Qué es el Salto a la Dualidad?

—No seas ignorante, Lister. Todo el mundo sabe lo que es el Salto a la Dualidad —dijo Rimmer, mintiendo.

Kryten salió a toda prisa por la abertura en forma de pera y Lister tuvo prácticamente que esprintar desde la sala de máquinas para alcanzarle dos pasillos después.

De repente, el Gato se giró, al pasar por un espejo de cuerpo entero incrustado en la pared. Su corazón palpitó, su pulso se aceleró. Se sentía atontado y mareado. Estaba enamorado.

—Eres una obra de arte, nene —canturreó a su reflejo.

Lister se giró y gritó:

—¡Vamos!

—No puedo. Vas a tener que ayudarme.

Lister cogió su pie enfundado en una bota dorada y comenzó a tirar de él por el pasillo. Incapaz de hacer nada, el Gato se agarraba al espejo. Sus dedos enguantados resbalaron por la superficie del espejo cuando Lister consiguió liberarle.

—Gracias, tío —dijo Gato agradecido—. Lo estaba pasando fatal.

—Estoy tan nervioso —dijo Kryten, arrastrando los pies y limpiando ausente un extintor completamente inmaculado—. Estamos todos. Las chicas casi no pueden contener las ganas de saltar.

—Ja, ja, jaaaa —Rimmer fingió una risotada—. *Carmita, carmita.*

—Ah —dijo Kryten— ¿*Vi parolas Esperanton, Kapitano Rimmer*?

—¿Perdona?

—¿*Vi parolas Esperanton, Kapitano Rimmer*?

—¿Me lo puedes repetir?

—¿Habla esperanto, capitán Rimmer?

—Ah, *oui, oui. Jawol. Yes, yes* —dijo Rimmer buscando desesperadamente en su memoria la frase apropiada. Gracias a Dios, le vino a la mente: «*Bonvolu alsendi la pordiston lausajne estas rano en mia bideo*».

—¿Una rana? —dijo Kryten—¿En qué bidé?

—Ja, ja, jaaaa —se rió Rimmer, de forma menos convincente todavía—. No importa. Ya me las arreglaré yo solito.

Kryten dobló la esquina y bajó por la rampa a la cubierta de servicio.

—Bueno, ahí están —dijo.

Sin mirar hacia donde Kryten estaba señalando, Rimmer puso una rodilla en el suelo y levantó la gorra en un arco cuidadoso.

—*Carmita* —ronroneó.

Lister y Gato entraron tras de él.

Sus ojos se encontraron con las cuencas vacías de los tres sonrientes esqueletos sentados a la mesa.

Hubo un silencio largo, muy largo.

Seguido por otro silencio largo, muy largo.

—Bueno —dijo Kryten, un poco decepcionado— ¿nadie va a decir «hola»?

—Hola —dijo Lister débilmente—. Soy Dave. Este es el Gato. Y este de aquí es As.

Rimmer todavía no había cerrado la boca tras terminar de pronunciar la última vocal de *Carmita*. Lister se acercó y le susurró: «Creo que la rubita te ha echado el ojo, Capi».

—Ahora —dijo Kryten dando palmadas— les dejaré que se conozcan y yo iré a por un poco de té.

Y se fue remontando la pendiente.

—No me lo puedo creer —dijo Rimmer, masajeando la «H» de su frente.

Lister le miró.

—Sé fuerte, Machote.

—Nuestro único contacto con la vida inteligente en más de tres millones de años y resulta ser la versión androide de Norman Bates.

—Bueno, están más bien delgaduchas —dijo Gato, aún con esperanzas—. Unas cuantas comidas calientes y, ¿quién sabe?

Lister se dirigió a la mesa y abrazó por los hombros a dos de los esqueletos.

—Sé que quizá no es el mejor momento ni el mejor lugar para decir esto, chicas, pero mi colega, As, es increíble, increíblemente valiente...

—¡Vete al cuerno, caraculo!

—¡Y se ha acostado con muchas mujeres!

—Te lo estoy advirtiendo, Lister.

Kryten volvió bajando la rampa, portando una bandeja en la que se apoyaban varios platos de sándwiches triangulares, una jarra de té humeante y un plato con siete de sus preciados bombones. Mientras colocaba las tazas en la mesa, miraba hacia arriba, sorprendido por la falta de conversación.

—¿Algo va mal? —preguntó.

—¿Que si algo va mal? —dijo Rimmer horrorizado—. Están muertas.

—¿Quién está muerto? —preguntó Kryten, vertiendo leche en las tazas.

—Ellas están muertas —dijo Rimmer señalando a los tres esqueletos—. Están todas muertas.

—¡Dios mío! —dijo Kryten, dando un salto hacia atrás por la conmoción— ¡Si solo he estado fuera dos minutos!

—Llevan siglos muertas.

—¡No!

—¡Sí!

—¿Es usted médico?

—Solo tienes que mirarlas —protestó Rimmer—. ¡Tienen menos carne que una croqueta!

—Mmmm... mmmm... bueno, ¿y qué voy a hacer? —tartamudeó Kryten—. Estoy programado para servirlas.

—Bueno, lo primero que debes hacer es, ya sabes... enterrarlas— dijo Lister en voz baja.

—¿Tan seguros están de que están muertas?

—¡Sí! —gritó Rimmer.

Kryten se dirigió andando como un pato hacia el esqueleto de Richards que le miraba con lascivia.

—¿Y qué pasa con ésta?

Rimmer suspiró.

—Mira. Hay una prueba muy sencilla.

Se acercó a la mesa y dijo: «Que levante la mano la que esté viva».

Kryten las miró con ansiedad. Para su consternación, no hubo respuesta. Hizo señales desesperadas, persuadiendo a las chicas para que levantaran las manos.

—¿Estamos de acuerdo? —dijo Rimmer finalmente.

A Kryten le fallaron los hombros y cayó limpiamente en una silla, totalmente derrotado.

—Pensé que podían estar... pero me negué a aceptar... no quería admitirlo... yo... estoy programado para servirlas... es todo lo que sé hacer... les fallé de tal manera... yo...

Lister se revolvió incómodo.

—¿Qué voy a hacer? —dijo Kryten, de forma lastimera. Un timbre sonó en la cabeza de Kryten. Era su alarma interna que le decía que era la hora de bañar a la señorita Yvette. Se levantó automáticamente, y entonces, recordando lo vivido hacía un minuto, se sentó de nuevo. Sacó un destornillador sónico de su bolsillo, soltó una serie de enganches de sujeción del cuello, extrajo la cabeza y la puso ceremoniosamente sobre la mesa.

—¿Qué estás haciendo? —dijo Gato.

—Estoy programado para servir —dijo la cabeza de Kryten—. Están muertas. El programa ha terminado. Estoy activando mi disco de apagado.

—Hey —dijo Lister— un momentito.

Las manos de Kryten desenroscaron la oreja derecha de su cabeza sin cuerpo y pulsaron un pestillo que abrió el compartimento de su cráneo.

—Kryten, escúchame...

Kryten comenzó a extraer los paneles de circuitos de dentro de su cerebro, colocándolos después cuidadosamente encima de la mesa.

—Kryten...

Tiró de varias tandas de cables de interfaz, los enrolló con esmero y los colocó en fila junto al resto de su mente.

Por último, localizó su programa de apagado.

—Perdónenme por el desorden —dijo y se apagó.

Sus ojos rotaron hacia atrás en el plástico de su cráneo; su cuerpo cayó hacia delante en el asiento y se estrelló contra el suelo.

DIECINUEVE

—Me estás volviendo majara. ¿Tienes que hacerlo aquí? —dijo Rimmer mirando la colección de órganos androides esparcidos de cualquier manera por todo el dormitorio—. ¿Qué es esto que está en mi almohada? ¡Son sus ojos!

—Estoy intentando arreglarlo —dijo Lister, sosteniendo la nariz de Kryten en una mano y hurgando con la otra en uno de los agujeros con un limpiapipas mojado en alcohol.

Habían tardado una semana en transportar las dos mitades rotas del *Nova 5* al *Enano Rojo*. Habían necesitado los seis transportadores restantes, operando en piloto automático, para sacar a la nave del hielo de metano centenario, pero tras cinco días de máximo empuje, los pequeños transportadores consiguieron tirar de los restos y arrastrarlos precaria y lentamente al orbitante *Enano Rojo*.

La sección de control del *Nova 5* guardaba varias sorpresas. Kryten había actualizado meticulosamente el inventario cada martes durante los últimos dos millones de años. La mayoría de la comida estaba aún envasada al vacío. Lister se había alegrado enormemente al descubrir que tenía veinticinco mil *popadames* y ciento treinta toneladas de conserva de mango, lo suficiente como para mantenerle feliz durante gran parte de un mes.

Había también, afortunadamente, casi siete mil quinientos litros de leche de vaca irradiada y Lister había insistido en que la leche de perra fuera lanzada al espacio, donde se había congelado inmediatamente, dejando un asteroide gigante de leche de perra para las futuras especies.

—¿Por qué tienes que poner sus pedacitos encima de mi litera?

—Para saber dónde están.

—Sí, bueno, lo siento, pero me niego a tener los ojos de otro en mi almohada.

—Escucha... lo tendré listo esta tarde.

—Llevas diciendo eso dos meses. ¿Qué es eso que hay en mi taza? Es su dedo gordo.

—Rimmer, ¿podrías irte a tomar viento y dejármelo a mí?

—¿Para qué diablos quieres repararlo? Es tan solo un mecanoide. Un mecanoide que se ha vuelto completamente loco.

—Quiero saber más del motor de Dualidad... quiero saber si puedo arreglarlo. Y... no sé... me da lástima.

—¿Qué te da lástima? Es una máquina. Es como sentir lástima de un tractor.

—No lo es. Tiene una personalidad.

—Sí, una personalidad que debería estar severamente sedada, envuelta en una camisa de fuerza metálica y encerrada en una habitación acolchada con un palo entre los dientes.

—Creo que puedo arreglar eso.

—Crees que es como reparar una bicicleta, ¿no? Engrasarlo un poco, limpiar sus partes, arreglar el carburador y... ¡como nuevo!

—El mismo principio.

—Tiene un defecto en su inteligencia artificial. Necesitas una Licenciatura en Ingeniería mental avanzada de Caltech para ponerlo en condiciones.

Lister pinchó uno de los cuadros del circuito de Kryten con un hierro de soldar. La cabeza sin nariz cobró vida instantáneamente.

—Ajá —dijo, en un falsete rápido— elefante lluvia Vietnam.

Los ojos sobre la almohada de Rimmer rotaron y parpadearon.

—Teléfono sándwich kerplunk armadillo Rumpletiltskin morado.

—Bueno —dijo Rimmer— una vez más has demostrado que estaba equivocado.

HNNNnnnnNNNNNKRHHhhhhhhhHHHHHH

HNNNnnnnNNNNNKRHHhhhhhhhHHHHHH

Rimmer miró en el despertador de su litera. Las 2:34 de la mañana.

HNNNnnnnNNNNNKRHHhhhhhhhHHHHHH

HNNNnnnnNNNNNKRHHhhhhhhhHHHHHH

Rimmer saltó de su litera y miró hacia arriba para ver el cuerpo dormido de Lister. Aún sostenía uno de los cuadros del circuito de Kryten en una mano y un destornillador sónico en la otra.

¿Se supone que debo mantenerte cuerdo?, pensó, *¿y quién diablos me mantiene cuerdo a mí?*

Rimmer cerró los ojos e intentó dormir.

HNNNnnnnNNNNNKRHHhhhhhhhHHHHHH

HNNNnnnnNNNNNKRHHhhhhhhhHHHHHH

No tenía sentido. Hizo que Holly simulara su anorak de esquí a rayas rojas, negras, blancas, azules, amarillas y naranjas y decidió verificar la operación de salvamento en el muelle.

Rimmer activó a través de la voz las enormes puertas onduladas del muelle 17, que se abrieron bostezando para revelar las dos mitades de los restos del *Nova 5*.

Aunque era de madrugada, la masiva operación de salvamento estaba en pleno funcionamiento. Rimmer miró hacia abajo para comprobar el trabajo de batallones de *skutters* que todavía descargaban reservas desde la sección frontal, que no había sido dañada. Otro grupo de *skutters* blandiendo antorchas láser estaban aún intentando abrirse paso hacia el casco de la sección trasera. Incluso con los más potentes bazookas láser, sus progresos habían sido lentos, apenas dos centímetros al día a través de una densa aleación de estroncio.

Pero lo que de verdad interesaba a Rimmer era la segunda mitad del *Nova 5*. Había investigado en algunos de los archivos del ordenador de la nave y tenía sospechas infundadas de que el segmento «muerto» contenía algo que podía cambiar su vida para mejor.

Se quedó de pie en la pasarela, con las manos en los bolsillos de su anorak de esquí, mirando a los *skutters* dirigir sus lásers a través del casco.

—¿Cuánto tiempo queda para que entremos? —le preguntó a Holly.

—Dos días, quizás tres.

Se oyó un ruido: el sonido del metal crujiendo y retorciéndose mientras la enorme puerta en forma de arco, que las antorchas láser estaban cortando, retrocedió lentamente y cayó como un puente levadizo medieval, aplastando ocho *skutters*.

—Quizá incluso antes —añadió Holly.

Rimmer se dirigió corriendo, atravesando la escalera de la pasarela y el suelo de acero del hangar, a la nueva entrada recién nacida en la sección de popa del casco del *Nova 5*.

Se deslizó en la penumbra polvorienta. Las luces del suelo brillaban tenuemente a lo largo del pasillo. Solicitó que dos *skutters* dejaran sus tareas de descarga y, tras enviarlos delante de él, se introdujo dentro. El pasillo aún estaba cálido por las antorchas láser. Los cables eléctricos y los circuitos desmembrados colgaban desde el techo como raíces mortíferas de un bosque de piedra.

Rimmer avanzaba centímetro a centímetro por el pasillo mientras los faros de los *skutters* dibujaban haces de luz en la tenebrosa penumbra. La mayoría de las puertas estaban abiertas o colgaban de sus bisagras. Tenía la sensación, un sentimiento que no podía explicar, de que la nave no estaba muerta, sino que había algo allí. Algo vivo.

Anduvo lentamente a través de la tortuosa topografía de la primera sala y después bajó por la escalera de caracol rota y se encontró en el pasillo de estasis.

La mayoría de las cabinas habían sido arrancadas limpiamente por el pico de escalpelo del glaciar en el momento del choque. Quedaban tres. Dos de ellas estaban perforadas y, dentro, los una vez humanos ocupantes se habían fosilizado en las paredes gracias al paciente hielo de siglos y siglos.

La tercera estaba ocupada.

Unas piernas esqueléticas sobresalían de un corte en la puerta de la cabina de estasis. El impacto del choque había dirigido los miembros de su titular a través del vidrio reforzado.

Rimmer se esforzó por ver a través de lo que quedaba de la ventana de observación. De algún modo, el resto del cuerpo se había conservado, atrapado mitad dentro y mitad fuera de la cabina de estasis. Las piernas se habían atrofiado con el tiempo, mientras que la parte superior del cuerpo permanecía en animación suspendida.

Sin tiempo.

Sin edad.

Sin daño.

La voz de Rimmer activó la puerta. Lo más seguro es que no estuviera... vivo. El cierre de seguridad de la puerta giró y la puerta se abrió.

El hombre abrió los ojos y se miró las piernas. Su grito atravesó a Rimmer como piezas rotas de cristal dentado. Entonces dejó de gritar y murió de un colapso.

El corazón de Rimmer se fue de carrera campo a través alrededor de su cuerpo. Rebotó en su estómago, bailó en su caja torácica e intentó hacer una salida forzada a través de su tráquea. Aún estaba martilleando en su pecho como una bola de pinball cuando se detuvo finalmente cuatro cubiertas más arriba.

Entró en la sala de ocio y estaba agachado, aún intentando tomar aire en sus reacios pulmones, cuando se giró y vio a la figura de pie ante la máquina de fruta.

Su cerebro soltó un improperio en silencio y su corazón se puso las zapatillas de clavos y se fue a dar otra vuelta.

VEINTE

La figura se giró hacia él. La holográfica «H» de su frente brillaba fluorescentemente en la luz azul de la sala de ocio.

—Ah, aquí está —dijo sonriendo—. ¿Dónde está Yvette? Llevo esperándola una eternidad.

—¿Qué Yvette?

—Necesito esos cálculos de ruta.

Ella dio seis pasos hacia él y le tendió la mano.

—Gracias —dijo, y desapareció.

De repente, apareció cerca de la máquina de frutas de espaldas a él.

—¿Está bien? —dijo Rimmer, girándose.

Ella se giró.

—Ah, aquí está —dijo sonriendo—. ¿Dónde está Yvette? Llevo esperándola una eternidad. Necesito esos cálculos de ruta.

Se dirigió de nuevo hacia él, le tendió la mano y desapareció, reapareciendo otra vez en otro lado de la habitación.

—Ah, aquí está —dijo sonriendo de nuevo y Rimmer se marchó.

—Quark dingbat fizzigot Holanda —dijo la cabeza sin cuerpo de Kryten—. Smirk limpiacristales doble hélice tejón.

Entonces se escuchó el silbido de un cortocircuito y sus ojos se cerraron. Una delgada cortina de humo salió en espiral de su cráneo abierto.

Lister maldijo. Echó un vistazo al cerebro mecanoide de Kryten, metió el brazo y pescó un sándwich de queso con salsa de chile a medio acabar de hacía tres días. Dio vueltas con su soldador, mordisqueando el sándwich.

El Gato entró en la habitación con su almuerzo en una bandeja y se sentó a la mesa.

—Si intentas comerte mi comida, estarás en peligro de muerte.

—No voy a intentarlo.

—Ni siquiera lo pienses.

El Gato sacó un babero bordado de su bolsillo superior y se lo ató al cuello. De su bolsillo interior sacó un estuche de plata forrado de terciopelo, que contenía un exquisito conjunto de cubertería de oro con mangos de perlas incrustadas, que colocó a ambos lados de la bandeja. Se frotó las manos e inició su ritual habitual de mofa del alimento.

—Voy a comerte, pollito —cantaba al pollo asado—. Voy a comerte, pollito. Voy a comerte, pollito. Porque me gusta comer pollo.

La canción acabó, miró la comida desde lejos como un *pitcher* de béisbol que comprueba las bases y, de repente, lanzó el pollo fuera de la bandeja y, en el mismo movimiento suave, lo atrapó en el aire con la misma mano y lo colocó de nuevo en la bandeja.

—Demasiado lento, pollo frito —le reprimió—. Demasiado lento para este gato.

—¿Por qué no te lo comes ya?

—No es divertido si no le das una oportunidad.

—Pero está muerto. Está cocinado.

—¡Guau!

El Gato dejó caer la mano sobre la bandeja con fuerza, lanzando el pollo al aire por encima de su hombro. Saltó de la silla, dio un salto hacia atrás y lo capturó en su boca antes de que cayera al suelo.

— ¡Eey, este pollo es más rápido de lo que pensaba!

Colocó el pollo de nuevo en la bandeja y apenas había comenzado a hacer malabarismos con las patatas cuando Rimmer entró en la habitación.

—Señores —dijo sonriendo abiertamente— hay alguien que quiero que conozcan. Alguien que mantiene una profunda amistad conmigo. Alguien que, estoy seguro, enriquecerá nuestras vidas. Alguien que será un compañero de litera más estimulante e interesante para mí, por lo que he decidido trasladarme con esta persona al dormitorio vacío de al lado. Señores...

Rimmer gesticuló como un cortesano medieval y cruzó el marco de la puerta alguien que Lister y el Gato reconocieron instantáneamente.

Allí, en la entrada, junto a Arnold J. Rimmer, había otro Arnold J. Rimmer idéntico.

VEINTIUNO

Después de que Rimmer dejara a la mujer en la máquina de fruta, reunió a los *skutters* y todos se dirigieron por el hueco de la escalera a la sala de simulación holográfica del *Nova 5*.

Su disco de personalidad, rayado y combado, giraba sin parar en la unidad, proyectándola sin finalidad, emitiendo el mismo segmento de diálogo por millonésima vez, en un movimiento perpetuo sin sentido.

La mujer se había llamado Nancy O'Keefe. Como ingeniera de vuelo, segunda clase, había sido la baja de mayor rango de la sección trasera de la nave. Lo que quedaba de la inteligencia computacional la había recreado, aunque su base de datos quedó corrupta y sin arreglo tras el accidente.

Rimmer le pidió al *skutter* que extrajera el disco y comenzó a buscar en el resto de la biblioteca de personalidades del *Nova 5*.

Recorrió uno a uno los caracteres de las ocho mujeres y los dos hombres de la tripulación. Uno a uno las pinzas de los *skutters* colocaban cada disco en la unidad y los arrancaban. Y uno a uno los diez tripulantes del *Nova 5* resucitaban ante él. Todos estaban corruptos de alguna manera.

Ninguno de los diez discos era ejecutable.

¡Qué frustración!

Durante dos crueles horas, mientras que probaba cada uno de los discos, había estado contemplando la posibilidad de que por fin iba a poder tener un compañero. Un compañero holográfico, que pudiera comprender la dureza de estar muerto. La dureza de ser un holograma. Cómo se sentía uno. Alguien que pudiera tocarle. Sí, los hologramas podían tocarse. Alguien a quien poder tocar. ¡Tocar de nuevo! ¡Ser tocado!

Pero no.

Denegado. Los diez discos estaban combados, rayados, destruidos. Los diez discos quedaron inservibles tras el choque.

Rimmer se sentó e intentó pensar. ¿Y si... y si pudiera copiar su propio disco desde la biblioteca holográfica del *Enano Rojo* y después utilizar el generador del *Nova 5* para simular un duplicado de sí mismo?

Dos Arnold Rimmer.

Dos él.

¿Quién podría ser mejor compañero que él mismo?

Arnold J. Rimmer 1 y Arnold J. Rimmer 2.

Brillantísisisisisisimo.

VEINTIDÓS

—«Cómo ser un vencedor: una introducción a las Ciencias del Poder».

—Nuestro —dijeron los dos Rimmer de forma simultánea.

Lister lanzó el libro en el carrito, con el resto de los enseres personales de Rimmer y cogió otro de la estantería.

—«Cocina con chile» —leyó.

—Tuyo —entonaron los dos Rimmer al unísono.

Lister lo devolvió a la estantería, después se giró y abrió el armario personal marcado «Rimmer, A.J., *BSc*, *SSc*», que Lister siempre había tomado como «Bateador de Segunda Clase» y «Saltador de Segunda Clase» y comenzó a vaciar su contenido en el carrito: veinte pares de calzoncillos militares azules idénticos, todos colgados en perchas con envoltorios protectores de celofán, los pijamas con las etiquetas de la lavandería pinzadas en el cuello, las pilas de las revistas de armamento *Supervivientes* y su único CD, *Billy Benton y su coro cantan éxitos del Rock´n´Roll.*

—¿Y esos pósters? —preguntó el duplicado Rimmer.

—Son míos —dijo Lister.

—Sé que son tuyos, pero la masilla adhesiva no.

—¿Quieres llevarte la masilla?

—Bien, es mía —señaló el original— pagué por ella, con mi dinero.

—Creo que hay algunas de tus uñas recortadas bajo la litera. ¿Las pongo también en tu carrito?

El Rimmer 2 le miró ferozmente.

—No intentes hacerte el gracioso, Lister. No va contigo.

Por alguna razón que Lister no comprendía, ambos Rimmer se rieron a carcajadas tras su último apunte, doblándose por la cintura y golpeándose las rodillas.

—Un puntazo, Arnie —dijo el Rimmer original limpiándose una máscara de lágrimas.

Lister les miraba, perplejo.

El duplicado se puso en pie, aún riéndose.

—Iré a ver cómo les está yendo a los *skutters* con los planes de redecoración. Nos vemos, Machote —dijo la copia, saliendo por el arco de la puerta.

—Te veo luego, As —dijo Rimmer, pretencioso.

—Eres un tío raro, raro, raro —dijo Lister, dejando caer un montón de calcetines planchados negros en el carrito—. De hecho, ambos lo sois.

Rimmer ignoraba las críticas.

—Vaya idea. Qué idea tan genial. Utilizar la unidad holográfica del *Nova 5* para crear un duplicado. Es el mejor trabajo que he hecho en toda mi vida.

—¿De toda la gente que podrías haber hecho regresar, cualquiera de la tripulación del *Enano Rojo*, decides copiar tu propio disco y devolver a otro *tú*? ¡Eso hace del narcisismo una ciencia!

—Quería un compañero. Quién podría ser más interesante y estimulante que yo mismo?

—¿Por qué no recuperaste a una de las chicas?

—Porque todas las chicas pensaban que yo era un pringado.

—Entonces, ¿por qué no uno de los chicos?

—También pensaban que era un pringado. Todo el mundo pensaba que era un pringado excepto yo. Por eso devolví a la vida al Rey. Al propio Bolas de Acero.

—Aquí está el gilipollas 2, no podía haber solo uno.

—No tengo por qué aguantar esto ni un minuto más —sonrió Rimmer feliz—. No tengo por qué aguantar las vaciladas, las bromas inteligentes, las burlas fáciles. Éste es el amanecer de una nueva era para Rimmer, Listi. Se acabó el aguantarte, con tus costumbres estúpidas y fastidiosas. Se acabó el ponerme trabas para impedirme triunfar.

—¿Yo? ¿Cuándo te he puesto trabas?

—Bueno, te puedo dar mil ejemplos.

—¿Qué ejemplos?

—Cuando canturreas.

—¿Yo canturreo?

—Canturreaste malvadamente y sin descanso durante ocho meses, cada vez que me sentaba a revisar para el examen.

—Así que, ¿me estás diciendo que nunca llegaste a oficial porque compartías dormitorio con alguien que canturreaba de vez en cuando?

—De vez en cuando, no. Constantemente.

—Ya habías suspendido el examen de Astronavegación ocho veces antes de conocernos.

—Ya estamos otra vez, siempre con la bromita inteligente a punto.

—No es una broma, es un hecho.

—Ya me estás degradando otra vez.

—¿Y qué más hice aparte de canturrear?

—Todo. Todo lo que hacías estaba calculado para molestarme, degradarme y fastidiarme.

—¿Como qué?

—Cambiar todos los símbolos de mi horario de revisiones de manera que en lugar de presentarme al examen final de Ingeniería, me fui a nadar.

—Se cayeron. Creí que los había colocado en el lugar correcto.

—Cambiar mi pasta de dientes por un tubo de espermicida.

—¡Era una broma!

—Sí. El mismo tipo de broma que poner mi nombre en la lista de espera del departamento de cirugía experimental. La cosa es que siempre has impedido que tenga éxito, eso es un hecho demostrado científicamente.

—Rimmer, no puedes culparme de tu pésima vida.

—No solo tú. Han sido todos mis compañeros de habitación. Pemberton, Ledbetter, Daley… todos vosotros.

—Siempre es la misma historia. Nunca es cosa tuya, ¿verdad? Siempre es alguien o algo. Nunca tuviste el conjunto apropiado de bolígrafos de *G & E Drawing*… tus compases no se estiraban lo suficiente…

—¡No lo hacían! —protestó Rimmer.

—Pero al final no puedes decir: «Lo siento, arruiné mi vida, fue culpa de Lister».

—Es demasiado tarde, mi vida ya está arruinada. Es mi muerte lo que me preocupa ahora y no tengo intención de arruinarla también —dijo Rimmer, girando sobre sus talones— porque me voy de aquí y me mudo conmigo mismo.

VEINTITRÉS

Oscuridad.

Nada.

Y entonces un sonido.

—¡Yiiiidt!

Y después ese sonido de nuevo:

—¡Yiiiidt!

¿Qué era ese sonido?

El sonido de nuevo, pero esta vez era distinto. Reconoció el sonido. Recordaba haberlo oído antes. Era lenguaje. Pero había olvidado lo que significaba.

—Kryyyydt.

Un nombre. Un nombre que debía conocer.

—Kryyydtn.

¡Su nombre!

—¿Kryten? ¿Kryten?

Un destello de luz verde. Después se dibujaron líneas negras en su campo de visión. Entonces las líneas se fusionaron y vio el mensaje:

«Sistema visual mecanoide, Versión IX.05. © Infomax Data Corporation 2296». Y después la visión.

Una avalancha de colores brillantes: azules, rojos, amarillos, bailando sin sentido ante él.

Enfocó. Había un rostro de hombre sonriéndole.

—¡Sí! —dijo el rostro—. ¡Brutaaaaal!

—¡Hgvd Safir Daffd! —dijo Kryten.

Lister jugueteó dentro de su cabeza con un destornillador sónico.

—Hola, señor David —dijo Kryten.

—¡Sí! —dijo Lister de nuevo—. ¡Lo he hecho! ¡Te he devuelto a la acción!

Colocó la pieza correspondiente al cráneo de Kryten en su lugar, ajustó los cierres y le colocó la oreja.

—¿Cómo te sientes?

—Parece que todo funciona —dijo Kryten rotundamente.

—Escucha —dijo Lister, inclinándose hacia él—, hay algo que tengo que saber: ¿qué es el Salto a la Dualidad? ¿Qué es? ¿Qué hace?

Kryten dibujó un ceño fruncido de plástico.

—Da potencia a la nave. Es un motor cuántico, permite saltar de un punto a otro en el espacio. ¿Por qué?

—¿Cómo funciona?

—Solo soy un mecanoide. No sé de esas cosas.

—¿Cómo funciona, Kryten? —insistió Lister.

—Tiene algo que ver con la Mecánica Cuántica y con el Indeterminismo. Algo acerca de que cuando se miden electrones, pueden estar en dos lugares al mismo tiempo.

Kryten parecía extrañamente reticente a hablar del tema y seguía recalcando que era un «asunto humano» y que no era el tipo de cosas que debía preocupar a un mecanoide pero, poco a poco, Lister fue sonsacándole lo que pudo a Kryten y averiguó sabrosamente lo que necesitaba saber.

Según parece, cuando das un salto dual, coexistes temporalmente en dos puntos del universo; entonces *eliges* uno de estos puntos para *estar* ahí. De esta manera se puede atravesar el universo, sin las restricciones de los límites espacio-temporales.

—Así que, ¿cuánto tiempo —presionó Lister— se tardaría en dar un salto dual para volver a la Tierra?

—Oh... mucho tiempo.

—¿Cuánto?

—Se deben hacer unos mil saltos.

—¿Cuánto?

—Dos… —musitó Kryten— quizás incluso tres meses.

—¡Tres meses!

Lister estaba a punto de estallar de júbilo.

—¡Pero no hay combustible! Se agotó hace siglos.

—¿Qué tipo de combustible necesita?

—No sé. Solo soy un mecanoide.

—Kryten, por favooooor.

Kryten se dirigió hacia el banco y retorció los dedos impacientemente.

—Solo soy un mecanoide. Solo limpio cosas.

—Pero lo sabes, ¿a que sí?

—Solo porque oí una vez a la señorita Yvette hablar de ello. Pero se supone que no debo saberlo.

—¿Qué es?

—Uranio 233. Sea lo que sea.

—¡Síííí! —dijo Lister golpeando la mesa— buen chico, Kryti.

—Bueno, si eso es todo, señor David —dijo Kryten sonriendo con su sonrisa sin labios—, me gustaría que me apagara ahora, por favor.

—¿Qué estás diciendo? He tardado cuatro meses en arreglarte.

—Pero no tiene sentido estar conectado. Fui programado para servir a la tripulación del *Nova 5*. Ahora están muertos, por tanto, mi programa se ha completado.

—¿Y? Tienes que comenzar un nuevo programa.

Kryten sacudió la cabeza y arqueó una de las cejas sin pelo.

—¿Para servir a quién?

—Para no servir a nadie. Para servirte a ti mismo.

—Pero tengo que servir a alguien. Fui creado para servir. Sirvo, luego existo.

Lister encajó hacia atrás su gorro de aviador de cuero con las palmas de sus manos, desesperado.

—Kryten, tranquilízate, ¿vale? Relájate. Cálmate. Déjate llevar, ¿lo harás? Relájate de una puñetera vez.

—¿Por qué?

—Porque yo lo digo.

La cara de Kryten pareció brillar.

—¿Eso es una orden? —dijo lleno de esperanza.

—¿Por qué?

—Bueno, si es una orden, todo cambia.

—Es una orden —sonrió Lister—. Relájate.

Kryten estaba sentado rígidamente en un taburete alto en la barra del bar de cócteles hawaiano Copacabana, frente a su cóctel de martini seco, con dos aceitunas. Realmente no le gustaban los martinis secos, pero lo pidió porque era lo que bebía siempre Hudzen cuando iba al club Hi-Life en *Androides* y para Kryten eso era el cénit de la sofisticación.

Se bebió el martini de un solo trago, hizo una pausa de unos cuantos segundos, después lo devolvió al vaso y lo removió durante un rato con su varilla de cóctel. No sabía divertirse muy bien. Era mucho mejor cuando limpiaba algo. Sería mucho mejor si barnizara de nuevo el suelo de la pista de baile o abrillantara los dos mil quinientos setenta y dos asientos de terciopelo destrozados.

Sin embargo, el señor David le había ordenado que se tranquilizara, que se relajara, así que relajarse era todo lo que hacía. Bebió el cóctel una vez más y lo devolvió al vaso de nuevo.

Examinó su base de datos buscando definiciones para «relajarse». Reducir tensión; perder rigidez; cesar de trabajar, despreocuparse, etc.; permitir que los músculos se calmen: disfrutar. Kryten relajó sus músculos. Su cabeza cayó lánguidamente hacia atrás, sus brazos colgaron a ambos lados del cuerpo y cayó desde el taburete de la barra sobre la alfombra de terciopelo.

Subió de nuevo al taburete y comenzó a preocuparse por el hecho de no haber dejado de preocuparse aún. Miró alrededor a las luces de la disco sobre el suelo vacío de la pista. Se percató por primera vez de que la música hacía retumbar los altavoces. Si tenía que seguir las órdenes del señor Lister a rajatabla, debía acercarse a la pista y bailar. Con un suspiro de resignación cogió su cóctel de martini y se arrastró a la pista de baile. El único baile que conocía era el claqué de *Yankee Doodle Dandy*.

La música que sonaba era la balada sexy de Hugo Lovepole *Hey nena, no ovules esta noche*. Kryten dejó su bebida en el suelo, golpeó el suelo con su pie derecho hasta que el ritmo iba al unísono con el estruendoso compás y comenzó a bailar claqué furiosamente.

Y así fue como los dos Rimmer le encontraron cuando se dirigían a las instalaciones recreativas, dando su habitual paseo al final de cada tarde.

Había sido una velada muy agradable, probablemente la mejor tarde que Rimmer había pasado en los últimos años. Su duplicado era un verdadero placer. Se tenían encantados el uno al otro; recordando, hablando de viejas glorias, viejas novias. La sencilla alegría de comentar cosas sin importancia con un colega de tu mismo parecer.

Por fin tenía alguien con quien podía compartir las ideas que siempre se avergonzó de proponer, como su teoría de la vida del dictado francés.

Rimmer creía que había dos tipos de personas: el primer tipo eran gentes de ensayo histórico, que comenzaban su vida con una hoja en blanco, sin puntuación, y que acumulaban puntos con cada éxito que alcanzaban. El otro tipo era la gente de dictado francés: comenzaban con el cien por cien y cada error que cometían se descontaba de su perfecta puntuación original. Rimmer siempre creyó que sus padres le habían obligado firmemente a estar en el segundo grupo. Todo lo que había hecho en su vida era de algún modo imperfecto y defectuoso, una decepción. Años antes, cuando ascendió a técnico de segunda clase, sintió que no había logrado convertirse en técnico de segunda clase sino que había fallado en su afán de convertirse en técnico de primera. Cuando expuso su teoría, su doble asintió mostrando su acuerdo y murmuró frases de ánimo como «Por supuesto» y «Muy cierto».

En ese momento, sin embargo, se habían cambiado las tornas en la conversación y Rimmer escuchaba con regocijo cómo su doble le recordaba su única velada con Yvonne McGruder.

—¡Qué cuerpo! ¡Qué cuerpo! —soltó entre risitas el doble.

—Y ella tampoco estaba nada mal —dijo entre carcajadas Rimmer.

Se detuvieron cuando vieron a Kryten bailando claqué frenéticamente sobre la pista de baile.

—¿Qué diantres estás haciendo? —dijo el doble, perplejo.

—Me estoy desestresando, señores —dijo Kryten—. Estoy relajándome.

Clic, clic, tap, tipi-tap, tip.

—¿Que estás haciendo qué?

—Estoy serenándome (cliqui-clac, tip, tip). Estoy tranquilizándome. Estoy relajándome.

Kryten se sintió ridículo de repente y se detuvo.

—¿Cuánto tiempo hace que te arreglaron? —preguntó Rimmer.

Kryten se preguntaba por qué había dos Rimmer idénticos dirigiéndose a él, pero creyó que, como mecanoide, sería impertinente preguntarlo.

—Desde las 12:15, señores.

—Son las siete y media de la tarde. ¿Has estado haciendo el tonto todo este tiempo? —dijo el doble.

—He seguido las órdenes del señor David, señor Arnold. Me ordenó que me relajara.

—Ah. ¿Y se supone que debes hacer todo lo que ordenen?

—Sí señor. Debo hacerlo, señor.

—¿En serio?

Los dos Rimmer se miraron con la ceja levantada.

—Sí. Estoy programado para servir, señores.

El doble señaló la bebida de Kryten.

—Cómete el vaso del cóctel.

—Enseguida, señor —dijo Kryten, y se comió el vaso.

—Entonces —dijo Rimmer— si te digo «limpia todos los dormitorios», se supone que deberías hacerlo, ¿no es cierto?

—En efecto, señor Arnold.

—¡Espléndido! —dijo Rimmer.

—¡Esplendidísimo! —dijo su doble digital.

VEINTICUATRO

Las puertas del ascensor se abrieron de par en par y empujaron a un cansado pero feliz Lister al pasillo de las habitaciones. Había pasado los últimos dos días y una noche en la biblioteca técnica, después otra mañana trabajando con Holly en el laboratorio geológico. En las últimas cincuenta y seis horas había aprendido muchas cosas. Había comenzado pensando que la estructura y composición de la corteza de los planetas y la formación de rocas eran increíblemente aburridas. Pero ahora estaba completamente seguro de ello. Sin embargo, sabía más de producción de uranio y de técnicas de minería que del equipo de los London Jets que ganó la Megabowl del 75 (y sabía lo que el equipo completo de los London Jets que ganó la Megabowl del 75 había tomado para desayunar el día del partido).

Esto es lo que descubrió: el uranio fisionable 233 podría sintetizarse desde un isótopo de torio no fisionable: el torio 232. Y eso no era lo mejor: el torio 232 no era raro. Era abundante en el universo. ¡Abundaba! ¡Había mucho! Y esto se confirmó cuando su búsqueda radiométrica-espectográfica descubrió siete lunas con posibilidades solo en ese sistema solar.

Cinco de ellas habrían requerido excavaciones subterráneas, de manera que debían desecharlas. De las dos restantes, una, la más apropiada, estaba a siete meses de viaje. Pero en la luna más cercana, a cinco días de viaje, había un ochenta y siete por ciento de probabilidades de que los depósitos de mineral estuvieran cerca de la superficie. Sin pozos, apeas o problemas de ventilación por el gas radón. Quizá podría hacerlo. El *Enano Rojo* era una nave minera, tenía todo el equipo necesario: los vehículos excavadores, las plantas de procesamiento, ¡toda la enchilada!

Cuando regresó a su dormitorio, a su cansado cerebro le llevó un tiempo procesar qué era lo que había cambiado.

Al principio creyó que había salido del ascensor en una planta equivocada y que ahora estaba en el dormitorio incorrecto. Después vio su pez de colores, solo que el agua estaba limpia y se podía ver el Vaticano con bastante claridad. Miró alrededor.

Las paredes grises de metal se habían desvanecido tras un estampado floral victoriano en distintos tonos rosas agradables. Las colchas eran de fino ganchillo color crema y había un pequeño telón de teatro en un estampado de capullos de rosa colgando sobre el ojo de buey. Una alfombra Aubusson con tintes color salmón se extendía desde debajo de las literas hasta el nuevo lavabo de porcelana. La zona de estar estaba separada de las literas por una cortina de seda roja, con lazos dorados. La mesa del centro de la habitación estaba cubierta con un mantel redondo de flores silvestres, sobre el cual descansaban filas de botas recién pulidas y pilas de ropa inmaculadamente doblada.

Era horroroso.

Era una atrocidad contra el orgullo masculino.

¿Qué diablos estaba pasando?

Kryten miró a Lister por encima de la ropa planchada.

—Buenas tardes, señor Lister.

—¿Qué has hecho?

—He ordenado esto un poco.

—¿Qué es esto?

Lister extrajo un elemento irreconocible de su pila de ropa limpia.

—Sus calzoncillos, señor David.

—Estos no son mis calzoncillos —dijo Lister—. Pueden doblarse. ¿Qué le has hecho a este sitio? ¿Qué es esto? ¿Este bol de virutas de lápices perfumadas?

—Popurrí, señor.

—¿Popu... qué? ¿Dónde está todo? ¿Dónde está mi piel de naranja con mis colillas? ¿Dónde está lo que sobró del curry del miércoles? ¡No me lo había acabado! ¿Dónde está mi taza de café llena de moho?

—La tiré, señor. La tiré.

—¿Que hiciste qué? Estaba criando ese moho. Lo llamaba Albert. Estaba intentando que creciera hasta el metro.

—¿Por qué, señor?

—Porque sacaba de quicio a Rimmer. Y sacar de quicio a Rimmer es lo que me hacía feliz. ¿Por qué lo hiciste?

—Los dos señores Rimmer me lo ordenaron, señor. Incluso me recomendaron la decoración. Dijeron que era muy «de su estilo».

Lister se sentó en la *chaise-longue* tapizada en verde manzana, cerca de la glicinia de plástico y se preguntó por dónde podía empezar. Había algo de Kryten que le perturbaba, pero no estaba muy seguro de lo que era. Era un esclavo y Lister odiaba eso. Por algún motivo, la humanidad parecía estar obsesionada con esclavizar a alguien: esclavitud negra, esclavitud de clases, esclavitud del hogar y ahora esclavitud mecanoide. Entonces le vino a la mente: no era la condición de esclavo lo que más le molestaba, que lo hacía, era la actitud del esclavo feliz. Era el consentimiento, la conformidad con que obedecía, la voluntad de ser esclavo.

—¿Y tú qué? —le preguntó Lister mientras Kryten seguía planchando—. ¿Nunca has querido hacer algo solo para ti?

—¿Para mí? —se rió Kryten con disimulo—. Esa es una idea descabellada, si me permite el comentario, señor.

—¿No hay nada que te guste?

Kryten se detuvo, con la plancha humeante en su mano durante un minuto, intentando pensar una respuesta.

—*Androides* —dijo, al fin—. Me gusta *Androides*.

—¿Además de *Androides*?

Kryten tenía otro pensamiento.

—¿Una nueva bayeta ecológica? —se aventuró.

—Además de las telenovelas y de los utensilios de limpieza.

Kryten se quedó callado.

—¿Qué te parece la extracción de torio?

Kryten parecía desconcertado.

—Sígueme.

Encontraron al Gato en el corredor Omega 577, durmiendo plácidamente en lo alto de un estrecho armario, con una redecilla protegiéndole el tupé.

—Hey, Gato, despierta.

Lister aporreó el armario. El Gato abrió un ojo.

—Más te vale que sea importante. Estaba durmiendo. Y dormir es mi tercera cosa favorita.

—Vamos. Sígueme.

Un bostezo dividió su cara en dos e hizo que su cabeza pareciera dos veces mayor en tamaño. Bajó del armario, arqueó la espalda y se estiró hasta que su nuca tocó los tacones de sus zapatillas de estar en casa doradas y bostezó de nuevo. Abrió la puerta del armario, rebuscó dentro y se cubrió los hombros con un batín de imitación de piel de pingüino emperador, antes de destapar una botella de leche y llenar una copa de cristal. Hizo gárgaras, orinó en el armario y siguió a Lister y a Kryten por el pasillo.

—¿Dónde vamos?

—A excavar.

VEINTICINCO

Los dos Rimmer, vestidos con chándales idénticos, saltaban, batiendo los brazos simultáneamente al compás de la música y animándose con gritos el uno a otro.

—¡Vamos, mantén el ritmo!

—¡Tú también!

Aterrizaban, agachados como sapos, y se elevaban de nuevo.

—¡Salta!

—¡Estira!

—¡Salta!

—¡Estira!

—¡Salta!

—¡Estira!

Los dos Rimmer estaban solos a bordo del *Enano Rojo*.

Lister, Kryten, el Gato y doce *skutters* se habían marchado en el *Enano Azul*, cargado con equipo de excavación de superficies, en busca de los depósitos de torio de la negra luna desértica que se extendía ante sus pies. Los dos Rimmer debían quedarse en la nave para supervisar a los ochenta y cuatro *skutters* restantes que realizaban la soldadura de las dos mitades del *Nova 5*. Tenían que vigilar la restauración de la nave, para hacerla capaz de volver al espacio.

¡Estaban al mando!

A cargo de la operación principal, un desafío de la ingeniería. ¡Y estaban al mando!

Holly había estimado que la operación tardaría dos meses en completarse, como mínimo. Pues bien, los dos Rimmer lo harían en la mitad de tiempo, lo habían decidido. No, en un cuarto de ese tiempo. ¡Bajo la excelente gestión de dos Arnolds J., esos *skutters* iban a dejarse las pinzas trabajando! Esa nave estaría lista en dos semanas. Estaría lista, nueva y reluciente, para cuando Lister regresara con su botín de uranio. Imagina su estúpida cara de cerdo, incapaz casi de disimular su admiración.

«Tengo que admitir que formáis un gran equipo», diría.

Mientras tanto estarían poniéndose en forma, preparándose para el auténtico calvario que les esperaba. Estaban en el día uno del nuevo régimen.

—¡Salta!

—¡Estira!

—¡Salta!

—¡Estira!

—Y... ¡descansa!

El Rimmer original se desplomó en el suelo.

—¡No, sigue saltando! —gritó el doble, sacando fuerzas renovadas de la flaqueza de su otro yo. Con la cara roja, Rimmer comenzó de nuevo.

—Tienes razón —gritó— sigamos. Más allá de la barrera del dolor.

—¡Salta!

—¡Estira!

—¡Salta!

—¡Estira!

—Y... ¡descansa! —dijo Rimmer de nuevo.

—¿Qué estás haciendo, tío? —bramó su copia, aún saltando.

—Estoy descansando. Todo se vuelve gris.

—Esa es la barrera del dolor, ¡véncela!

—¡Por supuesto!

Comenzó a saltar de nuevo.

—¡Arriba, arriba, arriba!

—¡Más, más, más!

—¡Salta, salta, salta!

—¡Estira, estira, estira!

—¿Descansa, descansa, descansa? —suplicó Rimmer.

—¡No, no, no! —insistió el doble.

Siguieron saltando durante un minuto más, sin aliento para poder hablar.

—¡Y... descansa! —susurró el doble por fin.

Rimmer aterrizó en el suelo y sus piernas flaquearon. Se tambaleó hacia atrás en dirección a la litera y cayó de rodillas. Las glándulas al final de su garganta estaban produciendo saliva en cantidades industriales.

—Muy buena sesión —balbuceó—, ese poquito extra, eso es lo que importa. Atravesar la barrera del dolor, llegar al borde de la inconsciencia.

—Me... debes... siete —dijo el doble a gatas, resollando como un gaitero octogenario con bronquitis.

—¿Qué? —soltó Rimmer, con la cara bastante amarilla.

—He hecho siete flexiones más... mientras estabas... descansando.

—Vamos. No nos vamos a poner a contar flexiones, ¿no? Total, ¿qué son un par de flexiones entre duplicados?

—Es por... tu propio bien. Estoy... siete flexiones más en forma... que tú. No podemos... dejar que eso pase, ¿verdad?

—Será lo primero que haga por la mañana, mientras estés dormido.

—¡Ahora! —chilló el doble.

Rimmer se alzó sobre sus temblorosas piernas blancas y comenzó a saltar de nuevo.

—Una... —contó— dos... tres...

—Eso no ha sido una entera, cuéntate media.

—Tres y media... —contó.

—Esa tampoco ha sido entera; llevas tres.

—¡Cuatro!

Rimmer se levantó a quince centímetros del suelo.

—¡Tres y un octavo! —corrigió el doble.

—¡Cuatro y un octavo!

—Tres y media —fue el veredicto.

Al final, tras veinticinco flexiones, el duplicado de Rimmer consideró que había hecho siete.

—Has visto —dijo el doble—, esto es trabajo de equipo. Yo te empujo y te animo...

—Y yo te empujo y te animo —jadeó Rimmer. Y entonces vomitó.

—Está bien —se frotó las manos el doble—. ¿A qué hora nos levantamos?

—Esa es una buena pregunta. Pronto. Muy pronto. ¿A las ocho y media?

—¿Cómo? ¿Y perder la mitad del día? ¿Qué tal a las siete? —preguntó el doble.

—¿Qué tal a las seis? —le superó Rimmer.

—No. ¡A las cuatro y media!

—¿A las cuatro y media? ¡Si eso es noche cerrada!

—Queremos que esté listo para mañana, ¿no es cierto?

—Sí, pero a las cuatro y media... —se quejó Rimmer—. ¡Es ridículo!

—¿Por qué es ridículo? ¿Crees que Napoleón, en la víspera de la batalla de Borodino, dijo: «Despiértame mañana a las nueve con dos huevos fritos y una tostada de soldados»?

—Tienes toda la razón, Rey.

Rimmer activó por voz el despertador digital y se subió a su nueva litera.

—¿Qué estás haciendo? —El doble le miró sospechosamente.

—Me voy a la cama, As.

—Son solo las dos de la mañana, tenemos que repasar las técnicas de soldadura.

—Pero si nos vamos a despertar en un minuto —dijo Rimmer con patetismo en su voz.

—Tú repasas la metalurgia y el tiratrón en los sistemas de control térmico y yo repasaré la soldadura de magnesio y las técnicas de soldadura química. Después nos preguntaremos el uno al otro y el que falle más tendrá que hacer cien saltos más antes de acostarse.

—Una vez más, Arn, odio reconocerlo, pero estás en lo cierto.

Los dos Rimmer se fueron a la cama a las 3:37 de la mañana y se despertaron cincuenta y tres minutos después para comenzar sus ejercicios matinales.

VEINTISÉIS

Lister cambió de la primera a la quinta marcha y el *Enano Azul* se tambaleó como un borracho sobre el desierto negro sin aire de una luna sin nombre. Los vientos de helio azotaban la arena, convirtiéndola en espirales que se retorcían en el seco paisaje sin formas como un conjunto de peonzas de juguete.

Lister aterrizó el artefacto minero con la gracia natural de un elefante suicida cayendo de la Torre Eiffel.

—Buen aterrizaje, tronco —dijo el Gato, intentando abrirse paso entre la pila de armarios que se habían desplomado sobre él.

Lister le lanzó al Gato un traje espacial.

—Póntelo.

El Gato miró al viejo y sucio traje espacial plateado con desdén.

—¿Estás de broma? No usaría esto ni para pulir mis zapatos.

Lister se introdujo en el suyo.

—Póntelo.

—¿De verdad quieres hacerme creer que estas hombreras se llevaron alguna vez?

—Póntelo.

El Gato sostenía el traje a la altura de los hombros.

—Bueno, quizá si ensancho las solapas, coloco un par de aberturas, quizá algunas lentejuelas en las piernas...

—Vamos a excavar —dijo Lister—. Esto no es *Fiebre del Sábado Noche*, vamos a trabajar.

Kryten entró en la sala procedente de la cocina del *Enano Azul*, sujetando una bandeja con los utensilios del té y un plato con pastelitos.

—Creí que podríamos tomar un té —dijo, colocando las tazas sobre los platillos.

—¡Vamos a excavar!

Lister lanzó el guante de su traje espacial contra la pared.

—¿Leche o limón? —dijo Kryten sonriendo.

—¡Estás a cargo del procesamiento! No puedo hacerlo todo yo solo.

—Yo tomaré leche —dijo el Gato.

—¿Es que nadie me está escuchando? Vamos a excavar en una mina de torio. La atmósfera de ahí fuera es de helio. Va a ser duro y va a ser peligroso.

—Con más razón —dijo Kryten— debe meterse en el cuerpo una buena taza de té caliente.

Lister infló las mejillas y expulsó el aire. Arqueó la espalda por encima de la parpadeante luz naranja y verde del ordenador rastreador, que emitía pitidos con una regularidad fastidiosa mientras procesaba ejemplos de suelo en busca de la veta principal.

—Holly, ¿hemos encontrado el depósito?

—No —dijo Holly—. Debo darle otros veinticinco glimbarts.

—¿Qué es un glimbart?

—Son cincuenta nanoteks.

—Te lo acabas de inventar, ¿no?

—No —protestó Holly débilmente.

—¿Dónde está, entonces?

—No lo sé —confesó.

—Creía que tenías un coeficiente intelectual de seis mil.

—Seis mil no es tanto como crees —dijo Holly, apenado— es solo el mismo coeficiente intelectual que el de doce mil profesores de educación física juntos.

—Hey —dijo el Gato, ondeando el plato de los pasteles— ¿hay más de estos rosas?

—Marchando —dijo Kryten.

Lister se golpeó la cabeza suavemente contra la pantalla del ordenador rastreador y deseó, y no por primera vez, que un esperma distinto hubiera fertilizado el óvulo de su madre.

VEINTISIETE

Eran las 10:30 de la mañana y Rimmer ya llevaba en pie unas seis horas. Estaba en la cubierta del muelle de carga, dando órdenes innecesarias al grupo de *skutters* controlaba la grúa voladiza, que izaba suavemente la sección trasera del *Nova 5*.

—¡Un poco más arriba! ¡Arriba! ¡Arriba! ¡Más!

La grúa rotó con cuidado la enorme sección de la cola de manera que quedó suspendida sobre la mitad frontal de la nave.

—¡Girad! ¡Girad! ¡Seguid girando! —ordenaba Rimmer redundantemente—. Seguid girando, justo como lo estáis haciendo.

Era el tercer día del agotador nuevo régimen que los dos Rimmer se habían obligado a seguir. El horario quedó así:

Despertar a las 4:30. Ejercicios hasta las 5. Supervisión de reparaciones, seguida de almuerzo a las 9:30. Reunión de planificación a las 10. Tareas de supervisión hasta la cena a la 1 de la tarde. Más supervisión hasta la segunda cena a las 5. Lectura técnica hasta las 6 y supervisión de reparaciones hasta la tercera cena a las 9. Después descanso y recreo hasta la medianoche, seguidos de la cuarta cena y reunión de planificación hasta el momento de irse a la cama a las 2.

Por algún motivo, el nuevo régimen implicaba tener seis comidas holográficas al día y solo dos horas y media de sueño.

Rimmer estaba a punto de estallar. El límite de su paciencia era prácticamente inexistente, pero no iba a ser él el que dijera: «Dejémoslo ya». Eso le haría parecer débil y sin carácter, como el viejo Arnold J. Rimmer, no como el nuevo y poderoso ganador que era ahora. Haría que su doble flaqueara antes.

Las enormes cadenas chirriaron y crujieron cuando los *skutters* comenzaron a descender la cola para colocarla en su sitio frente a la sección anterior.

Rimmer se frotó los ojos, pensó en lo cansada que estaría su copia en este momento y sintió que las fuerzas venían de nuevo a él.

—¡Abajo —gritó— ¡Abajo! ¡Descendedla!

—Machote.

El duplicado de Rimmer bajó la escalera dando saltos hasta la cubierta de carga. Rimmer quedó sorprendido al ver lo fresco y espabilado que parecía su doble. ¿Había hecho trampas? ¿Había estado durmiendo en secreto en lugar de supervisar el inventario de suministros? Era totalmente posible. Había estado fuera tres horas. Y, con franqueza, tenía mucha mejor pinta de la que debería tener. ¿Pero cómo iba a mentirle? Sería como engañarse a sí mismo. Un momento, recordó Rimmer, yo hago trampas conmigo mismo.

—Machote —repitió el doble— lo estás haciendo mal. Deberías rotar la sección delantera alrededor de la sección trasera, en lugar de girar la sección trasera para que encaje con la delantera.

—¿Qué diferencia hay? —preguntó Rimmer ceñudo.

—Que si las sueldas en esa posición, la nave tendrá que despegar marcha atrás.

Rimmer miró a su alrededor. El doble tenía razón. La nave estaba apuntando en dirección contraria. ¿Cómo podría haber cometido un error tan estúpido? Seguramente por el cansancio. Entonces, ¿cómo se le había ocurrido a su doble? Seguro que estaba igual de cansado... a no ser que... ¡Lo había hecho! ¡Había hecho trampas!

—¡Deteneos! —gritó el doble a los dos *skutters* que manejaban la grúa—. Subidlo de nuevo y ponedlo como estaba.

—Disculpa, esta zona es mi responsabilidad.

—¡Giradlo! Como estaba antes. ¡Comenzad de nuevo!

—¡Deteneos! —gritó Rimmer.

La grúa se detuvo dando una sacudida. La enorme nave se balanceó en el aire colgada de su arnés.

—¡No, giradlo! —contraordenó el doble—. Tenemos que empezar de nuevo.

—¡Deteneos!

—¡Giradlo!

—¿Qué estás haciendo? ¡Es mi cometido! ¿No tienes que ir a echarte otra siesta monumental a escondidas?

—¿Qué? —dijo el doble, con la cara esbozando una media sonrisa que delataba su mentira— ¡No he dormido a escondidas!

—¿Ah, no? —se burló Rimmer despectivamente y les gritó a los *skutters* que se detuvieran de nuevo.

El peso de la nave que se balanceaba desgarró las patas traseras de la grúa. La grúa chirrió y se tambaleó; la nave se soltó del arnés y cayó en picado desde una altura de trescientos sesenta metros hasta la cubierta de carga.

Los dos Rimmer miraban, paralizados, como rebotaba sobre el acero del suelo antes de descansar, con la cola hacia arriba, magullada, pero estructuralmente ilesa.

La grúa cedió despacio hacia adelante y se desplomó sobre la parte trasera del *Nova 5*, cortándola en dos mitades perfectas, como un melón abierto.

VEINTIOCHO

Lister estaba sentado en la cabina sellada de la excavadora, tamborileando impaciente con sus dedos enguantados sobre el salpicadero. Después de cuatro días de excavación exploratoria, habían encontrado por fin un filón de torio y había cavado una zanja de veintiún metros de profundidad por cuatro y medio de ancho, que se extendía una longitud de veintisiete metros. Una vez que Lister hubiera extraído los bloques de un metro suficientes para llenar el vehículo de transporte lunar de ocho ruedas (VTL), el Gato conduciría el torio al laboratorio portátil, donde Kryten eliminaría la tierra y arcilla sobrantes y empaquetaría el mineral limpio en envoltorios sellados a bordo del *Enano Azul*, listos para ser transportados al *Enano Rojo* para su refinamiento.

Al menos, ese era el plan.

Pero había algunos problemas en el procedimiento. Y Lister estaba experimentando uno de esos problemas justo en ese momento, allí sentado en la excavadora en las profundidades de una zanja con la carga completa, esperando que el Gato volviera con el VTL. Llevaba esperando cerca de una hora. Golpeaba descorazonado a los dados de pelo amarillo que colgaban del espejo y se preguntaba si sería posible encontrar dos asistentes más incompetentes e inútiles en el universo para ayudarle a excavar uranio. Jorge III y Brian Kidd eran los únicos dos personajes que se le venían a la mente.

Había pasado el primer día al completo enseñando al Gato cómo conducir el VTL. Al principio se había negado incluso a escuchar las instrucciones de Lister, hasta que el vehículo hubiera sido personalizado a su gusto. Ahora estaba pintado de negro, con dos llamaradas emanando de las ruedas, veinticuatro espejos, cristales tintados y la propia cara del Gato pintada en el capó. Una vez que el vehículo estuvo a su gusto, consiguió aprender las habilidades de conducción básicas con bastante rapidez y, de hecho, ahora podía hacer derrapes y trompos incluso cuando el vehículo estaba cargado con tres toneladas de mineral.

El intercomunicador del salpicadero se encendió en la excavadora de Lister. Lister pulsó el botón de transmisión.

—¿Dónde estabas? Llevo intentando contactar contigo desde hace una hora.

Ffffzzzt...

—Estaba comiendo —dijo la voz del Gato.

—¿Comiendo? ¡Si hemos comido hace dos horas!

Ffffzzzt...

—Pues he comido otra vez —dijo el Gato.

Este era uno de los mayores problemas de la misión. El Gato insistía en comer a intervalos regulares durante todo el día. Cuando no estaba comiendo, estaba echando una siesta. Se echaba siete u ocho siestas al día lo que, defendía, era esencial: en caso contrario, no tendría energía suficiente para el sueño real de la noche. Cuando no estaba comiendo o echándose una siesta o durmiendo, estaba tomándose un descanso. Lister le había encontrado en numerosas ocasiones a bordo del *Enano Azul*, escuchando música con los auriculares de Lister y esnifando un libro. De la media de catorce horas de trabajo diario, el Gato podía trabajar duro unos quince minutos. De manera que Lister tenía que hacer mucho trabajo por su cuenta.

Kryten era genial. Una auténtica bendición del cielo... Si todo lo que necesitases en la vida fuera una bandeja de sándwiches triangulares de pepino sin corteza y una taza de té al limón. Si, por el contrario, necesitabas alguien que limpiara mineral de torio y lo empaquetara en envases sellados, todo lo que obtenías era otra bandeja de sándwiches triangulares de pepino sin corteza y una segunda taza de té al limón. La obtención de uranio no era trabajo para un mecanoide, seguía repitiendo. Era importante y peligroso y no podía aceptar la responsabilidad; y como ofrenda de paz, hacía otra bandeja de sándwiches.

Lister lo persuadió al fin de que tan solo era un trabajo de limpieza. Un trabajo de limpieza bastante extraño, pero trabajo de limpieza al fin y al cabo. Y entonces accedió a hacerlo. Al finalizar el tercer día, cuando Lister se pasó por el laboratorio portátil para ver qué tal le iba, se encontró una pila de mineral, sin tocar, en los tanques de espera. Dentro estaba Kryten trabajando aún en su primer cristal.

—Casi he terminado —dijo Kryten, rociando el torio con una capa más de cera y puliéndolo para una limpieza absoluta.

Lister había aporreado la cabeza de Kryten con un trozo de mineral y le explicó lo importante que era hacerlo un poquito más rápido. Desde entonces, no se había preocupado en volver a comprobar el progreso del mecanoide.

Mientras tanto, el Gato se había despertado de su última siesta.

Fffzzzt...

—He vuelto a la carga, colega —se oyó la voz del Gato— ¡Vamos a trabajar!

El VTL del Gato se elevó por encima de una duna, aterrizó seis metros por delante de sus ruedas delanteras, desafiando la suspensión y después retrocedió, con el capó en el aire, mientras el Gato lo dirigía hacia la zanja, realizaba una pirueta y lo hacía descansar en una nube de polvo lunar negro, en paralelismo perfecto con la excavadora de Lister.

Fffzzzt...

—Soy una máquina —suspiró el Gato, peinándose el tupé en el espejo retrovisor—. Cárgame. Tengo otra siesta programada para dentro de un minuto.

VEINTINUEVE

Rimmer permanecía sentado en la silla de metal frente a la mesa de metal, leyendo las tácticas estratégicas de la batalla de Borodino, la batalla crítica en el avance de Napoleón hacia Moscú. Estaba aprovechando su descanso de quince minutos y su período de recreo tras otro agotador día.

La misión para encontrar uranio de Lister llevaba fuera tres semanas, una más de lo previsto. Después del accidente que partió al *Nova 5* en tres, los dos Rimmer se habían entregado a una concentración máxima. Quince de los ochenta y cuatro *skutters* habían explotado debido al exceso de trabajo. Pero al menos el *Nova 5* había sido soldado de manera que ahora descansaba en las dos piezas originales en las que estaba dividido antes de que Lister se marchara. Después de tres semanas partiéndose la espalda, trabajando duro, estaban en el mismo sitio donde comenzaron.

Rimmer miró a su doble, que estaba sentado en el único sillón del dormitorio, bañado por el destello rosa de la lámpara de estudio, estudiando pinturas de mujeres renacentistas en su libro de arte florentino. Cuando se había empapado lo suficiente de un cuadro asentía al *skutter*, que pasaba la página.

Era extraño, pensó el Rimmer original, mirando a su duplicado. Nunca antes se había percatado de lo grande que era su nuez vista desde perfil, o lo pequeña y triangular que era su barbilla; no se había dado cuenta de que los agujeros de su nariz se abrían de esa manera o que su nariz se movía nerviosamente como una comadreja cada vez que se concentraba. Tenía una cara bastante estúpida en verdad.

Mientras lo miraba, su doble deslizó una mano en su bolsillo, hizo como si tosiera y dejó caer clandestinamente una pastilla de menta holográfica en su boca.

Patético. Muy, muy patético. Son pastillas de menta simuladas por ordenador. No hay límite de uso. Entonces, ¿por qué no me ofrece una?

Ausente, descendió su barbilla por debajo de la línea de la mesa y absorbió un caramelo holográfico de la línea de tres que tenía sobre la rodilla.

Porque es malvado, es patológicamente malvado.

El doble miró hacia arriba y le dedicó a Rimmer una media sonrisa, obligándole a volver a sus diarios napoleónicos. El duplicado se preguntaba vagamente si Rimmer sabía que estaba comenzando a perder pelo en la coronilla y si sabía lo pequeña y triangular que se veía su barbilla desde ese ángulo, sobre esa megalítica nuez, que subía y bajaba nerviosamente, como un hámster atrapado en una manguera de jardín. ¿Y por qué nunca le ofrecía uno de sus caramelos? ¿Por qué, en lugar de hacerlo, representaba esa estúpida charada de meter la cabeza bajo la mesa y chuparlos de su rodilla? Era malvado, no tenía otro nombre. Patológicamente.

Rimmer miró hacia arriba de nuevo y vio que su doble le miraba.

—¿Un buen libro? —preguntó.

—¿Mmmm? —dijo el doble, tragándose de golpe su pastilla de menta—. Sí, sí, arte florentino.

Rimmer sonrió con satisfacción.

—¿Qué es tan divertido?

—Nada —dijo Rimmer, sacudiendo la cabeza.

—No, dímelo. ¿Qué pasa?

—Estás mirando los desnudos de mujeres renacentistas. Me parece divertido.

El doble esbozó su familiar media sonrisa mentirosa.

—No, no lo hago. Es que me interesa el arte del siglo dieciséis. Es cierto que hay varios retratos de la *Madonna* sin hoja de higuera. Pero no me fijo en ellos particularmente.

—Sí, sí que lo haces. Te pirras por las domingas renacentistas. Y de ese par de la página 78 en particular.

Un tic de ira asomó en el labio superior del doble.

—¿Crees que soy del tipo de personas patéticas y tristes que podrían excitarse sexualmente mirando cuadros de pechos de matronas?

—Yo lo hago, así que tú también —dijo Rimmer, brillante—. Solo que, obviamente, nunca lo he visto desde fuera. Y aunque es triste y patético, lo admito, también es tremendamente divertido. Sobre todo la manera en que haces que el *skutter* vuelva a la página 78 como si hubieras olvidado algo.

—No tengo que quedarme aquí y aguantar esto.

—Sí. Eso es una buena idea. ¿Por qué no te levantas y me dejas que me eche un ratito en el sillón?

—Ohhhh —asintió el doble y sonrió— de eso se trata.

—Es mi sillón favorito —dijo Rimmer petulante— y siempre estás tirado en él.

—También es mi sillón favorito —protestó el duplicado.

—Cuando estaba con Lister, podía utilizarlo cuando quería. Ahora, contigo, estoy relegado a esta silla de metal frente a esta mesa de metal. Y tú te quedas con la lámpara rosa.

—Bueno, es que coincidió que el flexo estaba justamente al lado del sillón.

—Por lo que de vez en cuando podrías ofrecerme sentarme ahí.

—Ésa es la tontería más grande que he oído en mi vida, francamente. Estás cansado... creo que has trabajado demasiado.

—No estoy trabajando demasiado —siseó Rimmer—. Puedo sobrellevarlo.

—Bueno, no es una desgracia necesitar más de dos horas y media de sueño al día. La verdad es que muchos de los grandes personajes de la historia sobrevivían con tres horas o menos, pero eso no significa necesariamente que seas un completo fracaso si necesitas doce o trece.

—No necesito doce o trece.

—Entonces, ¿por qué te estás volviendo tan mezquino?

—No me estoy volviendo mezquino —lloriqueó Rimmer.

—¿Por qué sigues menospreciándome entonces?

Un silencio amargo inundó la habitación. Lo que más odiaba Rimmer por encima de todo era que le menospreciaran. Lister lo hacía, el Gato lo hacía y ahora él se lo estaba haciendo a sí mismo. Rimmer comenzó a arrepentirse de su arrebato. No le gustaba ver a su doble molesto y hasta llegó a pensar en acercarse a él y darle un abrazo. Pero en un momento de pánico homosexual, pensó que su doble podía pensar algo raro. No porque fuera a pensarlo, por supuesto, porque él era él y sabía a ciencia cierta que no tenía esas inclinaciones sexuales; así que obviamente su doble no lo era y obviamente su doble sabría que él no lo era y que tan solo era un simple abrazo de hombres... Quizás estaba cansado. Tenía mucha razón. Solo había dormido diez horas en los últimos veintiún días. Estaba casi alucinando por el cansancio.

¿Y quién tenía la culpa? Su doble. Rimmer no sabía cómo había empezado todo, pero de pronto se habían metido en un juego de «a ver quién es más exigente». Cada vez que Rimmer sugería un horario, su doble tenía que superarlo. Y a Rimmer le costaba mucho dejarle salirse con la suya, por lo que sugería algo más difícil todavía, ¡y su duplicado lo superaba también!

Ahora, después de veintiún días en ese plan, habían reducido a una hora y media su tiempo de sueño. Todo lo que necesitaba era descansar. Dos o tres días en la cama y volvería a ser el mismo de antes. ¡Tenía sentido! Había quemado a los *skutters* y roto la nave. Si hubiese pasado las últimas tres semanas en la cama sin hacer nada, estaría exactamente en la misma posición en la que estaba ahora. Decidió sugerir a su doble que se tomaran un par de días de descanso. ¿Qué importaba que su copia lo viera como un signo de debilidad? Se lo sugeriría igualmente.

—Estaba pensando —dijo en voz alta— en a qué hora nos vamos a despertar mañana.

—Yo también —dijo su doble— ¿Qué te parece si solo dormimos una hora y cuarto?

—¿Qué tal una hora? —dijo automáticamente Rimmer.

—No, mejor aún —dijo su doble—. Cuarenta y cinco minutos.

Rimmer se calló y deseó no haber hablado.

TREINTA

El *Enano Azul* se dirigía a toda velocidad hacia el muro de metal de la coraza del *Enano Rojo*. Justo antes de impactar, levantó el morro y siguió en vuelo rasante por el cuerpo de la nave, antes de dar la vuelta en rizo y colarse rápidamente a través de las puertas abiertas del muelle de carga. Giró en tirabuzón como un torpedo antes de ponerse en vertical y descansar sobre la plataforma de aterrizaje.

Lister miró al Gato con los ojos fuera de las órbitas.

—Es la última vez que conduces —le dijo.

Bajaron los peldaños de embarque y salieron al muelle de cargamento.

Ante ellos el *Nova 5* yacía en una sola pieza. Reparado, rematado y listo para volar. Lister estaba pasmado. Es cierto que habían estado fuera casi tres meses, recogiendo suficiente torio 232 para el viaje a casa, pero lo importante era que los Rimmer lo habían logrado. Habían hecho un trabajo de verdad y no lo habían jodido todo.

Pero a segunda vista Lister se percató de los restos humeantes de los ochenta *skutters* que habían explotado alrededor de la nave. De la puerta principal del *Nova 5* emergió un solo *skutter* con un láser soldador en su cansada pinza y bajó la rampa de embarque hasta el suelo del muelle de carga. Se deslizó dolorosamente por la cubierta, emitiendo un sonido peligroso y se detuvo frente a Lister, Kryten y el Gato. Su cabeza tembló como un payaso burlón y explotó en una llamarada naranja.

Los tres bajaron ruidosamente por la escalera hasta la cubierta de alojamiento y estaban a medio camino de sus habitaciones cuando oyeron las voces.

—¡Shhhh!

Lister levantó la mano.

Tenue al principio, con intensidad creciente, el sonido de una discusión acalorada se filtró por el pasillo.

—¿Qué me has llamado?

—He dicho que eres un gilipollas, ¡gilipollas!

—¿Que soy un qué?

—No cabe duda de por qué Padre te despreció.

—Yo era su favorito.

—¡Su gilipollas culo mojado favorito!

—¡Asqueroso mentiroso!

—Todo el mundo te odiaba. Hasta Madre.

—¿Perdona?

—Eres un mezquino lisiado emocional y lo sabes.

—¡Cállate!

—¿Qué tipo de hombre si no va a burdeles androides y paga por acostarse con robots?

—¡ESE NO ERA YOOOO!

—Por supuesto que sí. Yo lo sé y tú lo sabes.

—¡Cállate!

—Siempre has tenido miedo de las mujeres, ¿verdad?

—¡Cállate!

La disputa había comenzado a las ocho, poco después de la cena. Habían pasado cinco horas y no mostraba signos de decaer. Ninguno de ellos podía recordar por qué había comenzado o, incluso, qué estaban discutiendo. Solo sabían que habían estado en desacuerdo con respecto a algo. Era una guerra verbal. Habían ido más allá de la fase lógica: habían pasado la fase casi razonable, en la que cada uno pretendía que sus argumentos sonaran lógicos y coherentes y comenzaban con frases como: «Lo que quiero decir con esto es...», «El objetivo de esta idea es...», evitando que el otro saltara con el perenne: «Si me dejaras acabar...». Habían comentado los mismos argumentos de mil formas distintas durante un par de horas, antes de que se cansaran y la disputa se convirtiera en una guerra nuclear.

El doble de Rimmer había lanzado el primer misil: la referencia a *gilipollas*. Gilipollas. El mote de Rimmer en el colegio. Se irritaba irracionalmente cuando lo oía. La palabra le arrastraba a los infelices patios de colegio; le recordaba las bromas estúpidas de sus crueles compañeros, las mañanas en las que deseaba estar enfermo para no tener que ir en el autobús verde del colegio y tener esa palabra grabada con tiza amarilla en su chaqueta. Estaba marcado. Era una marca que podía desvanecerse pero que no desaparecía nunca por completo. Podría tener noventa años y una vida exitosa, pero si se cruzaba con un viejo compañero de colegio, para él seguiría siendo «Gilipollas».

Antes de que el doble lanzara el misil del mote, Rimmer estaba sin lugar a dudas a la cabeza de la disputa. El doble había dicho algo estúpido y Rimmer había estado hábil al decir: «Dame un ejemplo de eso», sabiendo a ciencia cierta que no había ejemplos que dar. Estaba pavoneándose arriba y abajo en pijama, con los brazos cruzados, un hombre de mando, un hombre con responsabilidades, cuando el misil «gilipollas» le impactó sin avisar, lanzándolo lejos.

—Lo siento, gilipollas.

Rimmer se quedó de piedra. Sus disputas nunca habían llegado a este punto antes. Habían llegado al DefCon Tres, pero nunca había pasado ese punto. Rimmer tuvo que emplear el dispositivo de honor consistente en pretender no haberle oído correctamente, mientras la corneta de su psique abandonada sonaba y sus pensamientos hechos jirones intentaban reagruparse y lanzar una ofensiva.

Pero su doble había capitalizado el silencio temporal de Rimmer lanzando tres misiles en una rápida sucesión. El primero sobre el odio que sentía su Padre hacia él. ¡KABUM! El segundo sobre que era un mezquino lisiado emocional. ¡KABUM! Y el tercero sobre que tenía miedo a las mujeres. ¡KABABABUM!

Rimmer iba a utilizar un misil de su propia cosecha. Su pierna izquierda había comenzado a sufrir espasmos debido a la ira. Sus ojos se habían ensanchado y exaltado. Ya había tenido suficiente. Iba a utilizar *el misil*. El misil que acabaría con el resto de misiles. El dispositivo de aniquilación total. Cuando su doble lo utilizó en su lugar.

—Oh, cállate —replicó el duplicado—, señor Gazpacho.

Rimmer se quedó helado, con la boca entreabierta, tambaleándose con cierto mareo. Se sentía como si alguien le hubiera absorbido las entrañas con una aspiradora.

—¿Señor qué? —sonrió incrédulo—. ¿Señor qué?

—He dicho: «Señor Gazpacho», tontaina.

—Esa es la cosa más hiriente que nadie ha dicho nunca...

—Lo sé —dijo entre risas diabólicas el doble.

La puerta del dormitorio de Rimmer se abrió.

—¡Esa era la gota que colmó el vaso! —le gritó Rimmer a su doble.

Después se giró y se dirigió al pasillo en el que aguardaban Lister, Kryten y el Gato.

—Ah, Lister, has vuelto —dijo calmado.

—Todo va bien, ¿no? —preguntó Lister.

—Por supuesto —sonrió Rimmer—. Sin problema.

—¿Todo bien, entonces?

—Sip.

—¿Seguro?

—Claro. Las cosas no podían estar mejor.

—Es que... oímos voces.

Rimmer se rió.

—Qué idea tan ridícula. Tener una discusión con uno mismo.

Desde el dormitorio, la voz del doble gritó:

—¡¿Puedes callarte la puñetera boca, Rimmer?! ¡Estoy intentando dormir!

—Bueno, quería decir —continuó Rimmer, ignorando el jaleo— que obviamente tenemos algunas rencillas. Es como si fuéramos hermanos, es decir... una pequeña trifulca, un intercambio de opiniones, pero nada malicioso. Nada de lo que preocuparse.

El doble chilló:

—¡Cállate, nenaza!

Rimmer le sonrió a Lister y, completamente tranquilo, dijo:

—Perdonadme, solo será un segundo.

Anduvo lentamente por el pasillo, se paró en el marco de la puerta y bramó a máximo volumen:

—¡Deja de lloriquear, mugriento trozo de recto dilatado!

Lister, Kryten y el Gato silbaban incómodos y miraban al suelo.

—Mirad, es inútil ocultarlo durante más tiempo —dijo Rimmer, dirigiéndose de nuevo hacia ellos—. Mi réplica y yo... hemos tenido una trifulca más o menos importante. No sé cómo comenzó pero, obviamente, no hace falta que os comente que es todo culpa suya.

TREINTA Y UNO

El plato vacío de la cena de Lister yacía en el suelo. Solo los restos rojos aceitosos de *phal* Bangalore y la mitad de su séptimo popadome, evidenciaban que se había cenado un banquete indio de cinco platos.

¡La Tierra!

Mientras yacía en su litera, empinando su octava lata de cerveza Leopard, Jimmy Stewart le pedía al pueblo que no retirara su dinero de la Compañía de Préstamos y Construcciones Bailey en la pantalla de vídeo del dormitorio.

¡La Tierra!

Estaba viendo *¡Qué bello es vivir!* de Frank Capra, su película favorita de todos los tiempos, pero no podía concentrarse, aunque fuera su escena preferida. La escena del pánico en Wall Street. La escena en la que Jimmy Stewart intenta calmar a la muchedumbre histérica que reclamaba a gritos poder retirar todo su dinero tras la quiebra de Wall Street. Pero el dinero no estaba allí, el dinero había sido invertido en las casas de la gente. Entonces Jimmy Stewart les ofrece el dinero de su luna de miel (les ofrece repartirse los dos mil dólares que va a gastarse en su luna de miel) para que puedan ir tirando hasta que el banco abriera de nuevo el lunes. Pero el tío gordo con sombrero se dirige al mostrador y sigue pidiendo todo su dinero, doscientos cuarenta y dos dólares, y Stewart tiene que pagarlo y le pide a la gente que coja justo lo que necesite. Y entonces una mujer se acerca al mostrador y dice que se las puede arreglar con veinte dólares. Entonces se acerca la buena de la señora Davis y le pide solo diecisiete dólares y cincuenta centavos, que era el punto en el que Lister comenzaba normalmente a balbucear, y las lágrimas cubrían sus ojos y no se atrevía a mirar a su alrededor por si alguien le estaba viendo. Pero esta vez no.

¡La Tierra!

La película era tan buena como siempre y nunca se cansaría de verla, pero no podía concentrarse en nada porque sabía que por fin iba a volver a casa.

¡La Tierra!

Ya casi podía verla.

El *Nova 5* estaba lleno de combustible y listo para partir. El pequeño grupo de *skutters* que habían vuelto de la expedición minera estaban llevando a cabo las últimas comprobaciones y cargando los suministros. Mañana partirían. ¡En unas semanas Lister estaría de nuevo en la Tierra!

¡La Tierra!

Ese orbe séptico. Ese mundo sucio y contaminado que amaba. Deseaba sentir el picor de la respiración en la calle de una ciudad. El hedor tan delicioso del mar aceitoso y mugriento en verano. Los parques en primavera, adornados con los vibrantes colores de los envoltorios de chocolate, los resbaladizos condones y las latas de refrescos aplastadas. Echaba de menos mirar al cielo invernal y ver de nuevo el enorme tapón artificial en la capa de ozono que se veía sobre la Tierra como un absurdo peluquín, construido en su época para reparar el daño causado por dos generaciones de humanos que querían darle sabor a su sudor. La Tierra. Era un vertedero. Era una pocilga. Pero era su hogar, sus orígenes, y por fin su destino.

Apagó la pantalla de vídeo y bajó de la litera. Era momento de hablar con los Rimmer. Era momento de decirles que cuando partieran mañana en el *Nova 5*, solo uno de ellos podría ir con él.

Rimmer había estado evitando a su doble desde la disputa. No sabía cómo comenzar una conversación conciliatoria. Se habían dicho cosas que... bueno, se habían dicho cosas. Cosas hirientes. Cosas amargas e imperdonables que nunca se podrían olvidar. Del mismo modo, no podía hacer como si nada hubiera pasado. Así que pasó el día en la biblioteca, evitando encontrarse con nadie.

A las 16:30 decidió que era suficiente y se dirigió sin dudar a su dormitorio, con un aspecto curiosamente descuidado. Su pelo estaba sucio y despeinado. Una barba holográfica de dos días cubría su barbilla siempre inmaculada como el mármol. Su uniforme estaba arrugado. Se dejó caer descuidado en la silla de metal.

Su doble estaba sentado en la litera, mirando a través del ojo de buey. Cuando Rimmer entró en la habitación, el doble miró por encima del hombro y después volvió a su tarea ignorándole.

Permanecieron sentados en silencio. Un minuto. Dos minutos. Tres minutos. Un silencio amargo y acusante. Ambos eran maestros en el uso del silencio y ahora lo estaban utilizando de una manera amarga y acusante. Tras veinte minutos de defensa, Rimmer no pudo aguantar más.

—Mira... —comenzó a decir— quiero disculparme por...— Rimmer dudó, sin saber en concreto por qué tenía que disculparse—. Quiero disculparme por todo.

—Ohhhhhh, cállate —dijo su doble despectivamente.

Los ojos de Rimmer se hundieron, haciéndose más pequeños.

—No te gusto, ¿verdad? Aunque yo soy tú, no te gusto nada. Aunque somos la misma persona, te caigo mal.

Su doble giró la cabeza, dejando de mirar por la ventana.

—No somos la misma persona.

—Sí que lo somos. Eres una copia mía.

El doble sacudió la cabeza.

—Soy un registro de lo que eras, de lo que solías ser. El hombre que eras antes del accidente. Has cambiado. Lister te ha cambiado.

¿Lister? ¿Cambiarle? Ridículo.

—No he cambiado. ¿En qué he cambiado?

—Bueno, para empezar, te has disculpado.

¿Qué era lo que solía decir su padre? Que nunca se disculpara, que nunca diera explicaciones.

—Lo siento —se disculpó Rimmer de nuevo—. Quería que fuéramos colegas otra vez.

—Oh, no seas patético.

Rimmer cerró los ojos y se dejó caer en el respaldo de la silla. ¿Ese era él? ¿Había algún espantoso defecto en su personalidad que impedía que tuviera una relación personal exitosa, incluso consigo mismo? ¿O pasaría igual con la mayoría de la gente? ¿Considerarían a sus propios *yo* irritantes y predecibles hasta el cansancio? Cuando vio su cara en el espejo por la mañana, era la cara que veía siempre: nunca veía su perfil, nunca veía la parte trasera de su cabeza; nunca veía lo que otra gente veía. Lo mismo ocurría con su personalidad. Tenía en mente una imagen idealizada de sí mismo; era una persona inteligente y sensible que hacía esta cosa buena o aquella otra cosa buena. Eliminaba los defectos. Encubría e ignoraba los vicios. Todas sus faltas se perdonaban y olvidaban.

Pero ahora se enfrentaba a ellos; todos sus defectos, personificados en su otro yo.

Rimmer nunca se había dado cuenta de lo impresionantemente insignificante que era. Lo alarmantemente inmaduro. Lo egoísta. Lo incomprensiblemente estúpido, en algunas ocasiones. Lo triste que estaba; lo solitario y lo hecho polvo.

Y estaba viendo esto por primera vez. Era como la primera vez que escuchó su propia voz en un contestador. Esperaba oír tonos suaves, claros, articulados y sin acento y se avergonzó al descubrir que no eran más que balbuceos incoherentes en un fuerte acento ioniano. En su cabeza resonaba como un presentador de telediario; en la realidad, sonaba nasal y monótono y constantemente deprimido. Y conocerse en persona era lo mismo, solo que peor, elevado a la milésima potencia.

Y había otras cosas. Al menos era un treinta por ciento menos atractivo de lo que creía. Estaba encorvado. Su pierna derecha temblaba constantemente, como si quisiera estar en otro lugar. ¡Roncaba! No el ensordecedor hannnnk-hnnnnnank de Lister; sus propios ronquidos eran, incluso, más irritantes, un gorjeo llorón, como un gran loro que es estrangulado en un cubo de agua con jabón. Era algo horrible de admitir pero había llegado a la devastadora e inevitable conclusión de que él, como compañero, era la última persona con la que deseaba pasar el rato.

¿Le pasaba a todo el mundo? ¿O solo a él? No lo sabía.

Tan perdido estaba en sus pensamientos que percibió solo vagamente el hecho de que Lister entraba en la habitación y anunciaba que el *Nova 5* solo podría mantener un holograma, de manera que uno de los Rimmer tendría que ser apagado.

—¿Cuál de vosotros será? —preguntó.

—¿Quién qué? —preguntó Rimmer.

—¿Quién va a venir al *Nova 5* y quién va a ser apagado?

—Bueno, es obvio que yo seré el que vaya —dijo Rimmer.

—¿Por qué «es obvio»? —dijo su doble.

—Porque yo soy el original. Estaba aquí antes.

—¿Y qué? Debemos echarlo a suertes.

—Noooo —dijo Rimmer a través de una sonrisa despectiva—. ¿Por qué debería echarlo a suertes? Puedo perder.

Lister sacó una moneda.

—¿Cara o cruz?

—¿Qué? —dijo Rimmer.

—lo que es justo, es justo. Tú eliges.

—¿Esperas que elija cara o cruz para ver si soy o no borrado?

Lister lanzó la moneda, la atrapó al vuelo y la cubrió con la mano.

—No pienso elegir.

—Yo elijo —dijo el doble.

—Yo elijo —dijo Rimmer con firmeza—. Cara... no, cruz. Quiero decir cruz. No, espera, cara, cara.

—Ha salido cruz. Te toca ser borrado.

—Todavía no había acabado de decidir. Creo que iba a elegir cruz. Sí, iba a hacerlo. Cruz.

—Demasiado tarde —dijo el doble—. Bórralo.

—Pero yo estaba aquí primero —protestó Rimmer—. Yo te creé, de algún modo.

—¿Y qué diferencia hay? Eres idéntico —dijo Lister—. Sois la misma persona.

—Pero no lo somos —lloriqueó Rimmer funestamente—. Ya no, no lo somos.

TREINTA Y DOS

Eran las cuatro de la mañana y Rimmer estaba sentado en la litera, con sus largos brazos abrazándose las larguiruchas rodillas y su cerebro luchando contra el sueño. Era irónico, pensó, que ahora que había asumido el estar muerto, ahí estaba él, a punto de ser eliminado para siempre.

Por la suerte de una moneda.

Pero así era la vida, pensó. La vida era la suerte de una moneda. Nacías pobre o nacías rico. Nacías inteligente, nacías estúpido. Nacías guapo, nacías con la cara como un funcionario de oficina de correos.

Cara lo eres, cruz no lo eres.

Rimmer sintió que la mayoría de su vida había sido «cruz». Las relaciones con las mujeres: cruz. El éxito profesional: cruz. Los amigos: cruz. Su vida en general: cruz, cruz y cruz. Nunca había estado enamorado, y ya nunca lo estaría. Nunca había llegado a oficial, y ya nunca llegaría. Nunca sería nada porque estaba a punto de ser borrado.

Está bien, seguiría habiendo un Arnold Rimmer, pero no sería él, sino su supuesto doble. Pero él no era un doble, eran distintos.

Se permitió una irónica risita. Ni siquiera había ganado en ser Arnold Rimmer; había dos y se había quedado segundo. Increíble.

La leche de increíble.

¿Qué había aprendido de su vida? ¿Qué, además de mantener el trasero lejos de las explosiones atómicas? Nada. No había aprendido nada. ¿Qué había logrado? Nada, de nuevo. Su vida era una misión sin objetivo.

En toda su vida, treinta y un años vivo y uno muerto, había hecho el amor con una mujer real una vez. Solo una vez. One. Ein. Une. Una vez. Uno elevado a uno. Lo que la constante Planck nunca puede sobrepasar. Pi dividido por sí mismo.

Yvonne McGruder. Una única y breve relación con la campeona de boxeo femenino de la nave. 16 de marzo, de las 19:31 a las 19:43.

Doce minutos.

Y eso incluía el tiempo que pasaron comiendo pizza.

En toda su vida había pasado más tiempo vomitando que haciendo el amor. ¿Era normal eso? ¿Era justo que un hombre pasara más tiempo con la cabeza inclinada sobre un váter que enterrado en el trasero de la mujer que amaba?

Siempre pensó que el problema era que no había conocido aún a la chica adecuada. Ahora, dado que la raza humana probablemente ya no existía, sumado al hecho de que él había fallecido, no tenía más remedio que admitir que quizá fuera un pelín tarde.

Nunca había tenido una buena racha. Nunca. Y tantas cosas en la vida dependían de la suerte.

Suerte.

Si Napoleón hubiera nacido galés, ¿habría sido su destino el mismo? Si hubiera crecido en Colwyn Bay, ¿habría sido un gran general? Por supuesto que no. Se habría casado con una oveja y trabajado en la tienda de comida rápida del pueblo. Pero no... tuvo la suerte de nacer en Córcega, en el momento justo de la historia en el que los franceses estaban buscando un brillante y bajito dictador fascista.

Suerte.

Van Gogh. ¿No fue por pura suerte que Van Gogh naciera completamente turuleta? ¿No fue por eso por lo que sus campos de girasoles se ven tal cual los imaginó? ¿No fue por eso por lo que hizo varios cientos de cuadros de sus viejas botas? ¿No fue por eso por lo que sus cuadros eran tan innovadores? ¡Porque tuvo la feliz suerte de nacer con un derrame en el órgano pensante!

¡Suerte!

¿Y John Derrick? El bastardo que nació con cara de elefante. ¿Cómo se puede fracasar? Solo tienes que estar ahí mientras la gente te mira con ojos desorbitados y tú te llenas los bolsillos.

Él era demasiado normal, ese era su problema. Demasiado ordinario y normal y saludable y amable. Un poco de locura, una pizca de sordera, el aspecto de un elefante, un lugar de nacimiento como Córcega y podría haber sido alguien. Podría haber sido el hombre elefante francés, sordo y loco, para empezar.

Se puso en pie y paseó por la habitación. Su cuerpo deseaba dormir, pero su mente quería despotricar. Era una tortura. Era el corredor de la muerte. Era el infierno. Si iba a pasar, quería acabar con ello. No podía soportar la agonía de pasar un día sabiendo que todo lo que hacía lo estaría haciendo por última vez.

Nada de mañana, quería ser borrado ahora.

—Quiero ser borrado hoy —dijo.

—Son las cuatro y media de la mañana —refunfuñó Lister, raspándose la superficie de la lengua con los dientes.

El duplicado de Rimmer saltó de su litera.

—¡Genial! Acabemos con esto.

—¿Qué crees que estás haciendo? —preguntó Lister.

—Voy a ir a mirar.

Lister sacudió la cabeza.

—No es ningún espectáculo.

El doble hizo salir el aire entre sus dientes con decepción.

—Hay muy poquito entretenimiento en esta nave. Si no puedes asistir a alguna que otra ejecución, ¿qué te queda?

Lister comenzó a vestirse.

—Te veré en la librería de discos en diez minutos.

Rimmer asintió y se marchó.

Cuando Rimmer llegó, Lister ya estaba allí, sentado enfrente de la consola del generador, sosteniendo una taza de café humeante y un donut relleno de mermelada glaseado con azúcar.

Estupendo, pensó Rimmer. *Ven a mi ejecución. Hay refrescos y dulces.*

—¿Te apetece algo de beber? —dijo Lister, sorbiendo su café aderezado con ron.

Rimmer negó con un gruñido. Llevaba su mejor traje azul de técnico de primera, con una fila de medallas colgándole del bolsillo de la llave de tuercas.

—No sabía que tuvieras medallas. ¿De qué son?

Rimmer señaló a la primera medalla con su dedo índice.

—Por antigüedad en el servicio de tres años.

Señaló la segunda.

—Por antigüedad de seis años.

Tocó la tercera.

—Por antigüedad de nueve años y... —se detuvo, con el dedo sobre la última medalla, como si recordara— y... um... por antigüedad de doce años.

Lister no sonrió.

—Vamos, tómate algo.

Rimmer capituló.

—Tomaré un whisky.

Holly simuló un vaso de Glen Fujiyama y Rimmer se lo bebió de un trago.

—¿Otro?

Rimmer asintió, incapaz de hablar, sintiendo como el revestimiento de su laringe se levantaba como si fuera papel de empapelar.

Un segundo whisky apareció en un vaso holográfico. Se lo llevó a la boca.

Rimmer no estaba acostumbrado a beber. Su cara brillaba. Su pelo parecía desenrollarse y caer sobre sus ojos. Apuró el vaso con ambas manos y dio un largo suspiro de hastío absoluto. Un suspiro que había estado dentro de él, intentando salir, durante treinta y un años.

—Gaaaaaaahhhhhhhhhhhhhhhhhhhhhhhhhh.

Se derrumbó en un asiento libre frente al monitor y movió su pierna derecha con impaciencia.

—¡Vamos! ¡Hazlo! Venga, apágame. ¡Vamos! ¡Bórrame! Elimíname. Vamos.

Lister se terminó su donut y se sacudió el azúcar de las manos.

—Oye, ¿qué problema tienes con el gazpacho?

—¿Cómo sabes lo del gazpacho?

—Escuché el final de la discusión. Y has estado gritándolo en sueños desde que me alisté; solo me preguntaba qué sería.

—¡Ahhh! ¿Te gustaría saberlo?

—Sí. Me gustaría saberlo.

—Me apuesto algo a que sí, Listi. —Rimmer agitó el dedo— es un secreto.

—Vamos, dímelo.

—No puedo. Es demasiado horrible —dijo Rimmer, uniendo las manos y colocándolas entre sus rodillas abiertas, con la espalda arqueada y los ojos fijos en el suelo de goma—. No puedo decírtelo. Me gustaría decírtelo pero no puedo.

—¿Por qué?

El entrecejo de Rimmer se arrugó como un fuelle.

—De acuerdo. ¿Qué diferencia hay? ¿Qué importa ahora que voy a ser borrado? ¿Quieres saber la historia del gazpacho? Te la contaré.

Echó la cabeza hacia atrás, cerró los ojos, y comenzó a contarle a Lister la mejor noche de su vida.

TREINTA Y TRES

—Fue la mejor noche de mi vida —comenzó—. Todos los viernes por la noche la capitán celebraba una cena formal en su comedor privado, en sus aposentos. Solo asistían unos cuantos oficiales superiores y sus parejas y uno, quizá dos, de los chicos y chicas más prometedores. Los jóvenes líderes. Los que pisan más fuerte. La gente que estaba en boga. Solo llevaba en la compañía cinco meses y la invitación llegó por debajo de la puerta. Sabía lo que era antes de abrirlo.

—*La capitán tiene el placer de invitar al señor A. J. Rimmer y acompañante. 20:30 a 21:00. Corbata negra, traje de noche. Se ruega confirmación.*

—Estábamos en órbita alrededor de Ganímedes; era una larga estancia para reparaciones. No sabía qué hacer, no tenía acompañante y no conocía a ninguna mujer lo suficientemente bien como para pedírselo. Así que, el viernes por la mañana, cogí la lanzadera, encontré la mejor agencia de señoritas de compañía de Ganímedes y la contraté... —los ojos de Rimmer soltaron dos lágrimas—. Era magnífica. Nada que pueda decir se acercaría a describir lo espectacular que era esta chica. Hacía que Marilyn Monroe pareciera un hipopótamo a su lado. Estaba en la universidad, haciendo un doctorado en ingeniería estelar y hacía de señorita de compañía para ganarse algún dinero extra. Tenía cuatro licenciaturas. Una de ellas era en algo que yo ni siquiera sabía pronunciar; así de inteligente era. Pagué la tarifa de la agencia, que era muy alta... y quiero decir, muy muy alta. Además le doblé la propina para que fingiera que teníamos una relación seria y para que actuara como si estuviera loca por mí. Solo en público —dijo Rimmer, ondeando su mano, como para espantar los malos pensamientos— no había nada ilegal.

—¡Oh, cómo deseaba que lo hubiera! Pero ese no era el trato. Todo estaba en regla.

—Fuimos de compras y le compré un vestido. No, era más que un vestido. Un señor vestido. Probablemente costó la cantidad equivalente a todo el presupuesto de la NASA para el siglo veintiuno. Tuve que escribir con lupa para que todos los números cupiesen en la casilla del cheque. Entonces —hizo un sonido vibrante con la lengua— salimos y elegimos un esmoquin para mí.

—Fue a casa para cambiarse y quedamos en el muelle a las seis.

—A las siete, aún no había aparecido. Llamé por teléfono a la agencia de señoritas de compañía, que mientras tanto se había convertido en un restaurante chino. Lo intenté con la universidad. ¿Y qué crees? No había universidad en Ganímedes. Me la habían pegado. Me habían timado. Había tirado tres meses de salario y ni siquiera tenía una cita. No podía creerlo. Cogí la lanzadera de las siete y media de vuelta al *Enano Rojo*. Les pregunté a las cinco azafatas pero me dijeron que estaban de servicio y no podían venir. Así que no quedaba más remedio: tenía que ir solo. Ya estaba humillado antes de cruzar la puerta.

—De manera que me presenté en las dependencias de la capitán sin pareja alguna. Todo el mundo llevaba acompañante. La mesa estaba dispuesta con tarjeteros para los nombres. Estaría sentado toda la velada enfrente de una silla vacía. Me preguntaron dónde estaba mi acompañante y me entró el pánico y les conté que había muerto en un accidente de coche esa misma tarde, pero que ya lo había superado.

—Nos sentamos y la cena comenzó. Sabía que había tenido un principio catastrófico por lo que intenté desesperadamente ser la leche de simpático, pero no le caí bien a nadie. Entonces recordé el chiste. Ledbetter me había contado ese chiste acerca de un cazador de osos de Alaska. Era gracioso, no era verde; era perfecto para una cena. En principio lo había reservado para el café, pero para ese entonces creía que no llegaría al café; con la silla vacía mirándome y el resto de los invitados convencidos de que mi novia yacía en alguna morgue por ahí mientras yo iba a una cena. Así que decidí que era el momento perfecto para contar el chiste. Y conté el chiste, y era un chiste largo. Entonces me di cuenta de que nadie estaba hablando, que todo el mundo me estaba escuchando contar el chiste y empecé a ruborizarme enseguida; podía notar cómo las orejas (que de por sí no pasan desapercibidas) y la nuca se me ponían rojas. De repente, sin motivo ninguno, se me olvidó el final. Me olvidé de la puntilla del chiste. Me olvidé de cómo acababa. Dejé de hablar y todo el mundo siguió mirándome. Tuve que decir: «Lo siento, pero no me acuerdo de más». Hubo una pausa. Una pausa horrible. Horrible. Horrible. Y pude ver al novio de la capitán mirándome con pena en los ojos, porque creía que estaba medio loco por el dolor. Y todo el mundo comenzó a hablar. Pero no a mí. Entonces los camareros entraron con el primer plato.

—Era una especie de sopa.

—Gazpacho.

—Mientras estaban sirviendo, estudié la cubertería. Me había comprado un libro de protocolo y sabía dos cosas. Una: nunca lleves diamantes antes del almuerzo, y dos: con la cubertería, empieza desde el exterior y ve hacia dentro. Comencé desde el exterior. Empecé tan desde el exterior que, sin darme cuenta, cogí la cuchara de la mujer sentada a mi lado. Solucionamos el problema y comenzamos a comer.

—Mi sopa estaba fría. Quiero decir, como un témpano. Miré hacia arriba. Todo el mundo parecía estar conforme. Llamé al camarero y le dije muy discretamente que mi sopa estaba fría. Me miró como si estuviera delante de un montón de estiércol. Se llevó la sopa y me la trajo caliente. Todo el mundo se echó a reír. Yo también me eché a reír. Y cuanto más me reía, más se reían ellos.

Rimmer se detuvo y levantó la cara hacia el techo. Sonrió a través de sus dientes apretados y entonces, como si cada palabra estuviera acompañada con una puñalada directa al corazón, centímetro a centímetro, dijo:

—No... sabía... que... el gazpacho... se... servía... frío.

Su cabeza cayó hacia delante de nuevo y prosiguió:

—Se estuvieron partiendo de risa. Y yo pensando que se reían del camarero, cuando se estaban riendo de mí todo el rato, tomándome el gazpacho ardiendo.

El recuerdo le inundaba como una ola en un mar de ácido. Se bañó en su agonía desolladora. Aclaró su garganta.

—Fue la última vez que comí en la mesa de la capitán —dijo Rimmer abriendo los ojos, que habían estado cerrados durante toda la historia—. Esa noche fue el final de mi carrera.

Hubo un silencio.

—¿Eso es todo? — dijo Lister —. ¿Es con eso con lo que has estado torturándote durante los últimos siete años? ¿Un error estúpido que cualquiera hubiera podido cometer?

—Si lo hubieran mencionado en el entrenamiento básico... en lugar de trepar por cuerdas y arrastrarse por túneles. Si alguna vez hubieran dicho «El gazpacho se sirve frío», ahora sería almirante. Sí que lo sería.

—Vamos, todo el mundo tiene recuerdos que le hacen sufrir. Y el noventa por ciento de las veces la única persona que recuerda el incidente es uno mismo.

—Bueno, ¿qué importa ahora? Vamos. Acabemos con esto. Bórrame.

—Y esas cosas casi siempre pasan con gente que no conoces muy bien y a la que no ves muy a menudo, así que, ¿qué más da?

—Acaba conmigo. Vamos.

Lister dio un trago a su café frío.

—Ya lo he hecho. Me he cargado al otro.

La emoción se reflejó en el entrecejo de Rimmer.

—¿Te has cargado... al duplicado? ¿Cuándo?

—Antes de que entrases.

—¿Y has dejado que... me fuera de la lengua?

—Sí. —Lister esbozó una amplia sonrisa— quería saber la historia del gazpacho y sabía que nunca me la contarías.

—Por supuesto que nunca te la contaría, porque me amargarías con bromitas acerca del gazpacho por toda la eternidad.

—Rimmer, te prometo que nunca mencionaré esta conversación de nuevo.

Rimmer le miró con sospecha.

—Siempre cumplo mi palabra. Soy un montón de cosas pero no soy un mentiroso.

Rimmer le miró de soslayo.

—Está bien. Te creo. Eres un cerdo repugnante pero cumples tu palabra.

—Gracias.

Rimmer se levantó de la silla.

—De modo que vuelvo a la Tierra, ¿no?

Lister asintió.

—Vamos todos a la Tierra.

Rimmer se dirigió a la escotilla haciendo eses.

—Vamos. Bajemos al Copacabana a beber algo en condiciones.

Lister se levantó y le siguió.

—Sí, mojito «al horno».

TREINTA Y CUATRO

Es extraño, pero años después, cuando Lister se acordaba de ello, siempre lo recordaba en blanco y negro. Y algo más; los recuerdos se precipitaban: no había detalles insignificantes, solo detalles importantes. Recordaba cómo le hormigueaba el cuero cabelludo cuando se abrieron las compuertas del muelle de carga.

Recordaba su mareo cuando el *Nova 5* rodó por la cubierta de carga y se sumergió en la oscuridad del espacio.

Recordaba la luz plateada que precedió a cada salto y la incomparable sensación de existir simultáneamente en dos puntos del universo, y después la sacudida cuando las células decidían estar en la nueva posición.

Quizá unos mil saltos.

Y allí estaba, en la pantalla del navegador.

El planeta Tierra.

Estaban en casa.

Tercera parte

¡La Tierra!

UNO

El gran reloj de la pared marcó las cinco de la tarde, Lister levantó el acceso del mostrador y giró el cartel de la puerta a «Cerrado». El Emporio del Shami Kebab Perfecto de Bailey acababa su jornada. Lister introdujo «sin ventas» en la vieja caja de hierro forjado y contó los ingresos de la semana. Catorce dólares y veinticinco centavos. Otra gran semana.

Deslizó la mano en el bote de caramelos, cogió un regaliz, se colocó el abrigo y la bufanda, se enfundó el gorro de cazador forrado y las manoplas y salió a enfrentarse con la blanca nieve crujiente. La campana de la puerta tintineó tras él; nunca había necesidad de cerrar la tienda aquí en Bedford Falls. Solo había un policía para toda la población de tres mil habitantes y pasaba casi todo el día dormido en su coche patrulla.

Lister cruzó la calle, masticando feliz su regaliz, y se dirigió al banco. Un coro navideño cantaba alrededor del memorial de guerra *God Rest Ye Merry, Gentlemen*, acompañados por una banda de viento. Le dedicaron un saludo caluroso y Lister se detuvo y les ayudó a terminar su villancico favorito.

—Feliz Navidad —dijo y soltó dos dólares en su lata mientras Earnie, el taxista, extrajo una petaca de su tuba y le dio a Lister un traguito de brandy.

Siendo más de las cinco de la tarde y Nochebuena, el banco estaba cerrado. Lister intentó abrir la puerta. Se abrió.

—¿Hola? ¿Hay alguien en casa?

El dinero estaba amontonado en pilas inmaculadas sobre el mostrador de madera. Era obvio que Horacio se había olvidado de colocarlo en la caja fuerte.

—¿Horacio? ¿Estás ahí?

Horacio apareció por la puerta trasera, con un pliego de papel de envolver y un poco de cuerda.

—Lo siento, señor Bailey, estaba envolviendo regalos para los niños del orfanato. ¿Ha intentado envolver alguna vez un hula-hop? Sería el tío de un mono si supiera cómo hacerlo.

Lister le tendió diez dólares y le pidió a Horacio que lo pusiera en su cuenta.

—¡Diez dólares! El negocio le va bien, señor Bailey.

Lister sonrió y sacó varios bastones de caramelo del bolsillo de su enorme abrigo.

—No tuve tiempo de envolverlos. Espero que a los huérfanos no les importe.

—No les importará, George. Feliz Navidad.

—Feliz Navidad, Horacio —dijo Lister y se giró para irse— ¿Sabes? Deberías comprar un candado o algo así para la puerta del banco.

—Eso dice todo el mundo, pero ni hablar, seguro que perdía la llave.

Lister se rió y salió a la calle de nuevo.

Los compradores de última hora intercambiaron Felices Navidades con él mientras volvió al Emporio, donde su viejo modelo de Ford «A» estaba cubierto de nieve. Cogió la manivela de su asiento y le dio vida al motor. Mientras giraba a la izquierda hacia el bar Martini sus brazos comenzaron a dolerle de nuevo así que se dirigió a la farmacia del Viejo Gower.

Sus brazos le llevaban dando problemas desde hacía un par de semanas. Era como una sensación de quemazón en sus hombros, un dolor insoportable a veces, pero el Doctor MacKenzie no podía averiguar qué le pasaba. No había marcas, no aparecía nada raro en los rayos X: era un auténtico misterio.

Cogió un tubo de ungüento de las estanterías del Viejo Gower y dejó caer veinticinco centavos en la caja abierta; después dirigió su viejo Ford a casa: el 220 de Sycamore.

Un par de pájaros, petirrojos, pensó Lister, cantaban en los lilos coronados de nieve que cubrían la avenida. La vida era estupenda. Todo parecía... bueno, perfecto. Pero, Dios, cómo le dolían los brazos.

Hacía dos años que habían regresado a la Tierra. Dos años desde que el *Nova 5* había completado los saltos duales que les devolvieron a su propio Sistema Solar. Dos años desde que aterrizaron en medio del desierto del Sahara. Cuando abrieron la compuerta y salieron al calor abrasador, como un espejismo sobre la cima de una enorme duna, un ejército de *jeeps* y helicópteros había descendido para reunirse con ellos.

¡La prensa mundial se había vuelto loca! ¡Los hombres de los tres millones de años! ¡Aventureros espaciales!

Las cosas no habían cambiado tanto. La raza humana seguía allí, unos quince centímetros más alta, pero seguía allí. Y también todo lo que se asimilaba a la raza humana: publicidad, consumismo, marketing, enormes ciudades sucias y gente intentando forrarse. Y se convirtieron en un fenómeno social: entrevistas, ofertas para publicación de libros, tertulias, promociones, contratos con patrocinadores... Lister lo odiaba. Era un trozo de carne en venta al mejor postor.

«Tengo tres millones de años... ¿Cuál es mi secreto? Como Palitos de merluza Breadman».

«He viajado por todo el universo y nunca he visto nada como el limpiador de alfombras Luton».

Rimmer lo recibió con entusiasmo, al Gato le encantaba pero Lister quería mantenerse al margen. Rechazó todas las ofertas, se cambió el nombre y optó por un pacífico anonimato en una ciudad del medio oeste americano. No podía creérselo cuando descubrió que había una ciudad llamada Bedford Falls. Había ido por capricho, para echar un vistazo y se quedó pasmado al descubrir lo mucho que se parecía a la Bedford Falls de *¡Qué bello es vivir!* Parecía que todos los seguidores de la película se hubiera agrupado para vivir en un *shangri-la* americano de los años 40.

No pudo ocultar su secreto al pueblo durante mucho tiempo; su cara había sido plastificada en todas las portadas de las revistas y periódicos durante seis meses, así que pensó que aproximadamente todo el mundo sabía quién era y de dónde venía. Pero hacían como si no lo supiesen. Le llamaban «señor Bailey» o «George», que era el pseudónimo que había escogido. Respetaron su intimidad y guardaron su secreto y le dejaron que viviera en paz el resto de su vida en este lugar idílico.

Pero algo le pasaba a sus brazos y estaba empezando a preocuparle.

Giró el Ford para entrar en el camino de entrada a su vieja casa y tocó el claxon tres veces. La nieve caía espesa sobre el césped y un enorme muñeco de nieve de dos metros sonreía, dándole la bienvenida. Lister sacó los regalos de Navidad del asiento trasero y hacía equilibrios por el camino al porche. Mientras empujaba la puerta con su espalda, podía escuchar cómo se mutilaba un villancico en un viejo piano. Le gustaba ese sonido. Para Lister, era mejor que la Filarmónica de Londres.

Entró en el salón de estar. Ardía un fuego de leña en la chimenea. Jim y Bexley estaban aporreando *Noche de paz* en el quejumbroso piano mientras Krissie se subía a una escalera de tijera, para colocar la decoración navideña en el árbol de Navidad. Se giró sonriendo y le lanzó un beso.

Cuando los niños se fueron a la cama, se sentaron a descansar en el sillón de cuero con los muelles saliendo por la espalda, mirando cómo el fuego chisporroteaba y escuchando a Hoagy Carmichael en el gramófono. Después de que Krissie subiera las escaleras que conducían a su dormitorio sacudido por las corrientes de aire y con el tejado lleno de goteras, sacó el ungüento (no quería que ella supiera lo de sus brazos) y comenzó a aplicárselo en las zonas doloridas.

Se quedó algo perplejo al ver que, cuando aplicaba la crema en las zonas que latían y dolían, parecía que iba dibujándose una palabra. Una palabra escrita en dolor dentro de su hombro.

La palabra era «MUERTE».

DOS

El largo Mercedes negro con los cristales tintados a prueba de balas se deslizó por los Campos Elíseos y se detuvo frente a la marquesina de entrada del rascacielos de ciento cuarenta plantas. Rimmer terminó su llamada al publicista y salió de la limusina. Una hilera de guardaespaldas mantenía a raya al grupo de adolescentes que habían acampado la noche anterior, con la esperanza de ver de refilón a A.J.R. Les concedió una débil sonrisa mientras atravesaba la marquesina y subía las escaleras de mármol que conducían al Edificio Rimmer (París). El Edificio Rimmer (París) era una réplica exacta del Edificio Rimmer (Londres) y del Edificio Rimmer (Nueva York). Le gustaba su arquitectura descollante de acero y cristal, así que no necesitaba cambiar el diseño. Las puertas eléctricas se abrieron y avanzó firmemente por la espesa alfombra blanca de visón, seguido por una manada de contables y asesores financieros que parecían ir con él a todas partes.

Mientras cruzaba el enorme vestíbulo, despidió a los asesores financieros hasta el día siguiente y asintió de forma casi imperceptible a Pierre, el licenciado por la Sorbona que había contratado exclusivamente para pulsar el botón del ascensor. Mientras esperaba, se giró de espaldas para mirar la colosal estatua en mármol blanco de sí mismo, capturado a mitad de un Rimmer-Completo, que el Cuerpo Espacial había aceptado como su saludo estándar oficial. El ascensor tardó noventa segundos en llegar, así que despidió a Pierre y pulsó él mismo el botón para la planta 140, su suite de lujo en el ático. El hecho de que podía apretar de verdad ese botón era la clave, en cierto modo, de la inmensa fortuna que había amasado desde su regreso a la Tierra dos años antes.

Después del recibimiento como héroes, su cerebro brillante para los negocios había aprovechado al máximo las ofertas que le habían propuesto. Con el dinero que recolectó gracias a la publicidad y a la publicación de sus memorias, creó varias corporaciones multinacionales, que financiaron los Centros de Investigación Rimmer, que finalmente inventaron el solidograma, un cuerpo sólido que albergaba su personalidad e intelecto. Ahora era exactamente igual a una persona viva, con el añadido de que era más o menos inmortal. El Solidograma se había vendido en una cantidad tal, que los ingresos procedentes solo de esa causa le permitieron comprar las Bahamas para «tener un sitio al que ir los fines de semana».

Le divertía una barbaridad saber que era uno de los tres o cuatro hombres más ricos del mundo, mientras Lister estaba encerrado en una hamburguesería de una ciudad perdida en medio de ninguna parte.

Contrató a un detective privado al que le llevó catorce meses encontrarle. En este momento Rimmer estaba inmerso en complicadas negociaciones para comprar toda la ciudad, que pretendía convertir en una enorme granja de gusanos. Solo para amargarle.

Salió del ascensor y pasó la piscina en forma de mano del jardín del tejado. Hugo, uno de los jardineros, estaba quitando flores de cerezo de la superficie del agua.

—¡Señor Rimmer! —gritó—. La señora Juanita se siente indispuesta de nuevo.

Rimmer suspiró. «Indispuesta» era el código que indicaba un gran ataque de histeria brasileño. Su mujer estaba teniendo una de sus rabietas habituales. Juanita Chicata era sin duda la mujer más guapa del mundo. Todo en ella era clásico, desde la punta de su perfecta nariz a los dedos de sus bellos pies. Los ojos del color del fuego, el pelo de pantera negra, los labios peligrosos. Una mujer peligrosa. Hizo dos fortunas, la primera como la modelo más importante del mundo y la segunda como la actriz más importante del mundo. Y era una gran actriz, no era una modelo que basaba sus actuaciones en su físico, realmente era la mejor actriz del mundo. Y tenía diecinueve años. Tenía belleza, cerebro, talento, todo. Por fin Dios lo había hecho bien.

Todos los hombres, todos, la deseaban.

Y se había casado con Rimmer hacía dos veranos. Esto era otro motivo de risa para Rimmer. Mientras Lister había acabado con una chica normal y corriente, él había adquirido una «Bomba Brasileña».

Ahora la Bomba Brasileña estaba explotando en la habitación principal de su apartamento en el ático. Rimmer vagaba por el exótico jardín chino, mientras cuatrocientos miembros del personal de catering preparaban la habitual fiesta de los sábados por la noche. La carpa había sido erigida dominando la vista del destellante Sena, los cuatro mil cohetes estaban preparados en su sitio, la mesa del buffet de doscientos setenta metros estaba abarrotada a punto de desbordarse con la comida que había volado desde todos los rincones del mundo esa misma mañana, cuya pieza maestra era una réplica del cuerpo desnudo de Juanita en caviar. Incluso así, incluso esculpido con pequeños huevos negros, era un cuerpo que le volvía loco. No podía evitarlo, se inclinó y mordisqueó sus espléndidos pechos (los reales estaban asegurados en diez millones) a los que no le había dejado acercarse en más de un año y medio. Razón por la cual, Rimmer estaba ahora con la cara enterrada en el caviar helado.

De repente, desde arriba vino un ruido de cristales rotos, y un gran piano Luis XIV se estampó contra las ventanas francesas de su dormitorio principal y aterrizó en el jardín, aplastando a un miembro del personal de jardinería.

A Rimmer le divirtió saber, a través del informe del detective privado, que Lister tenía un piano: un cacharro desafinado con carcoma que Lister había comprado en una tienda de segunda mano en Bedford Falls por cuatro dólares y treinta centavos. El piano de Rimmer, que ahora yacía en piezas sobre un sirviente que daba alaridos, había costado un millón. Era mucho para un piano que nadie tocaba, pero su mujer creyó que quedaría «bastante bonito» en el dormitorio, así que se hizo con él. Ahora, por supuesto, no valía ni siquiera el precio de una taza de té, porque ella lo había lanzado por la ventana porque se sentía... «indispuesta».

Juanita se sentía «indispuesta» a menudo, unas dos o tres veces a la semana y en cada ocasión los desperfectos ascendían a los tres cientos mil dólares. Pero Rimmer se lo podía permitir. Y ella era la mujer viva más hermosa. Y se había casado con él.

Cuando entró en el dormitorio principal encontró a Juanita arrojando pegotes de nata fría en un Picasso original, mientras dos criadas recogían los restos de un jarrón Ming del siglo V que había utilizado para destrozar la nariz de la estatua de Miguel Ángel que él le había dado un día como regalo de reconciliación.

Rimmer suspiró y sacudió la cabeza. ¿Por qué se había vuelto loca esta vez? ¿Cuál era el motivo de su pequeño disgusto de hoy? ¿Era porque era el segundo mes seguido en el que no era portada de *Vogue*? ¿Era porque era portada de *Vogue* y no le gustaba la fotografía? ¿Era porque había ganado medio kilo? ¿O porque había perdido medio kilo? Ambas cosas eran igual de desastrosas. ¿La criada le había traído té Lapsang en lugar de Keema? La última vez que lo hizo le costó a Rimmer tres Matisses y su colección completa de cerámica iraní. ¿El teléfono estaba sucio otra vez? ¿No había nada que quisiera ver en la televisión?

Fuera lo que fuera, estaba molesta, era obvio, porque ahora había cogido la espada samurái del siglo XII de Rimmer y estaba atravesando la cama de agua. El líquido caía felizmente sobre la irremplazable alfombra persa.

—Nita, Nita —la arrulló con delicadeza mientras se acercaba a ella—. ¿Qué te pasa? ¿Qué ha molestado a mi tortuguita?

Se giró hacia él, con aspecto feroz, con la espada de samurái sujeta sobre su cabeza.

—No puedo decírtelo. ¡No lo entenderías!

Insertó un Cezanne que colgaba sobre la cama y lo cortó en tiras finas.

—Me puedes contar cualquier cosa —dijo Rimmer suavemente.

—¡No *eshto*! ¡No te puedo contar *eshto*!

—Por favor. Dime por qué estás tan enfadada.

—¡Hugo! —chilló y, al mencionar su nombre, lanzó el Koh-i-Nor por la ventana hacia los Campos Elíseos.

—¿Qué pasa con Hugo? —dijo Rimmer, cogiendo el teléfono para arreglar el despido del encargado de la piscina.

—Ya no me hará el amor *nunca mais* —berreó. Entonces se dejó caer sollozando en el caos empapado de la cama de agua demolida —. Nunca *mais*. Dice que tiene miedo de que le *descubrash* y le *despidash*.

—Bueno, tiene razón —dijo Rimmer.

Entonces se dio cuenta.

Lo que había dicho. Estaba perplejo. Se sentía mareado.

Tenía náuseas. ¡Su mujer le era infiel! ¡Juanita y Hugo! ¡Su encargado de la piscina de hombros peludos había acariciado ese fabuloso trasero! ¿Qué diría la compañía de seguros?

Su mujer se había acostado con el encargado de la piscina. ¡Con razón el agua no estaba nunca a la temperatura adecuada!

Rimmer estaba... petrificado.

TRES

Lister estaba sentado a la luz roja del fuego, mirando a sus brazos y a los mensajes de ungüento de cada uno de ellos. ¿Cómo era posible que el dolor «escribiera» palabras? ¿Qué era eso? ¿Era algo dentro de él? El mensaje en su brazo derecho «MUERTE», ¿qué significaba? ¿Se estaba muriendo? ¿Algo dentro de él se estaba muriendo?

Se miró al brazo derecho: cuatro letras y un símbolo, pero no sabía lo que significaban. ¿Podría ser una coincidencia que el dolor hubiera escrito dos mensajes que resultaban ser legibles en sus hombros? Poco probable, pero no imposible. Después de todo, habían ocurrido algunas cosas extrañas desde que volvió a la Tierra. Encontró Bedford Falls como siempre lo había imaginado. Encontró a alguien que era una réplica exacta de Kristine Kochanski. Exacta. Hasta la sonrisa. Hasta la risa. Hasta el minúsculo lunar en su trasero. Que resultó ser descendiente directo de la oficial de tercera con la que tuvo un *affaire* a bordo del *Enano Rojo* hacía tres millones de años. Que resultó que se enamoró de él casi al instante y le dio dos hijos gemelos.

Y los niños. Ambos preciosos, ambos perfectamente formados, no daban ningún problema. Nunca lloraban, nunca se quejaban; hasta se cambiaban los pañales el uno al otro.

¿No era un poco extraño? ¿Niños que se cambian los pañales solos? Lister no sabía mucho sobre niños, pero Krissie siempre lo había aceptado como un comportamiento normal, de forma que él también. Además, no sabía exactamente cuando empezaban a andar y a hablar los niños, pero Jim y Bexley tenían solo quince meses y ya podían tocar el piano, conversar como adultos e incluso jugar con él a fútbol gravedad-cero en el jardín de la parte de atrás de la casa.

Antes nunca le había dado demasiada importancia a esas cosas. Su vida era prácticamente perfecta. Tenía todo lo que deseaba y ¿para qué preocuparse acerca de la suerte que había tenido?

El Emporio era otra cosa bastante peculiar. Ahora que se paraba a pensarlo, todas las semanas ganaba catorce dólares y veinticinco centavos, lo que, daba la casualidad, era lo que necesitaba para pagar sus gastos: la hipoteca, tres dólares; la comida, dos dólares; la gasolina, veinticinco centavos; el alquiler de la tienda: un dólar y medio; los ahorros, cinco dólares; dejando tres dólares y medio que utilizaba para ayudar a gente con problemas.

Se levantó y comenzó a pasearse por la alfombra raída. No le gustaba donde le estaban llevando sus pensamientos. ¿Cuántas veces había sido Nochebuena desde que llegó a Bedford Falls? ¿Quinientas, seiscientas veces? De hecho, ¿no era siempre Nochebuena? ¿Cómo era posible?

Bexley bajó las escaleras con su pijama del Pato Donald y sus zapatillas de Goofy.

—Hola, papi. Jim quiere un vaso de leche. No nos queda. ¿Te importa si voy a por una poca?

Lister miró a su hijo de quince meses mientras se ponía el chándal. Estaba grande para su edad, no había duda. Quince meses, podía hablar y vestirse solo. Era precoz.

—Voy a pasarme por el Viejo Gower —dijo, arrastrando las botas—. ¿Quieres algo?

Lister sacudió la cabeza. Bexley se puso de puntillas y abrió la puerta principal.

Lister escuchó arrancarse el Ford modelo «A» y Bexley se puso en marcha hacia el centro de la ciudad. A todo el mundo le parecía divertido que Bexley pudiera conducir el coche de Lister. Obviamente, era ilegal, pero Bert, el policía, pensaba también que era divertido.

—Conduce mejor que yo —solía decir—. ¿Por qué debería detenerle?

Eso sí que era raro. Un bebé de quince meses conduciendo hacia el centro para comprar leche para su hermano. Era bastante increíble. Bueno, era muy increíble. Era imposible.

Lister miró el mensaje de su brazo derecho. Cuatro letras, un símbolo. Un escalofrío le recorrió. Sabía lo que significaba. «E=MQV».

Sabía lo que significaba.

CUATRO

Era una tarde cálida de verano con la brisa justa para hacerla perfecta. Los Rimmer estaban celebrando una fiesta. Arnie y Juanita estaban divirtiéndose. Y todo el que era «alguien» y todo el que algún día iba a ser «alguien» estaba allí.

Los cuatrocientos miembros de la Orquesta Filarmónica de Nueva York, que volaron especialmente para esa noche, estaban tocando un tributo a James Last. Las primeras bailarinas de todos los ballets europeos estaban colocadas en jaulas doradas en el jardín del tejado, girando y haciendo piruetas para entretener a los invitados.

Cinco mil invitados en total.

Los hombres en esmóquines negros y las mujeres en fabulosos trajes de noche, mezclados entre una bandada de flamencos que Rimmer había alquilado para la noche.

Rimmer estaba sentado con su traje de cena blanco bajo la sombra de un parasol gigante, dando sorbos a un vaso de 1799 Château d'Yquem, dando conversación a los más famosos e influyentes. Un camarero servía sopa desde una gigante sopera dorada. Uno de los visitantes, miembro de la Familia Real británica, se quejó de que la sopa estaba fría. Rimmer se inclinó hacia él y murmuró discretamente en su oreja que era gazpacho y que el gazpacho se servía frío; era español.

—Bueno, no lo sabía —dijo el Príncipe de Gales.

Rimmer ondeó la mano de un modo poco metódico para aminorar la vergüenza del pobre hombre.

—No mucha gente lo sabe.

Rimmer vio de refilón la piscina y se hundió de nuevo en la depresión. Una palpitación se adueñó de su estómago. Le gustaba su piscina en forma de mano, pero nunca fue capaz de mirarla otra vez sin pensar en Hugo, el encargado de la piscina. Hugo, el acariciador del culo de los veinte millones de dólares. Le despidió, por supuesto, y después hizo unas cuantas llamadas de teléfono. Hugo no podría volver a utilizar una tarjeta de crédito. Nunca podría comprar en ninguna sucursal de Mark & Spencer's de todo el Sistema Solar. Ni comprar zapatos de cualquier empresa del grupo Burton. Y qué decir de cortarse el pelo en cualquier establecimiento francés. Y cierta empresa de comida enlatada que comienza por «H» había garantizado que a cierto individuo, que también comenzaba por «H», nunca le venderían ningún producto. El pobre hombre nunca disfrutaría de una tostada de alubias con tomate. Al menos, no de una buena tostada de alubias con tomate. Solo marcas inferiores del supermercado. Rimmer se había asegurado a modo de castigo que la vida de Hugo se hiciera insoportable.

Rimmer escuchó la sonrisa tintineante de Juanita y, mientras se abría paso entre los invitados a la fiesta, vio de reojo que ella se encontraba sobre el puente chino de la piscina, deslumbrando a algún productor con su ingenio y su belleza. A Rimmer le dio un escalofrío.

¡Llevaba ese traje! El que le había prohibido expresamente que llevara. El sujetador de cristal con los peces de colores nadando dentro, el fino cinturón rojo y ¡nada más! Solo los tacones de diamantes y la tira dorada del tobillo.

¡Un cinturón rojo! Eso es todo lo que llevaba puesto. Hirvió de ira. Ella era incontrolable. ¡Se le veía todo! ¡Todo! Y los invitados podían disfrutar de ello.

—Pero es tan ideal —discutió ella—. Adrienne lo creó especialmente para mí. Eres un mojigato.

Cuanto más le gritaba que se pusiera más prendas encima, más obstinada estaba ella en llevarlo puesto. Para llevarlo puesto y humillarle. Su único gesto de modestia eran los dos peces de colores, uno en cada copa del sujetador, y casi no se podía confiar en que permanecieran en posición de cubrir los pezones todo el tiempo. Odiaba a Juanita. Pero la amaba.

La Bomba Brasileña.

¿Qué podía hacer? Le volvía loco. Pero estaba harto de ella. El tercer hombre más rico de todo el mundo tenía una mujer que llevaba un sujetador con un par de peces de colores en las cenas de gala.

Intentó apartar sus ojos de ella y volver a la partida de RISK que estaba jugando con sus tres huéspedes favoritos. Era el turno de Julio. Con sus fichas amarillas había establecido un fuerte en África y se esperaba que tirara el dado y atacara Europa del Sur, donde las fichas azules de Rimmer tenían su segundo frente. El tercer jugador, el francés de los rizos, parecía muy serio. Si el asalto amarillo tenía éxito, podría entrar en Sudamérica con sus fichas rojas y tragarse las fichas verdes de George, que estaban agrupadas en masa en los Estados Unidos.

Julio tiró el dado y sacó tres treses. Rimmer sacó dos cuatros. Julio atacó y Rimmer se defendió, hasta que las hordas amarillas se redujeron a solo dos fichas. El italiano miró al cielo. Estaba acabado y lo sabía.

—Bueno, Julio, viejo zorro —sonrió Rimmer—. Parece que estás eliminado.

César se quitó la corona de laurel y se rascó su cabeza calva.

—¡Voy a por un trago! —tronó y se dirigió hacia la barra de la piscina.

—Así que —le dijo Rimmer a los dos restantes adversarios— solo quedan el señor Patton y el señor Bonaparte.

—¡Maldito seas, sucio hijo de perra! —dijo el General Patton tirando su puro a la piscina— tira el dado y acaba con esto.

Uno de los camareros, Rimmer no pudo recordar su nombre, se inclinó hacia él y murmuró discretamente.

—Hay un caballero en la recepción que insiste en verle, señor.

—Échelo.

—Él insiste, señor.

—Échelo. Estoy ocupado.

—Dice que su nombre es «Lister», señor. Dice que era su compañero en el *Enano Rojo*.

Lister esperaba en la biblioteca panelada en caoba, donde un hombre con traje de pingüino le hizo pasar al fin. Se sirvió un puro Habano largo y se sentó en el enorme sillón de lectura de cuero, con las piernas cruzadas sobre la mesa pulida de nogal. Las puertas dobles de tres metros y medio se abrieron y Rimmer entró en la sala, sonriendo.

—¡Listi! Cuánto tiempo sin vernos. Iba a invitarte, pero... no creí que esto fuera para ti.

—Te lo has currado mucho. ¿Qué eres ahora, el segundo hombre más rico del mundo?

—El tercero —dijo Rimmer modestamente—. Aún me queda mucho para ser el segundo.

—Y casado con Juanita Chicata.

—Ahí lo llevo —asintió Rimmer. Buscó en el cajón tras el escritorio—. Desde hace dos años. ¿Ya han pasado dos años?

—Sip.

—Te he echado de menos. No pude dormir en los primeros seis meses de matrimonio porque, por algún extraño motivo, Juanita no ronca como un cerdo.

Lister lanzó un aro de humo gris y sonrió de nuevo.

—Así que —dijo Rimmer, cogiendo una chequera de un metro de largo, con más páginas que una novela de James Clavell— por fin has venido a verme. ¿Cuánto necesitas? ¿Una, dos, tres, cuatro libras?

Rimmer echó hacia atrás la cabeza y rebuznó ruidosamente.

—Eres un gilipollas, Rimmer, la verdad es que eres un completo gilipollas.

—Pero un gilipollas rico, ¿eh? —rebuznó Rimmer de nuevo—. En serio, ¿qué quieres?

—Quiero —dijo Lister, inclinándose hacia delante— volver a la Tierra.

—¿Volver de nuevo?

—Esto no es la Tierra.

Rimmer sonrió sin entender nada.

—Tengo miedo, Arn —continuó Lister— cogimos un camino erróneo. Estamos en otro plano de realidad. De alguna manera hemos acabado jugando a *Mejor Que la Vida*. Solo somos un par de *mentes Juego*.

CINCO

No podía ser. Era... bueno, no podía ser. Rimmer siguió a Lister por los escalones de piedra blancos que conducían al jardín, donde la fiesta estaba aún en pleno apogeo. Lister estaba celoso, simple y llanamente. Rimmer no quería decírselo a la cara porque sería como reprochárselo. Pero era totalmente normal que estuviera celoso. Rimmer lo tenía todo. Había amasado una fortuna de cincuenta billones de libradólares, mientras que Lister había amasado una casa con goteras, un viejo coche, una mujer y dos niños. ¡El pobre chico se había vuelto loco! No podía aceptar que era un fracaso y Rimmer era un éxito, así que estaba intentando persuadir a todo el mundo de que estaban en una dimensión errónea de la realidad. Totalmente zumbado.

—¿Sabes algo del Gato? —preguntó Lister.

—No. Está en alguna isla cerca de Dinamarca. No he sabido de él desde que regresamos a la Tierra. ¿Y tú?

Lister sacudió la cabeza, sacó una botella de Dom Perignon del cubo de hielo y ambos se sentaron. Se enrolló las mangas.

—Deja que te enseñe mis brazos.

—¿Tus brazos?

—Mis brazos parecen totalmente normales, ¿verdad?

Rimmer miró sus brazos totalmente normales y asintió. Comenzó a buscar a sus guardaespaldas.

—Pero me duelen a rabiar. Y cuando me unto ungüento sobre las zonas que me duelen, se escribe un mensaje.

Rimmer sacudió la cabeza, sonriendo.

—Increíble.

—Mira.

Lister sacó un tubo de crema del bolsillo de su chaqueta y se embadurnó el brazo izquierdo con «MUERTE» y el brazo izquierdo con «E=MQV».

—Bueno, no quiero parecer escéptico —dijo Rimmer frotándose la cara con el dorso de la mano— pero tienes que reconocer que el efecto del que acabo de ser testigo podría haber sido producido por una persona loca con dos brazos y un bote de crema.

—¡Sí, pero estoy cubriendo las zonas de dolor! Es el dolor el que escribe el mensaje.

—¿El dolor?

—En mis brazos. Alguien está intentando enviarnos un mensaje.

—En tus brazos, a través de la crema.

—Mira, si estamos en el Juego, no sabremos que estamos en el Juego. Se protege a sí mismo, no te permitirá recordar que comenzaste a jugar.

—Pero nunca comenzamos a jugar.

—No, no nos acordamos de que comenzáramos a jugar. No es lo mismo.

Rimmer se dejó caer en su asiento y miró al jardín del tejado. Miró a las doscientas personas que bailaban la conga alrededor de la piscina. Miró a la falange de camareros que sostenían las bandejas de plata sobre sus cabezas mientras se deslizaban por el jardín, sirviendo el segundo plato del banquete. Miró al chef, en lo alto de una escalera, cortando generosas porciones de carne de la jirafa asada que rotaba lentamente en el asador de doce metros. ¿Por qué no iba a ser real esto?

—Si estamos en el Juego —continuó Lister— estaríamos vagando por algún lugar con electrodos en el cerebro, completamente alejados del mundo real. Alguien del mundo real nos está intentando decir que estamos jugando: quemando, cortando o arañando un mensaje en mis brazos: «E=MQV»: «Estás en *Mejor Que la Vida*», y «Muerte», quiere decir: ¡me estoy muriendo! Soy una *mente Juego*.

—¡Pero eso no tiene sentido! Creía que cuando estás en el Juego todas tus fantasías se hacen realidad. Pero, mírate, perdido en una ciudad cutre en medio de la nada, con una mujer, dos hijos y sin dinero.

—El dinero no es importante. —Rimmer resopló—. Bedford Falls y todo eso— dijo Lister, sacudiendo la cabeza melancólicamente— era todo lo que deseaba.

Hubo una serie de explosiones y cuarenta mil cohetes estallaron en el cielo nocturno, formando un retrato de Rimmer y Juanita en un corazón rosa de San Valentín. Mientras los invitados admiraban el espectáculo con la boca abierta, el retrato de fuegos artificiales cobró vida: la cara de Rimmer les guiñó el ojo y después se giró para besar la imagen de Juanita. Después hubo dos enormes estallidos y las dos caras se transformaron en el logo de la Corporación Rimmer.

La ovación duró diez minutos.

—Vamos, Rimmer, enfréntate a los hechos. Mira este sitio. ¿El Edificio Rimmer? ¿Con vistas a los Campos Elíseos? ¿Tu empresa inventando el Solidograma? ¿Casado con la actriz más famosa del mundo? ¿Algo de esto es remotamente creíble? —Lister se puso en pie y señaló a la piscina, con su voz ganando un octavo de incredulidad—. ¿Quiénes son?

Rimmer miró alrededor.

Lister estaba ondeando los brazos con nerviosismo.

—Los chicos bajo el parasol, aplaudiendo.

—Napoleón Bonaparte, Julio César y el General Patton.

—Ah, ¿y qué están haciendo aquí?

—Oh, eso. Tengo una explicación totalmente racional para eso — asintió Rimmer vigorosamente.

Lister cogió otra botella de champán.

—¿Cuál?

—Es algo... secreto por el momento. No se puede contar.

—Suéltalo.

Rimmer reflexionó. Bueno, sería de conocimiento público en una semana o así. No podía hacer ningún daño a nadie. Se inclinó a hablar con Lister como si se tratara de una conspiración.

—La Corporación Internacional Rimmer ha desarrollado una máquina del tiempo. Llevo probándola un par de meses, invitando a gente famosa de distintas épocas históricas para echar un rato en algunas cenas de gala.

Lister le miraba extrañado.

—¿Qué pasa con eso? —protestó Rimmer— ¿No te crees que sea posible?

—No, no lo creo. Pienso que querías conocer a esa gente y tu imaginación creó una casi creíble explicación para traerlos aquí.

—¡Eso no tiene sentido! —dijo Rimmer, pero sin convicción.

¿Sería verdad? ¿Podría haber fantaseado con la invención de una máquina del tiempo de forma que pudiera traer a César, Bonaparte y Patton (los tres generales más importantes de la historia) para poder vencerles al RISK, el juego estratégico de guerra para mayores de quince años? ¿Podría ser tan cerrado de mollera?

—Vamos —dijo Lister poniéndose en pie y acabando la botella— tenemos que encontrar al Gato.

Rimmer cogió el teléfono y marcó tres números.

—¿Harry? Pon el jet en espera. El señor Rimmer y un acompañante van a volar a Dinamarca esta noche— colgó el teléfono y se giró a Lister—. Espera en el coche, será mejor que me despida de, ummm...

Y desapareció.

—¿En mitad de *nueshtra* fiesta, te vas con tu estúpido amigo a Dinamarca?

Juanita, aún desnuda de cintura para abajo con excepción de sus tacones de diamantes, pisaba con furia el parqué del suelo blanco balaustrado del jardín. Rimmer hundió las manos en los bolsillos, avergonzado.

—Cariño, sé que es horrible, pero el tema es que hay una posibilidad... —Rimmer no sabía cómo decir esto—... hay una pequeñísima posibilidad de que no existas.

—¿Que no qué?

—Solo es una diminuta posibilidad y probablemente no hay nada de qué preocuparse. Pero si Lister tiene razón, eres un producto de mi imaginación.

—¿Y por ese motivo abandonas mi fiesta y vuelas a Dinamarca?

—Sí —dijo Rimmer— es una especie de emergencia metafísica.

—¿Ese hombre viene esta noche a tu fiesta con su estúpido gorro y te dice que tu mujer no existe y tú te vas volando con él a Dinamarca?

—Tienes razón, no iré. No iré. Por supuesto que existes. Voy a bajar al coche y le explicaré que hemos hablado de ello y que hemos llegado a la conclusión de que todos existimos y de que no queremos saber nada más de él.

—¡*Estásh* loco! Mi madre tenía razón. ¡Siempre me advirtió que no me casara con un hombre muerto!

Rimmer la miró: desnuda, con el trasero bronceado, mientras bajaba los escalones y se reunía con un grupo de gente que comían sus brochetas de jirafa asada. Examinó el grupo. Lenin, Einstein, Arquímedes, Dios y Norman Wisdom. Wisdom estaba vagando por ahí, riéndose histéricamente, con la chaqueta cayéndosele de los hombros. De repente, sin avisar, se lanzó al aire y aterrizó en el suelo. Lenin, Einstein y Arquímedes miraron hacia abajo con desdén. Dios escupió su Cinzano Bianco y aulló incontrolablemente, con las lágrimas resbalando por el rostro.

—¡Eso es humor! —dijo Dios— ¡Eso es humor!

No quedaba más remedio que admitirlo: había una remota posibilidad de que Lister estuviera en lo cierto.

SEIS

El largo Mercedes negro con los cristales tintados a prueba de balas rugió mientras rodaba sobre la brillante pista negra del Aeropuerto Internacional Rimmer (AJR) y aparcó junto al jet negro, el *Rimmer One*.

El viaje de veinte minutos se había desarrollado fundamentalmente en silencio. Lister había estado viendo la MTV en uno de los equipos de televisión del coche, en el que un concurso había proclamado a Rimmer el hombre más sexy de todos los tiempos. El segundo era Clark Gable y el tercero Hugo Lovepole. Rimmer había sonreído lánguidamente. Se estaba convirtiendo en una pesadilla. Si esa era realmente su fantasía, y todavía confiaba en la falsa esperanza de que Lister se equivocara, si esa era su fantasía, era bastante embarazosa. Su psique esperaba descubrirlo todo pronto.

El chofer dio la vuelta al coche, abrió una de las ocho puertas de pasajeros y estos salieron. Lister miró al chofer y estuvo a punto de saludarle, porque en principio creyó que le conocía. Entonces se dio cuenta de que no, pero que había visto su cara en alguna parte.

—¿Quién es el conductor? —le susurró a Rimmer mientras subía las escaleras del jet.

—Hace una noche preciosa, ¿no crees?

—¿Es alguien famoso? —insistió Lister.

—¿Quién?

—El conductor.

—No.

—¿Quién es, entonces?

Rimmer comenzó a subir los escalones.

—Es mi padre —dijo en voz baja—. Le traje con la máquina del tiempo.

—¿Para que fuera tu chofer?

Lister arrugó las mejillas mostrando su desconcierto.

—¡Sí! —siseó Rimmer.

—Estoy muy orgulloso de ti, hijo —dijo su padre—. Estoy tan orgulloso que casi reviento.

—Cállate —dijo Rimmer.

Cuando llegaron a lo más alto de los escalones del jet, comenzaron los gritos. Rimmer había estado temiéndoselo. Esperaba ser capaz de montar en el avión pasando desapercibido. Pero ni siquiera se le había permitido esta pequeña concesión. Cuando Lister se giró, vio que en el mirador de observación de la terminal del aeropuerto había veinte mil chicas que, atrapadas por la fiebre de la Rimmermanía, ondeaban su ropa interior y pancartas, gritaban y cantaban sin control.

—¡Arnold! ¡Te queremos!

—¡Arnieeeeeeeeeeeeeeeeeeeeeeeeeeeeeeeeeeeeeeee!

Rimmer sacudió la cabeza, con gesto humillado, sintiendo como sus mejillas se convertían en globos de un rojo brillante.

Gritarooooooooooooooooon cuando les medio saludó. Lister bizqueó, intentando leer las pancartas. «Arnie es valiente», podía descifrar. «Arnie ha tenido muchas novias». «Arnie es guay».

Se giró hacia Rimmer.

—Básicamente —sonrió— te gusta que te adoren, ¿verdad?

—Gracias, Sigmund —dijo Rimmer sin separar los dientes.

—Encantador.

—Mira, aún no estamos seguros al cien por cien de que sea una fantasía. Y si resulta que no lo es, te sentirás bastante estúpido cuando tengas que volver con tu tartana a Ciudad Perdida.

Rimmer agachó la cabeza y desapareció en el cuerpo del avión.

En realidad, Rimmer no estaba viendo la película que proyectaban en el avión, sino que llevaba los auriculares para evitar la sonrisa acusatoria de Lister. La película era «El cero y el infinito», que le había procurado su primer Oscar a Juanita. ¡Cómo recordaba Rimmer esa noche!: el agradecimiento de veinticinco minutos que preparó, dedicándole todos sus éxitos a él. La veía actuar en la escena del apartamento (la famosa escena del cóctel con aceituna). ¿Podría haberse inventado a esta mujer? ¡Era absurdo! ¿Por qué se habría inventado a esa mujer, bella sin par, que representaba sus mayores quebraderos de cabeza, con una *Q* mayúscula del tamaño de la Torre BT?

Porque quería la mujer más excitante del mundo. La más deseada, la más bella, la más... peligrosa. Pero, pudiendo elegir, ¿por qué permitía que fuera infiel con Hugo, el encargado de la piscina de hombros peludos? ¿Qué decía eso de su estado mental? Mentalmente inestable, eso era lo que decía. ¿Y por qué creó una negativa por parte de su mujer a la hora de hacer el amor con él los últimos dieciocho meses? ¿Por qué diablos permitió que eso pasara?

¿Podría ser porque incluso en sus fantasías no pudiera creerse capaz de ser amado realmente por alguien? ¿Era inevitable que le rechazara, poniéndole esas patéticas excusas acerca de que la compañía de seguros no le permitiría tocarle el trasero? ¿Y también era inevitable que se echara un amante... un amante más masculino que él? ¿Más machote? Oh, Dios mío.

Dios mío, Dios mío, Dios mío.

Se quejó silenciosamente. Su psique estaba ahí para todo el que quisiera verla: pútrida, roída y rancia. ¡Sus neurosis desfilaban como risueños concursantes del concurso Mister Universo!

Miró de reojo a Lister, que había sacado una cartera de cuero y miraba con tristeza las fotografías de su familia en Bedford Falls.

¿La fantasía de Lister podía haber sido más ridícula? ¿Una casa con goteras? ¿Un coche viejo? ¿Una tiendecita? Era tan... cursi. Una mujer corriente, dos hijos. Si estuvieran jugando a *Mejor Que la Vida*, podrían tener cualquier cosa que desearan. Cualquier cosa. ¿Y eligió eso? ¿Algo tan ordinario, tan insignificante, tan... normal?

Oh, Dios mío, Dios mío, Dios mío.

Esa era la verdad, ni más ni menos. La fantasía de Lister era mucho más madura que la suya. Lister no necesitaba mucho poder para ser feliz. Necesitaba catorce dólares y veinticinco centavos. No necesitaba una actriz despampanante deseada por todos. Solo necesitaba a alguien que cuidara de él. Hasta el coche. Rimmer tenía una extensión negra de su pene de siete metros y medio. Lister tenía una tartana para el desguace. ¿Qué quería decirle eso, que Rimmer tenía una limusina entre ceja y ceja y Rimmer tenía un Ford de los años cuarenta que necesitaba un taller urgentemente?

La fantasía de Lister era la de un hombre en paz consigo mismo. Un hombre que sentía que no tenía nada que demostrar. La de Rimmer eran los coches de siete metros y medio, edificios con ciento cuarenta plantas, aeropuertos, jets privados, un culo de veinte millones de dólares, una fortuna de cincuenta billones de dólares, su padre como su propio chofer... No podía ser una fantasía. ¡Nadie podía estar tan tarado!

Lister miraba a las fotos en blanco y negro que el señor Calhoon, el fotógrafo, había tomado la última Nochebuena con su vieja caja Brownie en el trípode, con la llamarada de magnesio. Había una en concreto en la que aparecían él y Kochanski con sonrisas de «patata».

Así que no existes, pensó. Hice que existieras y te enamoraras de mí.

Aún estaba colgado de Kristine Kochanski. Una chica con la que salió cinco semanas y dos días, hacía tres millones de años. De algún modo, estaba un poco celoso de Rimmer. Si hubiera sabido que era una fantasía, se habría convertido en Jim Bexley Speed y habría salido con Ida Lupino. Habría tocado con los Beatles, los fabulosos cinco: John, Paul, George, Ringo y Dave. Pero no lo había hecho. Se estableció en Bedford Falls y se casó con Kristine Kochanski. Quería vivir su vida en una película. ¡Qué imbécil! Aún más imbécil cuando se enamoró de alguien que, si estuviera viva, fuese real y estuviera con él en ese momento, probablemente le sonreiría dulcemente y se sentaría al final del avión con uno de sus extravagantes amigos.

Es cierto que habían pasado juntos dos años maravillosos, pero ninguno había sido real. Placeres falsificados. Un anhelo patético derivado de una loca obsesión. Irreal. Imposible. Ridículo.

La azafata de vuelo se inclinó sobre él.

—¿Quiere que le traiga algo? —sonrió.

Era Ida Lupino. Ida Lupino estaba frente a él, vestida como una azafata.

—¿No le apetece nada? —preguntó de nuevo.

Lister sacudió la cabeza.

—Estoy casado. Estoy casado con alguien que no existe, con dos hijos inexistentes. No puedo liarme con alguien que tampoco existe. La vida podría volverse demasiado complicada.

El jet aterrizó en Copenhague. El gobierno danés fletó una lancha motora para llevarlos a la isla del Gato.

Se sentó en la parte trasera de la lancha mientras cortaban las olas amenazantes del mar agitado. La isla se vislumbraba a través de la niebla, coronando las aguas tormentosas: una única montaña, rodeada de mar, que se estrechaba hacia las nubes. Mientras se acercaban lentamente, algo en la cumbre captó la luz solar y brilló.

Amarraron la lancha al embarcadero de madera y miraron alrededor, intentando encontrar un camino para subir a la inexpugnable montaña. Oyeron un sonido: una cadena de acero chirriando. Entonces, saliendo de la niebla, un teleférico se detuvo ante ellos.

Se sentaron, balanceándose en el viento peligroso, mientras el funicular subía lentamente por la montaña. El viaje duró tres horas. Atravesaron las nubes. La presión atmosférica cambió. Fuera cual fuera la fantasía del Gato, no implicaba muchas visitas.

Por fin el funicular resolló al entrar en su amarre y ambos salieron. Había dos *rickshaws* esperando en el estrecho sendero de la montaña, manejados por unas valkirias amazonas de dos metros y medio con enormes pechos, enfundadas en una escueta armadura. Lister sacudió la cabeza.

—Tendré que tener un par de palabras con el Gato acerca de su política sexual.

Y lo que seguía era peor aún ya que, cuando Lister se subió al *rickshaw*, se dio cuenta de que los dos espejos retrovisores laterales que se suponía que ayudaban a las valkirias a ver lo que había detrás, estaban estratégicamente colocados para que el pasajero pudiera pasarse el corto viaje mirando cómo las tetas de tamaño descomunal botaban por el camino. Sacudió de nuevo la cabeza.

—¿De dónde se sacó este sitio? ¿De un episodio de Benny Hill? —dijo, saliendo fuera—. Olvídalo, iremos andando.

Rimmer intentó ocultar su descontento mientras caminaba penosamente por el sendero. Cuando alcanzaron la cima, lo vieron.

Cualquier falsa esperanza que le quedara a Rimmer acerca de que estuvieran en la Tierra y en un mundo real, se hundió ruidosamente en un agujero negro cuando vieron el hogar del Gato.

Era un castillo de oro con treinta torres rodeado de un foso lleno de leche.

SIETE

La cima de la más alta torre dorada era casi invisible al ojo desnudo. Las almenas estaban patrulladas por más valkirias con escuetas armaduras y casco.

Lister y Rimmer avanzaron ruidosamente a través del puente levadizo de madera.

—¡Alto! ¿Quién está ahí? —gritó una de las valkirias desde la caseta del puente.

—¡Hemos venido a ver al Gato! —gritó Lister, cuya voz sonó débil e indefensa al lado de la de la mujer.

Fueron conducidos al castillo a través de un laberinto de cámaras. Un retrato del Gato colgaba de cada pared: en esta enfundado en una armadura, en aquella sonriendo encima de un caballo, en otra más allá luchando contra un león, en una más acá acicalado en lo alto de un piano rosa. Siguieron a las guardias hasta llegar a un jardín que hacía que los campos del Palacio de Versalles parecieran jardineras. Rimmer empezaba a lamentarse de la pequeñez de su propia imaginación.

Las guardias andaban a una marcha rápida y a Lister y Rimmer les costaba mantener el ritmo. Ya estaban bastante cansados cuando alcanzaron el final de los jardines, que conducían a un patio rodeado de establos.

El Gato, vestido con una chaqueta de montar roja, unos pantalones blancos y unas botas de cuero negras, estaba montado sobre un yak de carreras color crema. Se percibió un olor a sulfuro en el aire cuando el yak retrocedió e intentó correr. El Gato, riéndose, luchó por el control del animal mientras éste hacía brotar dos chorros de fuego de sus fosas nasales.

Una docena de perros de caza ladraron y aullaron e intentaron morder las correas con las que les sujetaban cuatro valkirias. Cuando el yak dragón cesó sus protestas, el Gato se giró y vio a Rimmer y a Lister.

—¡Hey! ¿Qué pasa? —dijo, ondeando su gorra de montar negra y tocando su cuerno de caza, volviendo locos a los perros—. ¡Sydney! —llamó a la más alta de las valkirias—. ¡Ensilla a Bailarín y a Cabriola! Chicos, ¡coged un yak!

Rimmer se montó en su yak color de fuego, más que turbado, y sujetó tímidamente las riendas.

—Nunca he montado en un... yak de carreras —dijo innecesariamente.

Lister acarició el cuello de su animal y utilizó la llamarada resultante para encender uno de los puros Habano que le había robado a Rimmer en París. Entonces, enganchó un pie en el estribo y subió a la silla.

El Gato tocó su cuerno de caza curvo y llamó a las valkirias que sujetaban a los sabuesos.

—¡Soltad a los perros!

La docena de perros de caza salió en tropel fuera del patio. El Gato jaleó a su yak y bramó «¡Adelante!», cabalgando los tres sobre el pavimento hacia la tierra salvaje, fría y húmeda que rodeaba el castillo.

Lister se agarraba desesperadamente al cuello del yak saltador, con las riendas colgando mientras restallaban sobre los terrenos pantanosos que estaban cubiertos de una alfombra de musgo. Ante él, dondequiera que mirase, podía ver al Gato, de espaldas, sosteniendo las riendas con la mano izquierda y una escopeta de plata en la derecha, mientras tras él podía oír los murmullos ocasionales de Rimmer recitando varias oraciones pertenecientes a distintas religiones.

Llegaron a un seto bajo. Los perros impactaron contra él y los yaks lo saltaron. Mientras cabalgaban golpeando ásperamente el duro y helado suelo, Lister vio al Gato elevar su escopeta. No podía ver la presa y la verdad es que no tenía muchas ganas de verla. Estaban cabalgando yaks-dragón que escupen fuego. ¿Qué podrían estar cazando? Vio el hombro del Gato inclinándose hacia atrás y una nube de humo, antes de oír el restallido de la escopeta. A lo lejos, uno de los perros salió volando a tres metros y medio del suelo y aterrizó, muerto, en la tierra.

—¡No! —gritó Lister mientras el Gato reunía rápidamente los once perros restantes. Aminoró la marcha del yak, levantó el cuerno y emitió una señal de victoria.

—¡Le has disparado a los puñeteros perros! —dijo Lister, intentando tomar aire.

—Son chusma —rió el Gato— ¿a qué te creías que estábamos disparando?

Se puso en pie en su silla y gritó al grupo de valkirias que galopaban tras de ellos.

—¡Más perros, Sydney!

Estaban de pie frente al rugiente fuego que reinaba en la vasta chimenea del salón de estar del Gato, bebiendo leche caliente aderezada con licor de canela en una taza de aluminio.

El Gato se encontraba allí, con una pata cubierta con un calentador reposando en el guardafuego dorado, con el codo doblado por encima de su cabeza sobre la repisa de la chimenea; sacudía la cabeza, mirando al fuego.

—¿Quieres decir que nada de esto es real? ¿Nada de esto existe de verdad?

—¡Por supuesto que no! —bufó Rimmer mostrando su disconformidad—. ¿Yaks que echan fuego por la nariz? ¿Diosas nórdicas de dos metros de altura? ¿Un castillo rodeado de un foso de leche? ¿Algo de esto está remotamente matizado con tintes de credibilidad? ¡No entiendo cómo podrías creer que fuera cierto!

Lister pensó en los Edificios Rimmer en París, Nueva York y Londres, pero no dijo nada.

—Porque... —sacudió la cabeza Rimmer— ¡nuestras fantasías al menos eran posibles! A lo mejor no eran muy normales, pero eran posibles. Pero la tuya es completamente absurda. Es como una leyenda gótica. ¿Cómo no sospechaste nada? ¿No pensaste en que la manera en que adquiriste todo esto era un poco rara?

—No. Creía que me lo merecía.

—¿Que te lo merecías? —le preguntó Lister, inclinando la cabeza.

—Porque soy muy guapo.

Una valkiria desnuda y bañada en aceite golpeó un enorme gong, anunciando que la cena estaba lista.

Cuando se sentaron en sus asientos a lo largo de la gran mesa para banquetes de roble, las luces se atenuaron y un foco iluminó a Sydney, que sostenía una gran bandeja de plata en lo alto de la escalinata de piedra que daba acceso al balcón del vestíbulo.

Las baldosas del centro del vestíbulo se apartaron y desde abajo emergió un grupo musical de siete componentes sobre un pedestal hidráulico. Mozart al piano, Jimi Hendrix a la guitarra, Stéphane Grapelli con los ritmos, Charlie Parker al saxo, Yehudi Menuhin al violín, Buddy Rich a la batería y Jellybean manejando la mesa de mezclas. Comenzaron a tocar.

—Escuchad esto, chicos —les confió el Gato— son de lo mejorcito.

Nunca antes habían escuchado la melodía, pero era tan... perfecta, tan instantáneamente clásica, que Lister y Rimmer comenzaron inmediatamente a seguir ese ritmo celestial con los pies.

Sydney bajó las escaleras bailando, flanqueada por cuarenta valkirias vestidas de lúrex, que llevaban bandejas y cantaban:

«¡*Va a comeros, pececillos,*

va a comerte, pececillo,

va a comeros, pececillos,

porque le encanta comer pescado!»

Colocaron tres bandejas ante ellos, cada una con un acuario repleto de peces de colores vivos.

Rimmer miró su cena con disgusto.

—¿No los prefieres pescados y cocinados?

—¡No, señor! —dijo el Gato, cogiendo la mini caña de pescar que reposaba al lado de la cubertería en su bandeja— me gusta la comida vivita y coleando.

—Creo —dijo Rimmer, colocando la servilleta encima de la pecera— que hemos llegado a la conclusión indudable de que estamos jugando a *Mejor Que la Vida*.

—Exacto —asintió Lister— pero la cuestión es: ¿cómo salimos de aquí?

—¿Por qué tenemos que salir de aquí? —preguntó el Gato mientras extraía un retorcido pez del gancho de su caña de pescar.

—Porque es una fantasía inducida por ordenador, porque no es real y en la vida real nuestros cuerpos se están consumiendo. Nos estamos muriendo.

—¿De qué estás hablando?

Lister explicó el asunto de los mensajes en sus brazos y cómo simbolizaban que alguien estaba intentando contactar con ellos.

—¿Qué alguien? —preguntó el Gato.

—Holly, obviamente —dijo Rimmer.

Lister sacudió la cabeza.

—Quizá. No lo sabemos. No sabemos exactamente en qué momento comenzamos a jugar al Juego. ¿Cuánto de lo que hemos vivido es real? ¿Volvimos a la Tierra? ¿Arreglamos el *Nova 5*? Quizá comencé a jugar a *Mejor Que la Vida* en Mimas y vosotros no existís. Quizá nuestra relación y todo lo que ha ocurrido ha sido parte de mi fantasía.

—No, no, yo existo —dijo Rimmer—. En serio.

—Sí, pero dirías lo mismo incluso si no existieras —dijo Lister.

—Tiene razón —dijo el Gato— quizá yo tampoco existo. Eso explicaría porque soy tan irremediablemente atractivo.

—¡Vamos, no me lo creo! —dijo Rimmer— ¡No solo estoy muerto, sino que tampoco existo! ¡Muchas gracias, Dios!

—No, mirad, creo que tenemos que asumir —dijo Lister, haciendo hincapié en el término «asumir»— que todos nosotros existimos y que entramos en *Mejor que la Vida* antes de que el *Nova 5* abandonara el *Enano Rojo*.

—Vale —dijo Rimmer— ¿cómo salimos de aquí?

—Creo que tengo la respuesta para eso— dijo una cuarta voz.

Una figura familiar atravesó el arco de piedra de la puerta y se acercó a la mesa para banquetes.

Y comenzó a explicarlo todo.

OCHO

Rimmer cruzó tambaleándose felizmente el pasillo 4: gamma 311.

—*Es divertido* —*dijo*— *que aunque he bebido mucho estoy plenamente fasciente de mis plecultades.*

—*¿Dónde está?* —*dijo Lister asomando la cabeza en otro dormitorio del pasillo de habitaciones*—. *¿Dónde diablos está el Gato?*

—*El Maestro Holly dice que está en su dormitorio* —*dijo Kryten, mirando tras la puerta de otro dormitorio vacío.*

—*¿Entonces por qué demonios no contesta?* —*dijo Lister, tirando del precinto de otra botella de sake auto-calentable.*

El doble de Rimmer había sido eliminado esa mañana, justo antes de la confesión del gazpacho. El Nova 5 *había sido reconstruido, lleno de combustible y estaba listo para partir. Estarían en la Tierra en tres meses y habían pasado el día celebrándolo en el bar de cócteles hawaiano Copacabana. Habían pasado la noche en una espesa bruma debido a los cócteles cada vez más elaborados que cada uno de ellos había realizado, por lo que no se dieron cuenta hasta más tarde que el Gato llevaba dos días perdido. Lister había conducido el safari de alcohólicos al pasillo de dormitorios para encontrarle.*

Había más de trescientos dormitorios solo en esa zona y habían buscado en más de la mitad antes de llegar a la antigua habitación de Petrovich.

Los dos cerrojos habían sido descorridos y en un hueco rudamente tallado había una pila de bandas Juego para la cabeza. Petrovich, el inteligentísimo alto mando del Turno A había estado pasando de contrabando el juego Mejor Que la Vida, *el implante de cerebro alucinógeno ilegal. Se lo había estando pasando a escondidas a los pudientes ingenieros aburridos de Tritón.*

Los rumores eran ciertos.

Este oficial correcto, este modelo, este parangón, ¡era un sinver-güenza traficante de Juego! De un vistazo Lister estimó que debía haber unas cien bandas. Petrovitch pudo haber pensado que ganaría el sueldo de diez años si encontraba cien estúpidos que estuvieran dispuestos a comprar el adictivo nirvana que ofrecía el mortífero Juego. Y siempre había estúpidos: un montón de ellos. Ninguna persona entraba en el Juego sin creerse que podría tomarlo o dejarlo. Una vez dentro, muy pocos hicieron el doloroso viaje de vuelta a la realidad.

El Gato se balanceaba suavemente en el sillón del dormitorio, rién-dose como un loco. La banda plateada brillaba amenazante en su cabe-za, con los electrodos enterrados dentro del cerebro. Su rostro esbozaba la sonrisa horrenda del alma perdida de una cabeza Juego.

Los tres permanecieron sentados alrededor de la mesa para banque-tes en el salón de estar de la fantasía del Gato mientras Kryten conta-ba cómo Lister había seguido al Gato en el Juego.

—¡Pero *Mejor Que la Vida* es adictivo! Yo lo sabía.

—Estaba borracho, señor David; pensó que no habría problema en entrar en el Juego y contarle al Gato el peligro que corría. Pero una vez que se conectó a la banda de la cabeza del Gato, no pudo salir.

—¿Y qué pasó conmigo? —dijo Rimmer— ¿Yo también entré?

—También estaba borracho. Dijo que tenía la fuerza de voluntad suficiente para arrastrarlos de vuelta. Hizo que Holly lo introdujera en el Juego. Y esa fue la última vez que le vimos.

Kryten les contó que habían vagado por el *Enano Rojo* en un esta-do zombi debido al Juego, cómo había hecho lo posible por alimentar-les y evitar que se hicieran daño a sí mismos. Pero pasados unos me-ses los cuerpos del Gato y de Lister habían empezado a atrofiarse. Algunas veces pasaban semanas en una misma postura y desarrolla-ban enormes escaras. Se caían por las escaleras y se levantaban, san-grando y riéndose, creyendo que habían saltado en paracaídas o algo así. Contó cómo vio a Lister comerse su propio vómito con placer, cre-yendo obviamente que se trataba de un manjar suculento. Cómo, mo-vido por la desesperación, había comenzado a escribir con su láser mensajes en los brazos de Lister para advertirle del peligro. Esto le había dolido mucho a Kryten. En su software estaba escrito que no podía dañar a seres humanos. Tras meses de discusiones, Holly acabó por persuadirle de que no hacerlo haría mucho más daño a Lister.

Pero los tres seguían en el Juego. Al final, Kryten no tuvo más opción que entrar también.

—Pero eso es absurdo —dijo Lister—. Te volverás adicto también.

Kryten sacudió la cabeza.

—Holly estaba en lo cierto. Soy inmune. Podría haber entrado al principio y rescatarles.

—¿Inmune? —dijo Rimmer— ¿Por qué eres inmune?

Kryten esbozó una sonrisa falsa en su rostro.

—Soy un mecanoide. No tengo sueños. No tengo fantasías del mismo modo que las tienen ustedes. Tengo pocas expectativas o deseos.

—¿Pocas? —dijo Lister—¿Entonces tienes algunas?

Apareció una valkiria, portando una nueva fregona recién envuelta.

—Solo una —dijo Kryten, aceptando el presente y desenvolviéndolo—. Oh, magnífico. ¡Una fregona nueva! Lo que siempre he deseado.

—Vale —dijo Lister, inclinándose hacia delante— y ahora la pregunta del millón: ¿cómo salimos de aquí?

NUEVE

Los limpiaparabrisas apartaban la nieve convirtiéndola en perfectos triángulos blancos sobre la ventana del Ford A cuando el coche pasó la señal cubierta de nieve: «Bedford Falls – 3 kilómetros».

Lister golpeó el salpicadero con una mano enguantada y el radiador vacilante zumbó de entre los muertos y comenzó a quitar el vaho del parabrisas con entusiasmo. Lister empujó la palanca de cambio e intentó visualizar los surcos grises en la nieve que servían como una mera indicación de dónde debía estar la carretera.

Estaba dejando el Juego. Era fácil dejar el Juego. Más fácil de lo que había pensado.

En primer lugar, tenías que desear dejarlo. Y, por supuesto, para querer dejarlo tenías que saber que estabas en el Juego. Era lo más difícil, darse cuenta de que esto no era real. Era solo cuestión de encontrar una salida. Solo eso. Una puerta marcada con «SALIDA».

—¿Y dónde están esas puertas? —le había preguntado a Kryten.

—Es tu fantasía —había replicado Kryten—, estarán donde tú quieras que estén.

Y así era. Todo lo que tenía que hacer era imaginarse una salida y atravesarla.

Pasaría a través de la salida y se encontraría de nuevo en el *Enano Rojo*, probablemente delgado y demacrado después de dos años en el Juego pero, sin embargo, de vuelta a la realidad. Una vez que volviera, podría quitarse la banda, no, ¡destruir su banda! ¡Destruirlas todas! Y después comenzar el largo camino para recuperar su salud.

Pero era un problema individual. Todos tenían que crear su propia salida por separado. Solos. Naces solo, mueres solo, abandonas el Juego solo.

Las brillantes luces de Bedford Falls parpadeaban en el valle mientras, por última vez, bajaba la colina hacia su *shangri-la* personal.

Desde que había abandonado la Tierra, cada paso que había dado le había llevado cada vez más lejos del contaminado mundo que amaba. Primero Mimas, después los confines del Sistema Solar, después el Espacio profundo y, finalmente, aquí: la dimensión errónea del plano erróneo de la realidad. Era difícil imaginarse cómo podría estar más lejos de casa.

El Ford bajó vibrando la calle principal bajo las cadenas de luces que colgaban entre los árboles de la avenida. Pasó el banco de Horacio y vio el dinero amontonado en pilas sobre el mostrador a través de la ventana. Pasó la farmacia del Viejo Gower. ¿Cómo pudo creer que era real? Pasó el bar Martini, lleno de gente feliz celebrando la Nochebuena. Dirigió el viejo coche a la avenida Sycamore y lo aparcó en el 220.

Allí, en medio de la calle, una señal de neón rosa colgaba de un arco brillante. Era su salida, tal como la había imaginado. Al otro lado estaba la realidad.

Comenzó a nevar. Era Nochebuena.

¿Cómo podía abandonarles en Nochebuena?

¿Qué daño haría si se quedara un día más? Se giró dejando atrás la salida que se desvanecía y remontó el camino que conducía al número 220.

Una noche más con su sonrisa de pinball.

Solo una.

No podía abandonarlos en Nochebuena.

Pero, por supuesto, en Bedford Falls siempre era Nochebuena...

LAS AVENTURAS CONTINÚAN EN:

ENANO ROJO: MEJOR QUE LA VIDA

David Lister, sometido a un campo de estasis durante tres millones de años, revive a bordo de la nave minera Enano Rojo. Descubrirá que toda la tripulación murió a causa de una fuga radiactiva, y que después de tres millones de años, es el Último Humano Vivo.

Junto a sus compañeros Arnold J. Rimmer, el holograma de su superior muerto; Holly el ordenador de a bordo; un ser que evolucionó a partir de una gata preñada; y del mecanóide Kryten, emprenderán un periplo de retorno a la Tierra para descubrir el destino final de la Humanidad.

En esta segunda entrega de la serie «Enano Rojo», nuestros cuatro protagonistas se encuentran atrapados en el juego de realidad virtual «mejor que la vida», un juego tan adictivo que acaba matando al usuario, pero tendrán que escapar de él, puesto que la nave se dirige sin remisión a un peligro, y el ordenador se ha vuelto «inestable».

ENANO ROJO: HACIA ATRÁS

Después de «Enano Rojo: La Novela» y «Enano Rojo: Mejor que la Vida» llega la esperada tercera parte de las aventuras de los tripulantes de la nave espacial «Enano Rojo».

Después de más de tres millones de años perdidos en el espacio, Dave Lister, el último humano vivo, ha conseguido volver a la Tierra. El único problema es que a la Tierra a la que ha regresado, el tiempo no corre en la dirección adecuada, y si no consigue salir pronto del planeta, tendrá que volver a pasar por la pubertad, la niñez y la no-vida.

Pero la tripulación del Enano Rojo, Rimmer: un holograma, Kryten: un robot paranoide y Gato: un gato superevolucionado- ¿por fortuna? acuden en su rescate.

Escrita en solitario por la mitad del dúo Grant Naylor: Rob Grant, «Enano Rojo: Hacia Atrás» nos ofrece humor, ciencia ficción, aventura en la más profunda y reflexiva peripecia de los personajes creados en la famosa serie homónima de la BBC.

ENANO ROJO: ÚLTIMO HUMANO

Dave Lister se encuentra, tras una serie de desastres, desafortunadas elecciones personales y poco confiables amistades, en una nave prisión con destino a la más inhóspita colonia penal del espacio exterior. Pero Lister no es una persona cualquiera, de hecho ni siquiera es un ser humano cualquiera: Dave Lister es El Último Humano Vivo, aunque no sea el espécimen más representativo de la especie. Y sobre sus hombros descansa una misión: restaurar la raza humana a cualquier precio.

Acompañado de Arnold Rimmer, el holograma de su superior muerto, Kryten, un androide paranoico y Gato, miembro de una especie evolucionada a partir de los gatos terrestres, deberá luchar para llevar a cabo su misión.